未名译库·生态批评名著译丛

The Future of Environmental Criticism
Environmental Crisis and Literary Imagination

环境批评的未来

环境危机与文学想象

[美] 劳伦斯·布伊尔 著 刘蓓 译

北京市版权局著作权合同登记　图字01-2009-4494号

图书在版编目(CIP)数据

环境批评的未来：环境危机与文学想象/(美)布伊尔(Buell, L.)著；刘蓓译.
—北京：北京大学出版社，2010.5
(未名译库·生态批评名著译丛)
ISBN 978-7-301-16649-9

I. 环…　II. ①布…②刘…　III. 文学研究－世界　IV. I106

中国版本图书馆CIP数据核字(2010)第072099号

Lawrence Buell
The Future of Environmental Criticism: Environmental Crisis and Literary Imagination
ISBN: 978-1-4051-2476-8
Copyright © 2005 by Lawrence Buell

Original edition published by Blackwell Publishing Ltd. All Rights Reserved.
Simplified Chinese edition copyright © 2010 by Peking University Press

This edition is published by arrangement with Blackwell Publishing Ltd, Oxford.
Translated by Peking University Press from the original English language version.
Responsibility of the accuracy of the translation rests soley with Peking University Press and is not the responsibility of Blackwell Publishing Ltd.

书　名：	环境批评的未来：环境危机与文学想象
著作责任者：	[美]劳伦斯·布伊尔　著　刘蓓　译
责任编辑：	于海冰
标准书号：	ISBN 978-7-301-16649-9/G·2846
出版发行：	北京大学出版社
地　址：	北京市海淀区成府路205号　100871
网　址：	http://www.pup.cn　电子信箱：pw@pup.pku.edu.cn
电　话：	邮购部 62752015　发行部 62750672　编辑部 62750112
	出版部 62754962
印　刷　者：	北京宏伟双华印刷有限公司
经　销　者：	新华书店
	650毫米×980毫米　16开本　12印张　170千字
	2010年5月第1版　2010年5月第1次印刷
定　价：	26.00元

未经许可，不得以任何方式复制或抄袭本书之部分或全部内容。
版权所有，侵权必究。举报电话：010-62752024　电子信箱：fd@pup.pku.edu.cn

目 录

译者序 ·································· 3
序 言 ·································· 7
致 谢 ·································· 10

第一章 环境批评初露头角 ················· 1
第二章 世界、文本与生态批评家 ··········· 33
第三章 空间、地方与想象：从本地到全球 ··· 69
第四章 环境批评的伦理与政治 ············· 107
第五章 环境批评的未来 ··················· 141

术语表 ·································· 147
参考文献 ································ 165

译者序

劳伦斯·布伊尔（Lawrence Buell）出生于1939年。他在康奈尔大学英语文学专业获博士学位，1990年起在哈佛大学教授美国文学，并曾任该校英语系主任，现为该校Powell M. Cabot Professor。2007年，美国现代语言学会（Modern Language Association）授予他"杰·胡贝尔奖"（Jay Hubell Award））、"美国文学研究终身成就"奖项。

作为生态批评领域一位重要的开拓者和领军人物，布伊尔教授在美国乃至国际生态批评界都享有很高的威望。这本发表于2005年的《环境批评的未来：环境危机与文学想象》连同《环境的想象：梭罗、自然写作和美国文化的形成》（1995）和《为一个濒危的世界写作：美国等地的文学、文化与环境》（2001）组成一套"生态批评三部曲"，为推进生态批评的研究深度、提高生态批评的学界关注度发挥了重要作用。

从布伊尔的生态批评研究成果中，可透视出其几十年间积累的学术底蕴。他的学术研究重点是文学与环境话语、文化民族主义和美国文学比较研究等，在从事生态批评研究之前，他在超验主义文学研究方面的成就即为学界关注。他是《文学超验主义》（Literary Transcendentalism，1973）、《新英格兰文学文化》（New England Literary Culture，1986）等专著的作者。他于2003年发表的专著《爱默生》（Emerson）独特地评估了爱默生对思想领域极富原创性的贡献，在学术界引起了很大反响，获得了（为奖励优秀文学批评著作所设的）沃伦-布鲁克斯奖（Waren-Brooks Award）。

布伊尔的生态批评研究呈现出学术态度公允、问题意识强烈、理论基础厚重、文本视野广阔的特点。与一些强调将环境主义实践形式融入学术研究、尽力扩大"运动"规模的学者相比，他的研究出发点是同样的——他一贯强调自己和广大同道的根本目的是为了挽救一个生态意义上的"濒危世界"，坚信"努力思考地球濒危的状况与生命的未卜命运之涵义"、"转变环境价值观、环境感知和环境意愿"（见本书序言）是文学创作者和研究者的责任所在；而更为可贵的是，他冷静地直面生态批评当前存在的不足，努力提高"文学与环境研究"的学术化程度——通过加强学术深度而获得学界对其"合法性"的公认；探索其作为一种新型文学研究而非"运动"的操作规范；探讨在文本与世界关系等文学理论视野中、在全球化的语境中将文化地理学尤其是地方（place）理论、生态女性主义、环境伦理、环境正义等（广义的）"生态理论"运用于文学文本分析的具体模式；挖掘超越自然环境题材和非虚构体裁的局限、普遍适用于生态批评研究的"环境文本"之内涵。从布伊尔多年的研究中可以看出，他一直在寻找兼具研究者、教育者和公民三种身份的生态批评家将职业化研究、环境责任感、社会责任感有效结合的道路。在他看来，"未来的环境批评"要取得真正的成熟与成功，主要不能凭借参与者规模的扩大，而是要获得学界公认的"合法"地位、"界定批评研究的特有模式"、"在学院以外确立其重要地位"这三个方面的长足进步，在学术性和思想性方面达到一定高度，才能赢得"文学和其他领域的人文主义者对环境性的持久关注"（参见本书第五章），继而实现绿色文学研究的终极目标。

　　因此，我们也就不难理解他用"环境批评"代替"生态批评"作为未来该项研究名称的良苦用心。使用"环境"而不是"生态"作为词缀，不仅是为了确定这种研究的学术范畴，或者体现其跨学科性，更是理性而全面地审视现实"环境状况"的结果，因为"一切'环境'实际上都融合了'自然的'与'建构的'元素"。城市等人为环境的问题和环境平等之类的社会问题，都已成为当下不可忽视的生态问题（参见本书序言和第四章等）。有鉴于此，布伊尔在本书和其他著述中多次用"环境性"概念来强调人类从身体到精神与环境不可须臾分离的特性,主张环境批评应当着眼于此来探讨词语世界与实在世界/环境的关系,并探讨感知这种关系的方式(如本书第二章的研究)。在译者看来,这体现了一种富有学术建设意义的绿色情怀,提倡"环境批评"不仅没有违背"生态"精神,而且更加符合"生态"精神。

布伊尔教授是译者踏入生态批评大门后见到的第一位美国学者,其著述为译者过去10年的研究提供了极其重要的导航和启示。能够把他的文字介绍给我国读者,译者倍感荣幸,也深知不易。许多同行知道,其著作旁征博引、喜用(跨学科)术语行话,句式多曲折,增加了理解的难度。虽然本书已比其三部曲中的前两部相对简洁,"布氏语言"的特点仍时露峥嵘。怀着对作者和读者的双重责任感,译者竭力在忠实传递原作语意和风格的同时,保持中文的明晰,不敢以译文晦涩陷读者于茫然。自知疏漏难免,但求心安。

在此特别感谢布伊尔教授在本书翻译过程中的解疑。感谢本书责任编辑于海冰博士的一向支持。感谢我的同行兼朋友斯洛维克教授和韦清琦博士,四年前南京紫金山上的漫步仍历历在目,若无他们和此后王宁教授等的努力,关于出版美国生态批评丛书的讨论,不会于今日变成现实。

刘蓓
2009年8月
谨识于济南历山之麓

序　言

　　本书的写作对象，是一切有时间和意愿为文学和文化研究努力思考地球濒危状况与生命未卜命运之涵义的人士——也包括持相反观点的人士。杜波娃（W.E.B.Du Bois）曾经预见：20世纪大的公共问题将会是种族分界线的难题。值此新世纪之始，该问题并无减弱的迹象。不过，还有一个问题可能更为终极和紧迫——对绝大多数地球居民来说，如不对我们当前的生活方式进行重大改变，地球生命还能否存活？像种族主义一样，环境危机是一个涉及广泛的文化问题，而不是哪一个学科的专有财产。一切有思考的人都会关注此事。对于科学、工程和公共政策领域来说，这是最为显而易见的。高校内环境研究项目一般正是以这些领域为基础。但是与其相比，环境倾向的人文学科研究之重要性没有丝毫降低。这些学科包括历史、哲学、宗教、文化地理学、文学及其他艺术。要使技术突破、立法改革以及关于环境福利的书面盟约等付诸实施，即使只是初步形成，都需要一种环境价值观、环境感知和环境意愿已获转变的氛围。为此目标，故事、意象、艺术表演以及美学、伦理学和文化理论的各种资源都是举足轻重的。

　　《环境批评的未来》集中研究的，正是相关的文学创作、批评和理论就这些问题有何表达。本书与《环境的想象》（1995）和《为一个濒危的世界写作》（2001）共同组成三部曲，并试图在保持原有突出优点的同时，对第二部书的框架有所扩展和深化。本书有两个用意：一是表达我加深思考后的判断，二是更为简洁清晰地为一种更具普遍性的绿色文学研究绘制出路线图，说明其内部的趋势、重点和争论。

说到"判断",并不意味着我要不顾原作之意而将既定的原则立场强加给创作性或批评性著作。任何严肃的读者都知道,艺术或者批评的不同类型中,采取随意暗示性思想实验形式者,可以比约翰·济慈所蔑称的"对我们进行可察觉的图谋"的公开辩论者更具启发性。[1] 西奥多·阿多诺所著《最低限度的道德》(Minima Moralia)中的随感,显得比霍克海姆和阿多诺在更为系统的《启蒙辩证法》中的论辩更有教益。沃尔特·惠特曼那首以"纯正的女低音在风琴阁楼吟唱"开始的《自我之歌》(Song of Myself),其恣意列举的形式对内战前美国环境状态的揭示,远远超过了严整有序的另一首——《我听见美国在歌唱》(I Hear America Singing)。但这两种模式也是互补的,即便在它们相互排斥的时候。瑞秋·卡逊(Rachel Carson)的《寂静的春天》(1962)能成为对公共政策产生直接和重大影响的寥寥几部环境文学作品之一,而其他几部研究深入的同题材当代作品却没有做到这一点,那是因为她也能写出《惊奇感》(A Sense of Wonder)那样的书。不过,如果卡逊关心的仅仅是颂扬自然之美,她的声音恐怕也早已湮没于时间长河了。

我也试图写出一本警示性和探索性的书。因为本书要考察的是一种扩展迅速的研究局面,所以只能作一种暂时性说明——我希望它明晰有力,但又特意使其呈现出探讨性而非"决断性"的风貌。文学生态话语获得了更加广泛的践行,其合作更具全球性,跨学科性更强,其形式也因此变得更加多元——面对这种状况,参与者必须更加清醒地意识到,自己应当站在运动内部或周围的某一位置进行言说,而不是像一位卢梭式立法者那样"代表"这个运动去言说。本书的读者会很快意识到作者是这样一个人:其职业的特定基础是两百年的美国文学和文化史,同时,他在竭尽全力扩展其并非全知全能的视野。

---

[1] The Letters of John Keats, ed. Hyder Edward Rollins (Cambridge, MA:Harvard University Press,1958):1,224.

那些已经比较熟悉文学和文化研究中环境倾向的人士可能会觉得"环境批评"是策略性的歧义用法。书中还将在术语层面对此进一步解释。我特意避免在书名中使用"生态批评",尽管文学—环境研究是通过这个概括性术语才广为人知的;尽管我自己在本书的许多语境中也多次使用该词;尽管我期望本书获得注意和评论时,该词被用作基本的查询词。在此我想简要说明理由:首先,"生态批评"在某些人的心目中仍是一个卡通形象——知识肤浅的自然崇拜者俱乐部。这个形象树立于这项运动的青涩时期,即使曾经属实,今天也已不再适用。第二,也是更为重要的,我相信,"环境"这个前缀胜过"生态",因为它更能概括研究对象的混杂性——一切"环境"实际上都融合了"自然的"与"建构的"元素;"环境"也更好地囊括了运动中形形色色的关注焦点,其种类不断增长,对大都市和/或受污染的景观,还有环境平等问题的研究尤其越来越多——它们突破了早期生态批评对自然文学和着重提倡自然保护的环境主义文学的集中关注。第三,"环境批评"在一定程度上更准确地体现了文学与环境研究中的跨学科组合——其研究对人文科学和自然科学都有所涉猎;近年来,它与文化研究的合作多于与科学学科的合作。

本书包括四大部分,分别讨论当代环境批评的出现(第一章)及环境批评中最具特色的三个关注点——对环境想象和再现问题的探索(第二章)、对于作为艺术和生活经验中一个基本维度的地方(place)的接受兴趣(第三章)、强烈的伦理和/或政治责任感(第四章)。在上述各个领域进行的环境批评都不是一言堂。每个舞台都争论不休,研究重心也在不断转移。简而言之,环境批评是一个动态的工程,而且可能在未来很长一段时间里仍保持着这种动态。

致 谢

在本书完成前的多年之中，许多人的智慧和榜样给予我启迪，他们的姓名我已无法一一道出。因此，我的致谢只能局限于四个方面的人士。感谢葡萄牙英美研究协会，北京大学英语系，犹他大学塔纳（Tanner）中心，由罗杰·兰丁（Roger Lundin）指导、里利基金会资助的宗教与美国文化专题研讨会，国家人文研究中心（National Humanities Center）以及北卡莱罗纳大学英语系等，他们使我有机会提炼书中的部分观点。深深地感谢我现在和过去那些关注环境倾向的人文研究的学生：岚·布依（Lan Bui）、吕蓓卡·古尔德（Rebecca Gould）、司各特·海斯（Scott Hess）、史蒂夫·赫尔姆斯（Steve Holmes）、斯蒂凡妮·勒芒那吉（Stephanie LeMenager）、纳撒尼尔·路易斯（Nathaniel Lewis）、苏莱曼·奥斯曼（Suleiman Osman）、托维斯·佩吉（Tovis Page）、威廉·佩纳帕克（William Pannapacker）、朱迪丝·理查森（Judith Richardson）和迈克·兹伊瑟（Michael Ziser），感谢他们的知识活力和（他们未必意识到的）反对意见。感谢乔尼·亚当森（Joni Adamson）、约翰·艾尔德（John Elder）、理查德·佛曼（Richard Forman）、威恩·弗兰克林（Wayne Franklin）、乔治·汉德利（George Handley）、埃里克·西格斯（Eric Higgs）、约翰·米歇尔（John Mitchell）、司各特·斯洛维克（Scott Slovic）、路易斯·韦斯特灵（Louis Westling），他们就许多具体问题提出了深思熟虑而富有价值的建议。最后要说的是，我无法想象，没有艾玛·比弗斯（Emma Beaves）、加德·希克曼（Jared Hickman）和格莱臣·哈尔茨（Gretchen Hults）等的研究协助，这本书如何得以完成。当然，书中一切不足均由我个人负责。

第一章
环境批评初露头角

只有到了20世纪末，我们才有可能写出这样一本书。关注环境的文学和文化研究开始成为一种自觉运动，只是十几年前的事情。但它的发展是迅速的。可以提供证明的一个迹象是：过去十年里，文学与环境研究学会（ASLE）已由美国北方一个区域的骚动（ferment）发展成为拥有上千名成员的组织，其分支在世界范围内广泛延伸——从英国，到日本、韩国，再到澳大利亚和新西兰。那个在我初入环境批评领域时困扰我的问题——"有谁听我说话？"已经让位于"我怎么才能跟得上这项新事业的前进脚步？"

迅速成长未必是成熟或成功。"生态批评"（ecocriticism）这个最为常见的、对一个成分日渐复杂的运动进行总括的术语，还没有赢得和性别批评或后殖民批评或种族批评等研究同等的身份。我相信，最终它可以赢得，但是目前它仍在寻找自己的道路，这条路上障碍重重，既有外设的，也有自置的。

乍看上去，文学批评研究中的这种环境转向，近年来才蹒跚而至，似乎令人奇怪。因为无论是艺术家的创作还是批评家的反思中，对于物质世界如何受到理论、想象和技术的介入、吸收与重塑的问题，一直都保持着浓厚的兴趣。人类最早的故事，都是关于地球的创造、关于神或者人类机巧的"第二自然"对地球造成的变化，即如西塞罗（Cicero）

最早所称——以不同方式构造环境伦理的传说。至少在一个事例中，这些故事可能对世界历史的进程产生过重要影响。《创世纪》——希伯来人和基督教首部经文的开篇诸章，被归罪为西方技术主宰主义（technodominationism）的根源，书中说：上帝授权人类去"统治"海洋和大地的生物，使其"臣服"。也有人反驳说，这种论点既误读了历史也误读了圣经文本："教养"（cultivate）是书中一个更为关键的词语，其暗含之意是虔敬的管理，而非改造。[1] 我之所以提到这种争论，目的不是要做仲裁，而只是想使大家注意环境话语的古老性和持久性。同时，无论是在单个思想传统内部还是在世界范围比较来看，它也都是多变的。比如，上述两种对犹太－基督教思想的阅读可以与玛雅人神话相对照，玛雅艺术作品中再现的神，在几次失败后终于用玉米塑造出人类，而这玉米是在先出世的动物帮助下收获的。因此，这象征着"那种肯定存在于人类、植物和动物之中的集体幸存"。而在毛利人的宇宙学中，创造则是一个进行中的过程："人性和自然世界的一切事物总是

---

[1] 这里概括了几乎长达四十年的争论,其开端是林恩·怀特所著《我们的生态危机之历史根源》（White,1967），文中坚信技术主宰主义的责任者是犹太基督教。怀特的论点遭到圣经研究者、神学家和环境伦理学家的异议,他们令人信服地揭露了论点中的偏见性,但并没有永久性地结束这种指控。很多这方面的回应可见以下出版物中：Timothy Weiskel, "The Environmental Crisis and Western Civilization：The Lynn White Controversy"（http://ecoethics net/bib/1997/enca-001.htm）。由于《创世纪》第1—2章有着不同的抄写者,他们分属"祭司派"和"耶和华派"（priestly and Jahwistly）关于创造有着不同的记载 所以对这场争论做出判决是件复杂的事情。前者比后者更具支配主义意味。[祭司派,指基督教徒以耶稣的生活和教诲为榜样,坚信耶稣是教世主或追随宗教的人。"耶和华派"意指最早的《旧约全书》首六卷的作者,称上帝为耶和华（Yahweh）。——译注] 在此我特别追随了克里斯蒂安 希尔伯特的分析,见 Christian Hiebert, "The Human Vocation：Origins and Transformations in Christian Traditions", *Christianity and Ecology: Seeking the Well-Being of Earth and Humans*, ed. Dieter T. Hessel and Rosemary Radfore Ruether。[（Cambridge, MA：Harvard University Press,2000）, pp.135-154, 此书是希尔伯特另一本书的简要继续,见 Hiebert, *The Yahwist's Landscape: Nature and Religion in Early Israel*（New York：Oxford University Press,1996）。]

在不断涌现，总是在不断展示。"[1]

上述一切都表明，如果我们说今天的环境批评仍然算是一个正在破土而出的新兴话语，那么它的根基却十分古老。对文学学者和知识史学者们来说，自其研究领域产生以来，"自然观念"的种种形式一直是一个主要的或者至少是最后残存的关注对象。[2] 既然它被看做遗产，那么就引发了问题：当前的运动与过去的实践相比，其突破程度有多么显著。一个在百余年中都特别安定且声誉良好的研究领域中，有什么东西可以算作真正新鲜的、不同的、远不那么"激进"的？了解浪漫主义诗歌批评思想转变史的人可以清楚地看出，早期生态批评无视当时流行的后结构主义和新历史主义方法，坚决主张华兹华斯无论如何都是一个自然诗人，其观点颇像一个重新流行的老款式——新维多利亚式戒指那样令人怀疑。尽管其论述中有着重新打造的内容——强调诗人不仅有着对自然的热爱，而且是前生态学知识和环境责任感。这是一个自生态批评呱呱坠地之时就烦扰着她的幽灵：怀疑她说到底就是那些老式的狂热，无非是穿了件新外衣。

然而，20世纪80年代以来，环境性（environmentality）作为一个问题在文学与文化研究中受到了越来越多、也越来越细致的关注，这已经是不争的事实。尽管，关于它究竟意味着什么、又如何进行这项

---

[1] Victor D. Montejo, "The Road to Heaven: Jakaltek Maya Beliefs, Religion, and the Ecology," in *Indigigenous Traditions and Ecology: The Interbeing of Cosmology and Community*, ed. John A. Grim (Cambridge, MA: Harvard University Press, 2001), p.177; Manuka Henare, "*Tapu, Mana, Mauri, Hau, Wairua: A Mäuri Philosophy of Vitalism and Cosmos*," in the same volume, 198. 蒙特约（Motejo）关于玛雅人的参考资料为 Popul Vuh, Book III, Chapter 1-a post-conquest transcription。

[2] 在此，我借用了雷蒙·威廉姆斯对文化所做的有用的区分，他区分了残留的、主导的和刚刚出现的文化（Williams, 1977: 121–127）。这在一定程度上有用，因为在"刚刚出现的"和"主导的"或者"真正刚刚浮现的文化实践的复制本"（126页）之间进行辨析十分困难，而威廉姆斯没有把这种困难最小化。正如我们能够看到的，尤其在本书第四章能够看到，区分环境批评中什么是、什么不是真正激进的，并非易事。

研究的争论在未来一段时间里肯定还会继续下去。这证明，我们需要以某种方式纠正环境问题的边缘化。这种边缘化可见于20世纪80年代主导文学与文化研究的绝大多数批评理论的版本中——即使当时"环境"正在引发日益增强的公众关注，而且在科学、经济、法律和公共政策研究以及历史和伦理学等某些人文领域中，它也成为一个重要课题。乔纳森·贝特（Jonathan Bate）研究华兹华斯的一本书是英国生态批评的开山之作，他在书中描述这个问题的时候，语气中带着（可以原谅的）激动和反叛："乔弗里·哈特曼（Geoffrey Hartman）抛掉自然，好把我们带入透明的想象；吉罗姆·麦克甘（Jerome McGann）抛掉透明的想象，好把我们带入历史和社会"；在他们之后，艾伦·刘又从范畴上地否定了华兹华斯作品中还有自然这么一个东西，除非"由政治性界定行动制定出来"（Bate, 1991: 8, 18）。那些论点有着精彩的表述方式，然而其中的失衡还是值得纠正的。此后生态批评家们的修正性研究证明，同过去从现象学到新历史主义的诸次批评革命中一样，英国浪漫主义确实是一块肥沃多产的土壤（eg., Kroeber, 1994；McKusick, 2000；Morton, 1994, 2000；Oerlemans, 2002；Fletcher, 2004；Hess, 2004）。

贝特所反对的那种失衡，实际上出现在20世纪末期从哈特曼那代人开始的批评理论革命之前。我自己所受的文学教育就可以做一个佐证。当我还在美国东北部求学的时候，我就接受了一种通行的、经过稀释的亚里斯多德诗学理论：把"背景"（setting）而不是语言本身定义为文学的四大基石之一（另外三个是"情节"、"人物"和"主题"）。但是对这个术语的界定却含糊不清，而且在阅读实践中要求的，无非是用几个例行公事的句子草草交代被讨论的作品中的地点而已。只有在一些少见的个案中，比如托马斯·哈代的《归乡》（*The Return of the Native*）中，我们才会倾向于这样认识：像艾格登·希斯（Egdon Heath）这样的一个非人类实体，也可以成为一部作品的主要"人物"或者行动力量。除此之外，"背景"真正担当的作用，不过是人类戏剧的一个衬托，即使在华兹华斯的《汀登寺》或者梭罗的《瓦尔登湖》中也不例外。尽管我首次阅读这些作品的时间和瑞秋·卡逊的《寂静的春天》在《纽约人》(The New Yorker)上连载发表的时间差不多，而且先父当时正以我们当地规划委员会成员的身份进行着卡逊式的战斗。恐怕这些都没能对我的早期文学训练有任何影响，即使我的导师们不是没有注意到这些事情。其中一位给我们布置的作业是卡逊此前的畅销书《环抱我们的海洋》(The Sea Around Us, 1950)。不过，它只是被看做掌握描述性语言艺术的一个范例，那种关于试穿新衣或者在镜子前摆姿势的描写也可以和它派同样的用途。

影响过我的上述心态在美国作家欧多拉·韦尔蒂(Eudora Welty)一次矜持的道歉中有所体现。她就"小说中的地方"(Place in Fiction)写过一篇富有启示的论文，在文章开头，她对地方表示歉意。她将这种地方看做"守护小说迅捷之手的小天使之一"，和它作比较的是"人物、情节、象征意义"，尤其是"感情，在我眼中，它佩着王冠翱翔在至高处，把地方恰当地贬至阴影之中"(Welty, 1970：125)。

比起韦尔蒂生活的20世纪40年代，为什么各种关于环境的话语今天看起来更加重要？最为显见的答案是，在20世纪的最后三十来年中，"环境"变成了头版新闻。与核竞赛相比，非预谋的环境灾难可能引发的末世景象显得更具威胁。对"环境"状况和命运的公共关注不断扩大影响面，从西方发展到全球。在我写作的此刻，肯尼亚的环境激进主义者万加利·马泰(Wangari Maathai)被授予2004年诺贝尔和平奖。这是关于环境关注发展程度的最新信号。自2001年的"9·11"事件以来，环境关注曾被"反恐战争"抢了些风头，却绝对没有淡出。这种发展之下，潜藏着一种日益加剧的不安，原因是现代工业社会无力应付其无意间造成的环境后果。当代社会理论学界的瑞秋·卡逊——乌尔里希·贝克(Ulrich Beck)把它称作"反思性现代化"(reflexive modernization)，尤其指这样一种担心：即使是这个世界上的特权阶级也栖身于一个全球性的"风险社会"，其危险程度无法预料、计算和控制,也很难逃避(Beck, Giddens, and Lash, 1994:6; cf.Beck, 1986; Williams, 2004)。

进而论之,环境问题越来越强地刺激着艺术创作者和学术研究者。在高等院校内部,跨学科的环境研究项目也在增多,因为学生们对此要求之强烈不亚于研究计划的制订者。尽管自然科学家和社会科学家迄今为止还是这类项目的主要担当者,但相当数量的人文学者也已投入其中,很多人将原本作为公民就拥有的责任感投入到与环境方向的教学和研究中去。实际上,很多非人文学者会同意、也经常比持怀疑倾向的人文学者更乐于同意:洞察力、价值观、文化和想象等问题,是解决今天环境危机的关键所在,它们至少和科学研究、技术手段和法律规定有着同等的基本作用。如果参与环境对话的我们感到自己在学院内外都只是在装点门面,那可能更多是因为在我们的内部,关于作用、方法和声音有着很多争论和不确定,而不是因为学术圈内外在人文学科的"非实用性"之上附加的那种污名。

世纪末的骚动:一个快照

20世纪80年代和20世纪90年代参与环境转向的文学学者发现,自己进入的是一个开启心智而又成分复杂的跨学科交流队伍——其中有生命科学家、气象学家、公共政策专家、地理学家、文化人类学家、景观建筑学家、环境律师,甚至应用数学家和环境工程师。学者之间的交流开始消除或者继续澄清其本行学科工作令人迷惑之处。这种骚动状态引发了相反的两种反应,它们表面上比实质上更加对立:一个是对现行批评理论模式的抵制,另一个则是对理论的探究。

很多早期生态批评家把这个运动主要看成是"拯救"文学的一个途径——它可使文学摆脱由批评理论的结构主义革命造成的读者远离文本、文本远离世界的状况。这些站在生态批评立场上的"政见不同者"寻求的,是在(关于环境的)创作和批评著作与关于环境(特别是自然世界）的经验之间重新建立联系。[1] 我记得，新成立的文学与环境研究学会在科罗拉多州的福特·考林斯（Fort Collins）举办的首届国际会议上有一次很热烈的讨论，主题是：如果不安排某些户外实践，尤其是亲至作品所写之地，能否教好自然写作。讨论者认为，对环境的阅读能力是此类教学中不可或缺的。[2] 同样令我印象深刻的，是那次聚会上的结盟——至今仍在持续的结盟，成员包括批评家、职业作家和环境行动主义者。（当然，这些划分也可能过于笼统）。生态批评运动的基本出版物——美国的《文学与环境跨学科研究》（ISLE）和更年轻的英国《绿色通信》（Green Letters），在学术协会的刊物中都十分引人注目，因为它们接受的投稿包含学术、教育、创作和环境主义等多种内容。

把生态批评看成学术批评家、艺术家、环境教育者和绿色行动主义者等组成的大同盟，这种构想强化了生态批评运动内部的一种倾向——用一位澳大利亚生态批评家的话来说，就是对"文学研究向精英理论和抽象化发展的大都市趋势"发难。[3] 其中暗含的不满，恰好也为主流学术批评家的怀疑提供根据——生态批评更像是一种业余人士的狂热行为而非一个具有学术合法性的新"领域"。怀疑论可能还有一个根据，那就是这场运动由一个声望不够显赫的研究会发起，其核心根据地位于美国顶尖大学文学系科之外。对某些观察家来说，美国西部文学学会（Western American Literature Association）若要在文学研

---

[1] 比如 1994 年举办的"界定生态批评理论和实践"论坛，有关资料在 ASLE 网站（www.asle.umn.edu/archive）上有展示。16 位学者提出定义，其中只有一位特别强调城市写作和景观的潜在重要性。"环境的"文学研究在其定义中主要被看做是一个"人类与自然之间的关系在文学文本中反映的方式"问题（Stephanie Sarver, "What is Ecocriticism," 1994 forum）。

[2] 关于讨论中的两位参与者对这种在行动中教学的哲理的研究，参见 Elder (1999) 和 Tallmadge (2000)。

[3] 参见澳大利亚生态批评家布鲁斯·贝纳特（Bruce Bennett）对他同巴里·洛佩兹（Berry Lopez）对话的回忆：当时"我们沿着马蒂尔达湾天鹅河岸上软木橡树林的边缘散步"。参见 Bennett, "Some Dynamics of Literary Placemaking," ISLE, 10 (Summer 2003): 40–41.

究领域发起一场革命，就好比中国一个新的批评流派产生于该国"遥远的西部"——新疆的边远地区。

但是跨学科和超出学术的联盟也有着积极和持久的优势：可以将这项新运动的视野延伸到学术圈之外，并激发起对研究预设前提的自我检验。当运动的发展超越对自然取向的文学和对传统环境教育形式的集中关注之时，这种前提会得到强化。被纳入研究范围的，既有边远地区也有城市问题，既有自然资源保护也有环境正义问题。从运动开始之时起，"在文学研究和活生生的地球之间重新建立联系"的号召就吸引参与者注意学术活动、公共领域的公民职责与宣传之间的关系。[1] 世界各地的很多作家身上都体现出艺术成就和环境主义责任的共生，美国诗人加里·斯奈德（Gary Snyder）和 A.R.埃蒙斯（A.R. Ammons）只是其核心人物中我们较为熟悉的两位。这在概念和审美的层面上都对运动起到了丰富作用。[2]

早期生态批评十分注重融入自然的实验之权威性与对抗"理论"权威性的实践之功效。这与种族研究、女性主义研究和同性恋研究中的第一次浪潮如出一辙。后者总是说："站在一个女人/非洲裔美国人/同性恋白种男人的立场上，我要说……"但是生态批评同那些代表被剥夺声音或者权力的社会群体的新话语相比，有一个显著的区别：

---

[1] 引文出自 Elder (1999: 649)。此文整体描述的就是这样一个教育实验。文学与环境研究学会（ASLE）网站、《文学与环境跨学科研究》（*ISLE*）和《绿色通信》（*Green Letters*）清楚地表明：生态批评运动中的知识分子对最广泛意义上的环境教育深怀责任感。例如，在 2000 年台湾会议上，泰瑞·吉夫德（Terry Gifford）就他和两位美国生态批评家——司各特·斯洛维克和帕特里克·默菲（Patrick Murphy）主持的一个小组讨论，作了这样的记录："把生态批评介绍进大学课程"，参见 *Green Letter*, 4 (spring 2003), pp.40–41。

[2] 《生态批评读本》中所列的参考文献中，列入了加里·斯奈德的生物区域主义宣言《荒野的实践》（1990），视其为"十五个最佳选择"之一。参见 Glotfelty and Fromm, 1996, 'p.397。相比之下，菲利普斯（Philips）的评估却是苛刻的，他认为早期生态批评具有品格高尚的简单化特征，不过，他转而认为，埃蒙斯长达一本书的诗歌《废物》（Garbage）是一部富有洞察力的诗歌作品，其中包含着智巧、讥讽和自我反省 (Philips, 2003, pp.240–247)。

只有后者的宣称才有可能在其设定的那种语境中实现。虽然有人可以作为一个环境主义者说话，也可以像梭罗那样"为大自然、为绝对自由和野生世界说一句话"，[1]但无可怀疑的是，没有一个人可以作为环境、作为自然、作为一个非人类动物来说话。正如哲学家托马斯·内格尔（Thomas Nagel）在一篇很受推崇的文章里修辞性的提问：我们怎么知道作一只蝙蝠是什么感觉？[2] 是啊，我们不知道。我们最多可以设法站在一个善解的人类立场上、作为艾尔多·利奥波德（Aldo Leopold）所称"生物共同体"（biotic community）的一部分来说话，也就是：认识到人类自身包含着生态性或者环境性。尽管这种以生态为中心、反对人类主宰的企图中有一些潜在的高尚因素，但如果不是非常谨慎，这种高尚在发展过程中也可以很快变成一种堂吉诃德式的自以为是。毕竟，关于约束物种私利的争论，经常可以归结为：在你最想让别人遵守的事情上设定限制。

　　对生态批评初期所反抗的那种理论进行的疏远抽象，在上述方面恰好可以突出地展现出来。我们以米歇尔·福柯界定的"生态政治"概念为例："通过那些被规定为某特定人群的一批人的典型现象，把摆在政府实践面前的那些问题合理化：健康、卫生、出生率、人口寿命、种族等"（Foucault, 1994: 73）。如此这般在政治实践的标记下罗列不同的范畴，可能会令早期生态批评家怒发冲冠。但是像福柯那样从内部发出的声音也是必要的，它能提醒人们：总是出现在生态批评著作中的那个"谁"，不是像人们可能愿意认为的那样，它既不是个体化的、也不是从社会制度中抽取出来的。被我称作第一波和第二波的环境批评，它们之间一个主要的区别是：那些修正论者在很大程度上吸收了

---

[1] Henry David Thoreau, "Walking", *The Norton Anthology of American Literature*, 6th edn., ed. Nina Baym et al. (New York: Norton, 2003), B, 1993.

[2] Thomas Nagel, "What Is It Like to Be a Bat?" *Philosophical Review*, 83 (October 1974), pp. 435–450.

这种以社会为中心的视角。[1]

不言而喻，与一个黑人批评家为黑人经验说话相比，一个生态批评家冒昧地为"自然"说话是更加令人质疑的。既然如此，人们可能认为：早期生态批评会被迫迅速越过这个热衷于经验的阶段，进而成为一种理论化反思式话语。然而，如果你的终极兴趣是纠正人类与自然世界的疏离，你就很可能会决定这样的原则：抵抗理论分析的抽象化——其实也就是抵抗正式论争的标准模式，采取那种将批评的反思融入直面自然的叙事之中的话语。很多生态批评家都偏爱这种"叙事性研究"（narrative scholarship）路子，正如司各特·斯洛维克的命名（1994）。[2] 一个突出的范例是生态批评的先锋、现任文学与环境研究学会主席的约翰·艾尔德的研究。艾尔德的首部著作（1985）主要根据怀特海的过程哲学（process philosophy）理论，对自然诗歌和自然－文化关系的普遍概念进行了分析性研究。然而他为第二部书打造的形式，却变成了关于地方（place）的半自传体系列叙事。这些叙事被置入与罗伯特·弗洛斯特（Robert Frost）的《指示》（"Directive"）的对话之中，这首诗写的是在想象中回归一个退化了的农场，其地点同样是在新英格兰的高地地区（Elder, 1998）。采取相似方法的，还有文学与环境研究学会的前主席伊安·马歇尔（Ian Marshall）和生态哲学家凯斯琳·迪恩·摩尔（Kathleen Dean Moore）。马歇尔在激动人心的登山叙事中纳入了环境心理学的研究（2003）。而摩尔则结合关于一个阿拉斯加之夏的叙事，对孤岛独居生活进行了概念性分析（2004）。

当然，抵制批评性研究的标准模式并不一定是非理论的——尼采和德里达当年都是这么做的，对上述的叙事性研究也不可如此定论。正如文化人类学研究中的叙事——反思型转向所证明的那样，生成于

---

[1] 蒂莫西·莫顿（Timothy Morton）以香料贸易为个案对浪漫主义时代消费主义进行的研究（2000年），是进行这种吸收的一个范例，尽管其中对福柯的引用只是一笔带过。

[2] 如需进一步了解生态批评家对叙事性和批评性实践之间关系的认识，可参见赛特菲尔德（Satterfield）和斯洛维克著作（2004）的导论、注释以及采访选编。

这种研究的批评自觉程度可以比其他研究中的更高。比如，安娜·罗文豪普特·秦（Anna Lowenhaupt Tsing）所著的《在钻石王后的国度里》(*In the Realm of the Diamond Queen*, 1993)中，描写了印度尼西亚加里曼丹岛上濒临灭绝的梅拉图人（Meratus）的情况。作者描写了自己如何磕磕绊绊地学习当地人的环境阅读能力。她十分娴熟地进行着穿梭式描写：一会儿是自己相对于原住民的外来者地位；一会儿是梅拉图人自身的边缘化状态——他们如何应付那些已经占据了自己的小岛和国家的外来文化以及跨国资本主义。这种描写在书中起着至关重要的作用。此类生态批评研究中的优秀著作都像秦的环境人种学研究那样富有洞察力。不仅如此，简单地阐释对主流理论思潮的抵制，以此证明这是对理论的抵制，也是大错特错的。

与此相反，通过叙事实践和分析的方式，文学与环境研究几乎自开始之日起就一直努力把自己的立场定位在批评的图谱中。其策略之一，是有选择地以后结构主义理论为依据，同时又反对其语言学转向及其后续理论的整体所包含的意思：词语世界被分离出物质世界，其分离程度之深，使人认为文学话语根本不可能与其他的比喻或语言学游戏或意识形态构成有什么不同。从这个立场上看，"理论与生态学"可以被看做是一种富有成果而激发活力的协作，最终目的是"质疑那些旧的等级制度赖以建构的概念"（对该作者来说，这些概念特指男性中心主义，泛指人类中心主义），即使人们反对集中关注一种"文本性"，反对将其"当作表示一切制度的网状系统"——这种文本性会重视"语言和文化的网状系统"，而忽视与"土地的网状系统"互有重叠的文化（Campbell, 1989: 128, 133, 136）。在与此相似的认识下，维莱娜·康雷（Verena Conley）深入研究了过去半个世纪的法国批评理论文献，目的是确认一个假说："后结构主义思想的驱动力量与生态学有着不可分割联系"（Conley, 1997: 7）。通过许多例证，她获得了成功（其中涉及的最著名人士包括费利克斯·古阿塔力（Felix Guattari）、米雪·塞瑞（Michel Serres）和卢斯·伊瑞吉雷（Luce Irigilay）），尽管她承认自已对德里达或者鲍德里亚研究不深。英国生态批评家多米尼克·海德（Dominic Head）提出，在"更加广泛的绿色运动"和后现代理论之间进行对话，有一种理论依据，那就是它们在"剥夺人类主体的特权"方面有可比性（Head, 1998a: 28）。丹纳·菲利普斯（Dana Phillips）则称赞科学人类学家布鲁诺·拉托（Bruno Latour），后者谨慎机敏地反思了自然与文化之间难以理清的复杂关系，以此矫正生态批评在两者之间划清界限的鲁莽企图（Phillips, 2003: esp. 30–34）。

总的来看，关于文学界的生态理论与批评模式之间关系的故事，其发展不太像是一种顽固抵抗——尽管其中也包含了一些这种意味。它更像是一场搜寻，在一大堆可能中挑选适当的研究模式，而且他们可以从任何学科区域挑选。控制论、进化生物学、景观生态学、风险理论（risk theory）、现象学、环境伦理学、女性主义理论，生态神学、人类学、心理学、科学研究、批评领域的种族研究、后殖民理论、环境史学……以及其他等等领域，尽管各自对其学科内部的争论也感到焦虑，却都为文学理论已有的配备进行了纠偏或强化。研究方法的菜单继续在扩充，它们之间的组合也日益错综复杂。

因此，文学研究的环境转向最好被理解为一个汇聚了各种差异显著的实践的中央广场，而不是一块孑然独耸的石碑。切瑞·格罗特费尔蒂（Cheryll Glotfelty）在第一部重要的生态批评论文集中以极为宽泛的措辞来定义生态批评："关于文学与物理环境的关系研究"，无论我们如何解释这些措辞，其用意都是坦白公正而非圆滑自保的（Glotfelty and Fromm, 1996: xviii）。生态批评不是在以一种主导方法的名义进行的革命——就像俄国形式主义和新批评、现象学、解构主义和新历史主义所做的那样。它缺乏爱德华·赛义德的《东方主义》（*Orientalism*, 1978）为殖民主义话语研究所提供的那种定义范式的说明。[1] 就这方面来说，生态批评更像是女性主义之类的研究，可以利用任何一种

---

[1] 关于差异很大的各种实践（分法并不相同）的分类，参见 Buell（1999: 700–704）and Reed（2002: 148–149）。

批评的视角,而围绕的核心是一种对环境性的责任感(commitment to environmentality)。为女性主义研究绘出的图谱一定要识别那些错误分界线:在历史女性主义与后结构主义女性主义之间,或者,在西方的妇女研究传统与对失去权利的有色人种妇女进行研究的"妇女主义"(womanist)方法之间;也一定要识别这些差别如何与其他批评谱系相互作用,比如在妇女主义的修正主义个案中应用那些后殖民理论。宽泛地说,文学性生态理论正向着这种方向发展:不断增强对生态文化的复杂性的认可。生态文化在初始阶段时有着非常集中的关注点,现在越来越多的人(尽管不是所有人)认为,这种关注是过于排他了。其实,对此发展起到催化作用的研究之一是生态女性主义,它本身就是一个聚合体。就此后文还将继续讨论。

　　文学研究中的环境转向一直是更多地受问题而非范式驱动。这也是"生态批评"这个引人注意却又过于概括的标题不如"环境批评"或者"文学-环境研究"的指向性那么明确的原因之一。"生态批评"的叫法可能还会保留下去,因为它不那么繁琐,(迄今为止)也得到了更为广泛的使用。我也一直把它看做一个很方便的简略用法,不可不用。但是这个术语暗示着一种尚未存在的方法上的整体性。它夸大了文学研究的环境转向成为一个协作工程的程度。[1]生态批评初露头角时,曾被怀疑论者蔑称为业余批评活动。之所以蒙受这种耻辱,媒体和运动本身同样负有不可推脱的责任。[2]这种羞辱也引起了生态批评内部对这个名称的不满,这有点像那些所谓的美国超验主义者的行为——

---

[1] 这样说丝毫不意味着贬低像(内华达大学雷诺校区的)司各特·斯洛维克这种特定个人的努力和贡献。他在《文学与环境跨学科研究》初建期间担任主编,该刊迅速发展成为具有真正影响力的刊物。他也促成了"文学与环境研究学会"日本和澳大利亚分会的建立。

[2] See Jay Parini, "The Greening of the Humanities," *New York Times* (Sunday magazine), October 29, 1995, pp.52-53——此文发表时,编辑对作者原文做了大量删改。编辑为文章添加的副标题富有着煽动性:"解构即积肥"。其中的一些对话被删减成原声摘要,因过分简单而具有误导性,如"文学理论不真实,自然是真实的"。

当保守的诋毁者们为其运动安上那个与"德国胡话"同义的名称时,他们都在尽力躲避那个沉重的标签。今天,很多将会决定环境批评未来的年轻学者,似乎经常不愿把自己认同为"生态批评家"。另一方面,同样的事实也曾发生在 20 世纪 80 年代很多公认的新历史主义者身上。而在今天的回顾中,这些人却被视为运动的典范。[1]

我之所以不惜笔墨地讨论关于术语的问题,一个更加实质的原因是,"生态"(eco)这个词缀中暗含的局限性,如果其涵义还保留在"自然"而非"人为"环境的层面上,甚至特指生态学领域的涵义。"生态批评这个名称意味着更多生态学层面的认知能力,比其拥护者目前所拥有的更多",这简洁而到位的评价来自一位希望看到研究发展的人士(Howarth, 1996:69)。尽管,试图通过与生命科学的亲善实现文学研究的改革一直是这个运动中显而易见的规划项目之一,它也只是限于那种规划而已,而且只是运动中少数派的努力目标。那些实践中的所谓生态批评家们的"生态"就更倾向于美学、伦理学和社会政治学而不是科学,这种倾向自运动的开端即存在,而且还不断发展。文学与环境研究学会的旗舰刊物《文学与环境跨学科研究》(ISLE)宽泛的刊名倒是更适应这种实际上具有融合性的概念,而且当前更是如此。因为环境批评正在致力于挖掘的"环境"概念近年来有所拓宽——从"自然"环境发展到把城市环境、"人为"与"自然"维度相交织的所有地方以及全球化造成的各个本土的相互渗透都囊括在内。

另一方面,如果——像诗人和评论家加里·斯奈德那样——人们在充分考虑了它的词源和隐喻性引申意义后能够谨慎地运用这个术语,

---

[1] 得克萨斯 A & M 大学的教工团体主办了 20 世纪 80 年代的新历史主义专题的系列访问讲座。讲座推出了杰弗雷·N. 考克斯(Jeffrey N. Cox)和拉里·雷诺兹(Larry Reynolds)主编的《新历史主义文学研究:关于再创造文本和再现历史》(*New Historical Literary Study: Essays on Reproducing Texts, Representing History*, Princeton, NJ: Princeton University Press, 1997)。讲座表现出茫然和受挫,原因是,包括有幸受邀的本人在内的演讲者们并不情愿承认自己是新历史主义者。主编们的评价是:"看起来关于它的讨论要比实例更多"(p.6)。

那么"生态批评"的名称是足以胜任的。"生态学"(ecology)的词源来自希腊语 *oikos*（家庭），在现代用法中指"通过有机体和无机物进行的对生物学交互关系和能量流动的研究"。进而言之，在隐喻的层面上，"生态学"可以延伸到涵盖"其他领域"的"能量交换和相互联系"——从以技术为基础的通讯系统到思想或创作的"生态学"领域(Snyder, 2004: 5, 9)。的确，"生态学运动"(the ecology movement)，尤其是在美国之外，有时被用作环境主义(environmentalism)的同义词。如果这样看，把文学研究中评价环境价值的工作叫做"生态批评"，就是完全可以接受的了。

从不知名文学中的"自然"到生态批评的诸个发端

"生态批评"这个术语的创造，是在20世纪70年代后期(Rueckert, 1996)。但是这个词在此之前很长时间就有迹可循。一定要寻找其开端的话，这追根溯源的工作甚至可以是没有穷尽的。就美国移民文化为内容的文学作品来说，人们可能需要至少回到1920年代——这个时期刚刚建立起以此为研究对象的专业领域。诺曼·福斯特(Norman Foerster)的《美国文学中的自然》(*Nature in American Literature*, 1923)——有评论称此书为美国文学"开创了新的学术领域"(Mazer, 2001: 6)。[1] 有的美国学专家也可能会提出，生态批评的词源可被看做更早，至少在拉尔夫·沃尔多·爱默生的《论自然》——美国文学史上专门研究自然与诗学结合的理论的开创性经典著作中就已出现。[2] 但是，就当下的研究目标来说，从两部前当代的文学和文化研究著作开始就已足够。它们对后来的英美环境批评产生了重要影响：在美国研究(American Studies)领域，是利奥·马克斯(Leo Marx)的《花

---

[1]《美国文学》是该领域最早的权威刊物，每年以弗尔斯特的名义为本刊年度最佳散文授奖。
[2] 玛泽尔所编的"早期生态批评"文选(2001)中，最早的文选发表于1864年。

园中的机器：美国的技术与田园理想》(*The Machine in the Garden: Technology and the Pastoral Ideal in America*, 1964)。《生态批评读本》(*The Ecocriticism Reader*)的参考书目(Glotfelty and Fromm, 1996: 395–396)所推荐的"最重要的十五本书"中,这一本的出版时间是最早的。对于英国研究领域来说,则是雷蒙德·威廉姆斯(Raymond Williams)所著《乡村与城市》(*The Country and The City*, 1973)。此书被誉为"生态批评的先锋杰作"(Head, 2002: 24)。

马克斯和威廉姆斯都集中研究了文化史和文学作品实例,从中发现人类历来以什么样的复杂态度来对待自然——一是与城市化相对应的自然,二是与工业技术相对应的自然。威廉姆斯关注前者,马克斯则关注后者。根据他们的研究,英美两国都有这种显著而持久的倾向:把国家本质的象征认同为"乡村"(威廉姆斯),或者介于人类定居地与偏远(或荒野)地带之间、乡土风格的"中间景观"(马克斯)。两书也都强调了乡土情结的诱人和虚假:表达乡土眷恋的典型形式是满怀渴望的美化,这种形式掩盖了经济力量和/或阶级利益对景观造成的不可逆转的变化。两书在这种论述之后,都怀着文化马克思主义责任感做了进一步的探索。两作者都思考了现代化进程,把它看做一个具有反讽意味的宏大叙事,叙述的都是工业资本主义无可避免地战胜了与其对立的文化——田园式的对抗(马克斯)和传统的乡村生活(威廉姆斯)。

对于后来的环境研究转向来说,这两部著作及随后文章的重要性尤其在于它们对此认同:我们今天所谓国家想象的历史具有动态性,因为对比鲜明的典型景观之间有着共生性的对抗关系。

马克斯和威廉姆斯界定问题的方式有很大差别。威廉姆斯对环境史和景观变化真实状况的关心远远超过了马克斯。马克斯是美国研究"神话-象征"学派的领军人物。该学派认为,国家历史动态发展的关键在于其文化象征。而威廉姆斯主要的研究对象是日渐困窘的乡村民众和偏远地区劳动阶级的文化,他研究的作者包括农民诗人约翰·克莱尔和地域小说作家托马斯·哈代,其作品最为忠实地反映上述内容,尽管也有被同化的危险——沿用浪漫主义一成不变的"绿色语言"、顺从文学资助者和市场而注入错误意识等。而相比之下,马克斯研究的则主要是小范围的高雅经典文学作家——从亨利·梭罗到威廉·福克纳。他们拒绝美化世界、麻醉人心的主流"朴素田园文学",而实践了一种"复杂田园文学",运用绿色比喻来批判蓬勃发展的机器文化。对于马克斯来说,这种已经消失或者可能出现在未来的黄金时代景象本身是"同环境无关"的(Marx,1964:264)。其报偿完全是政治性和审美性的。

威廉姆斯与后来的文学与环境研究更为接近之处是:他强烈关注环境史实及其在文学中的再现(或错误再现),也(在其后期文章中)非常关注社会主义的绿色化发展成为"社会主义生态学"的可能性——正如维多利亚时代的诗人和文化批评家威廉·莫里斯(William Morris)所设想的那样(Williams,1989:210–226)。与此形成对比的是,马克斯是一个技术决定论者。他宣称,随着反正统的田园文学在20世纪上半叶结束,需要有"关于可能性的新象征"——尽管他此后修正了这种判断(Marx,1964:365;1988:291–314)。但是马克斯对复杂或者批判性田园文学的偏爱,连同英国乡村写作在两次世界大战之间显现的右翼倾向,有助于解释:为什么当代美国生态批评家一直不那么急于参与英国同行们"对田园文学的冷嘲热讽",比如威廉姆斯认为的古典主义封闭循环。马克斯的著作为英国生态批评家泰瑞·吉福德(Terry Gifford)提供了动力,后者认为,当代英国诗歌中出现的知识和政治意义上强劲的"后田园文学"模式(Gifford,2002:51–53)使人质疑威廉姆斯对这一模式的忽略。而我自己关于景观退化引起的"田园激愤"(pastoral outrage)的论述,可以用来解答新近环境正义主张中的"毒物污染话语"(the toxic discourse, Buell 2001:35–58)。[1]这也有助于

---

[1] 当然,这并非暗示我们在所有观点上都是一致的。最新出版的关于我们一系列交流的内容,参见 Marx(2003)和 L. Buell(2003)。

解释司各特·海斯对"后现代田园文学"的批判——它们是对马克斯所谓"朴素"或主流田园文学传统的升级，这些作品中的机器已经"不再是一种对田园秩序的潜在侵扰，而是田园秩序的中心点"（正如虚拟图像技术中那样）。海斯努力设想一种"可持续田园文学"之可能性，这种文学不是迎合消费被动性，而是提倡通过认知人类与"我等生命深嵌其中的非人类力量"正在发生的相互作用，进行更为自觉的"行动和参与"（Hess, 2004: 77, 95）。

无论是马克斯还是威廉姆斯，好像都没有受到对方或其他国家以自然为基础的国家主义思想影响。（威廉姆斯对美国文学不感兴趣，而马克斯的学术训练和文学研究显然忠实于美国研究领域。）[1] 文学研究领域中新出现的环境批评也与此类似：普遍关注的是特定国家的文学史，比较文学意义上的深入思考只是刚刚开始。[2] 当然，马克斯和威廉姆斯不能为那种把环境想象当作国家想象晴雨表的阅读实践承担任何特别的责任。在这方面，他们继承了文学职业技巧中按国家进行专门研究的偏好，其导师们即是如此，而这一倾向至今依然显著。[3] 在此情

---

[1] 马克斯确实有限地关注了一种移植了欧洲中心主义意愿的田园文学的形成，特别是在其关于"莎士比亚的美国寓言"——《暴风雨》的讨论中（March, 1964: 34–72）。而威廉姆斯著作的最后一章《那些乡村和城市》中大致表达了对一种后殖民研究的期待：把英国及其诸殖民地设想成大都市与偏僻内地的象征性对照（pp.289–306）。另见马克斯在《乡村与城市》中富于思考的评论（Marx, 1973: 422–424）。

[2] 有一个幸运的例外是《绿色研究读本：从浪漫主义到生态批评》（*The Green Studies Reader: From Romanticism to Ecocriticism*, Coupe, 2000）。这部英国出版的著作与格罗特菲尔蒂和弗洛姆 1996 年主编的那部读本相映成趣。书中收入了一批英国和美国生态批评著述，还有来自欧洲大陆的相关理论著述。当然，这些材料只是被收纳在一起，而没有加以批判性的比较。

[3] 在目前的语境中来说，对于威廉姆斯，最为重要的先驱者是利维斯（F. R. Leavis），而关键的著作是利维斯和邓尼斯·汤普森（Denys Thompson）所作的《文化与环境：批判意识的训练》（1933）。而就马克斯来说，先驱者是佩里·米勒（Perry Miller），重要著作是米勒的《进入荒野的使命》（*Errand into Wilderness*, 1956）和《自然的国家》（*Nature's Nation*, 1967, 在作者逝世后出版）中收录的一些文章。

况下，根据国家划分确定研究方向也无可厚非。不同的国家确实生成了不同形式的田园文学或者偏远地方国家主义。（例如：澳大利亚有关于未开垦荒野的神话；加拿大有对远东地区的神秘感；德国文化中有关于黑森林的特定形象；巴西、委内瑞拉等拉美国家的克里奥尔[Creole]文化中有丛林传说）。[1] 无论马克斯和威廉姆斯的分析视野如何有局限，他们都为批判性思考这种国家想象提供了有用的模式，也提供了具体的文本和体裁。

上述两位研究者的工作不是非常直接地催生了文学研究中的环境转向，而是在环境运动伊始的研究中以回顾的方式被提及。约瑟夫·密克（Joseph Meeker）的《幸存的喜剧》（1972，再版于1997）今天被视为美国生态批评严格意义上的发端之作，他仅仅是在贬低田园文学中的人类中心主义思想时对马克斯一笔带过。乔纳森·贝特（Jonathan Bate）所著《浪漫生态学》（*Romantic Ecocogy*，1991）显然从威廉姆斯那里提取了一定的能量，但是他主要关心的是为绿色语言恢复名誉，反对将华兹华斯对"自然"的热爱视为保守政治。威廉姆斯自己对绿色语言的漠视与新历史主义的倾向形成对照。而他却被新历史主义者视作重要先驱[2]。密克和贝特坚持主张："我们当代的价值结构中一定要重新确定一种生态伦理"（Bate，1991：11），这是威廉姆斯和马克斯不曾做到的，而生态批评已经开始达此目标，不过不是作为单个项目，而更多地是由一群各自为战、半沟通的践行者所实现，其中既有密克这样的职业边缘人，也有贝特这样的学术圈内中心人物（他后来为具有划时代意义的新《牛津英国文学史》担任总编）。

---

[1] 谈到美国文学研究，玛泽尔（2001：5-6）的说法有所夸张，但也不太过分："正是通过阅读视自然为重要的文学——通过实践一种早期生态批评——美国文学批评才得以职业化"。他这样说时考虑的是诺曼·弗尔斯特，引用的是德沃尔和塞申斯（Devall and Sessions）1985年著作的副标题。

[2] See Catherine Gallagher & Stephen Greenblatt, *Practicing New Historicism* (Chicago：University of Chicago Press, 2000), pp.60-66.

环境转向剖析

就此看来，我们是无法为文学研究中的环境批评做一个确定的图示了。但我们仍然可以认同几条标志生态批评进展的走势线：从"第一次浪潮"到"第二次"乃至更新的一次或几次修正性浪潮（它们在今天表现得越来越显著）。不过，不要认为第一波与第二波的区分能够暗示一种有序而清晰的进化。由早期生态批评发起的研究方式，多数至今还十分盛行。而第二次浪潮中修正性研究的多数形式，一面在第一次浪潮的基础上有所发展，一面和那些先行者争论不休。在这个意义上，用"羊皮纸重写本"（palimpsest）这个词作隐喻要比用"浪潮"（wave）更恰当。有人曾提出，可持续发展（一些人更愿意称其为"生态现代化"）这个观念受到了超乎常规的提升，那么文学－环境研究的发展史也可被看做一个松散的"话语联合"——这条或那条故事线不无偶然地编织起来，每条线都节略地描述了"复合成分的跨学科争论"（Hajer, 1995：65）。

某些研究（尽管不是所有研究）有意加强与环境科学（特别是与生命科学）的联合，这也是最早将生态批评与威廉姆斯和马克斯的著作明显地区别开来的开拓行动。正是因为有这个出发点，"生态批评"的词头"生态"才名副其实。密克对文学的全新构想，是以生物学为指导，尤其是康拉德·洛伦兹（Conrad Lorenz）的动物行为学。他对喜剧进行了天才的、非同寻常的全面研究，认为喜剧的模式高度评价人类与非人类共有的特征——物种求生、适应环境、团队合作、宽恕和游戏。与这些形成反照的，是他所认为的悲剧特性——人类中心主义对自然秩序的傲慢无礼（Meeker, 1997）。之后的一些学者也提出：生态批评的进步即使不是完全地也是在很大程度上取决于批评家对科学知识的掌握。约瑟夫·卡罗尔（Carroll, 1995）和格伦·拉夫（Love, 2003）都将进化生物学看做批评模式，尽管两人对此的具体阐述方式有很大差别；威廉·霍华斯似乎更看重把人性和科学同置于具体景观和地域语境的研究中（Howarth，1996），为实现这一目的，地质学至少和生命科学同样重要（Howarth，1999）；厄休拉·海瑟（Ursula Heise）近来将目光投向应用数学的一个分支——风险理论，将其作为一扇窗户，以洞察文学创作对当代人焦虑的探索（正如尤利希·贝克的作品所重视的那样）；而 N. 卡瑟琳·黑尔斯（N. Katherine Hayles）关注的则是用于人体修复的环境信息技术、人工智能和虚拟现实——这些技术对于衡量从人类到"后人类"生存模式的转变是至关重要的；同时，她也关注虚构作品中相关主题的文学想象（Hayles，1999）。[1]

以上概述的故事线索不仅包括数量上的增加，也包括对假装的确信提出质疑。第一波生态批评呼吁更多地掌握科学知识，这似乎意味着：要预设一种基本的"人类"条件，要肯定科学方法描述自然规律的能力，并把科学看做对批评主观主义和文化相对主义的一种矫正。批评家中，拉夫的立场尤其坚决：对生态批评事业起决定作用的，是建立在社会生物学基础上的学科"协调"。这和爱德华·欧·威尔森（Edward O. Wilson）所预想的一致：美学和社会理论最终一定会服从于进化遗传学，而"一种文化建构主义的立场……会为破坏者提供方便"（Love，2003：21）。从这种立场来看，文化理论的人类中心主义对科学的傲慢和蔑视付出的代价是"科学战争"，这些论争在 90 年代的美国学术界引发过动荡。与此对照，从第二波具有科学倾向的环境批评家（如海瑟和黑尔斯）的立场来看，科学与文化之间并非泾渭分明。上述两位批评家都主张（海瑟所称的）"利用科学信息凸显文学中的绿色问题"（Heise，1997：6）。但是她们认为，科学与人类文化之间是反馈循环的关系，其中科学同时被看做客观化的学科和人类指导的事业，而科学话语中的使用对于文学领域的环境批评虽具重要意义，却不是一种权威性模式。阅读科学和文学话语时，必须使两者既有结合又有对立。

文化理论将科学还原为文化建构，文学批评在对"生态"术语词

---

[1] 有些生态批评家可能认为海瑟（或者至少黑尔斯）更像"文学与科学"学者，而非生态批评家。但是她们都曾在生态批评刊物中发表文章。海瑟更是一直在文学与环境研究学会的论坛和会议中担当重要角色。

典进行松散的"隐喻性转换"(海瑟语)时知识储备不够,但是对于海瑟和黑尔斯之外的很多生态批评家来说,与文化理论的漠然和文学批评的圆滑相比,科学主义的傲慢却显得更加危险。(当然,在批评理论中,"作为有机体的文本"这一隐喻有着更加悠久的历史,可以上溯到新批评的形式主义乃至浪漫主义,它们又植根于更加古老的神秘主义世界观——把世界看做文本——the "*liber mundi*",即世界之书。)生态女性主义的研究就是这种怀疑主义的有益例证。具有多元化特征的生态女性主义从一个共同前提出发,那就是体制化的父权制历史和人类对非人类的主宰之间具有相关性。作为文学研究内部的一个先行者,生态女性主义是在几种绝非泾渭分明的研究中发展起来的:一种是修正性科学史研究,其中卡罗琳·麦茜特(Carolyn Merchant)和多纳·哈拉维(Donna Haraway)是最具影响的人物;一种是抵制男性中心主义传统的文学解读,以安内特·考勒德尼(Annette Kolodny)和路易斯·威斯特灵(Louise Westling)等批评家为代表;一种是由玛丽·戴利(Mary Daly)和罗丝玛丽·拉德福德·鲁伊瑟(Rosemary Radford Ruether)开创的女性主义生态神学研究;还有就是瓦尔·普拉姆伍德(Val Plumwood)和凯伦·沃伦等人从事的环境哲学研究。[1] 一个生态女性主义者可能会提出,"女性"和"自然"之间具有类比性,或者(越来越多的人认为)这种类比性是由历史条件造成的。人们可以主张、也可以反对这种看法:环境伦理学完全取决于一种"关怀伦理学"——这种伦理学认为,对妇女文化意义上(或许还有生物学意义上)的建构,使得妇女比男性更愿意承担更多。有人可能会支持一个属于科学研究范围的立场,有人也可能自己决定与这种立场保持很远的距离——比如,当一个神学家主张复原神灵的母性意象时,或者当一个新异教徒宣扬被农业田园和一神论革命所推翻的史前"女神"复活时。绝不是

---

[1] 严格来讲,"生态女性主义"是法语中的一个创造。这个术语由弗兰索瓦·杜邦(Françoise d'Eaubounne)首创(in Le Feminisme ou la mort, 1974)。但是生态女性主义运动源自英语国家(Merchant, 1992:184)。

所有的生态女性主义者都把自己定位为"反科学",尽管有很多人出于特殊兴趣会远离科学这个探索主题。但是大多数人可能(即使不是无条件接受)还是同情"自然的无序由人类引发"这种观点;[1] 也同情这种主张:西方历史中以性别区分地位的传统有助于解释工具理性——有了它,现代科学和技术才成为可能,男性主宰的历史和关于知识/工具理性的力量能够控制非人类环境的自信(这种自信不限于科学家),这两者更广泛的联合也才成为可能。

在思考科学方法和发现的客观性 vs. 建构性的问题时,生态女性主义者和其他研究方向的环境批评家都没有形成独家垄断。如果说谁有垄断的话,那就是科学研究的专业领域了。这个领域最为才华横溢的著作出自布鲁诺·拉托之手。他以轻松的方式将自然与社会之间有着"大分水岭"的神话揭示为一个人工制品,其制造者是被他以嘲讽的态度夸张地称为现代"宪法"的东西。根据他机智形象的图解,这个现代宪法颁布了两条完全相悖的法令,使科学和政治既绝对分离,又都具绝对权威性,借此,反而确保了两者的杂交(Latour,1993:13-48)。[2] 拉托更多地是想语境化地重新定义科学,而不是损害科学的权威。其方式是既否认科学免受人类的操控,又反对将科学仅仅简化为人为之作。科学的"事实""既不是真实的也不是虚构的":微生物革命取决于某种交响乐团式的实验室操作,没有它,科学史可能会走上另一种道路。但是发现/创造却也并非虚构。拉托富有创见地提出一个新词"事实崇拜"(factish),即"事实"(fact)和"神物崇拜"(fetish)两词的结合,以此来描述对科学"事实"的这样一种认识:"没有陷入事实和信仰之间可怕选择的行动类型"(Latour,1999:295,306)。[3]

---

[1] 这是康雷(Conley,1997:132)对鲁斯·伊瑞吉雷(Luce Irigiray)观点的解释。
[2] 拉托将《我们从未现代过》(*We Have Never Been Modern*)一书题献给多纳·哈拉维。后者站在杂交产物("怪物"、"电子人")的立场所进行的简述非常尊敬地引用了拉托的著作(Haraway,1991:149–181,295–337)。
[3] 拉托关于微生物革命的论述,参见 *The Pasteurization of France* (Cambridge,MA:Harvard University Press,1988)。

第二波生态批评中的几位研究者称赞拉托的观点。在他们看来：科学以权威架势反对文学与文化理论的主张和框架，"理论"又推翻了科学、视其为话语性或文化性建构——这些都是过于简单化的定论，而拉托的观点对其进行了健康有益的矫正。[1]生态批评家对拉托的著作感兴趣，倒不能说明：对文学艺术显然兴趣不足的他有可能变成一位投入文学研究的环境转向的全能理论家，但这能够表明：那些指望科学为文学研究提供能量的人，可以对科学进行更加自发的研究。在此意义上，文学与环境研究学会可被看做是为"文学与科学研究学会"(the Society for the Study of Literature and Science) 锦上添花。要实现这个目标，应当提倡对自然和自然本身"地位"进行一种更加细致的反思。这把我们带入下一条故事线索。

对于第一波的生态批评家来说，"环境"实际上就意味着"自然环境"。即使原则上并非如此，至少根据批评实践可以这样说：当时的批评家对"自然"和"人类"范畴的区分比近年来的环境批评家所表现的更加显著。我之所以更愿意称当前的批评实践为"环境批评"而不是"生态批评"，这正是原因之一。生态批评本来被理解为与关怀地球 (earthcare) 的目标同步。其目的是为"保护'生态共同体'的斗争" (Coupe, 2000: 4) 作贡献。属于第一波的生态批评家评估"文化对于自然的影响，其用意是赞美自然、批判自然破坏者并扭转其政治行动的危害"(Howarth, 1996: 69)。在这个过程中，生态批评家可能会寻求以有机论话语来重新界定文化本身的概念，他们是要设想一种"有机体的哲学"，它能够打破"人类与自然世界其他元素之间的等级划分"(Elder, 1985: 172)。

第二波生态批评家更倾向于追问构想环境和环境主义的有机论模式。修正论者们指出，自然环境和人工环境早就难以分辨——美国"西

---

[1] 克拉克(Clarke, 2001: 152–154)"肯定地"说明了这种情况，(认为拉托试图"超越指控式的文化"而前进)；菲利浦斯(Philips, 2003: esp.30–34) 对此则持反对态度(认为拉托暴露了科学式自大和后现代式否定所具备的愚蠢的极端主义)。

部"的景观正在逐渐变成大都市的延伸,而不是落基山脉的"荒野"内陆。无论在当前还是过去,这两种环境都一直在交织融合,正如洛杉矶和拉斯维加斯在过去百年中经科罗拉多盆地抽取内陆的水一样肯定(Comer,1999)。文学与环境研究必须发展一种"社会性生态批评",像对待"自然的"景观那样认真地对待城市的和退化的景观(Bennett,2001:32)。它对自然保护伦理的固守必须得到修正,以便接受环境正义的观点(Adamson,Evans and Stein,2002)——或者(更加宽泛地说是)接受"穷人的环境主义"——这是一位生态经济学家的说法(Martínez-Alier,2002)。

这种转变虽然分化了这场运动,但也使其更加丰富。当然,它也影响了本人的工作。从《环境的想象》到《为一个濒危的世界写作》,我的关注点之所以发生变化,这正是最重要的动力。前一本书集中探讨的是:(某些种类的)文学在多大的程度上可以被看做具有典范的生态中心价值。这方面的范例,一是亨利·大卫·梭罗的事业所建立的具有指导作用的运动,二是更加广泛意义上的美国自然写作。就此而言,《环境的想象》是生态批评第一次浪潮的代表之作。尽管我从那时到现在一直相信:以自然为主题的文学在反对"人文主义的傲慢自大"(Ehrenfeld,1978)方面确实十分重要,然而,我发现自己现在已经认同了这样的观点:把注意力集中在等同于"自然"的"环境"、把自然写作看做最具代表性的环境文类,都是过于局限的;一种成熟的环境美学(环境伦理学或环境政治)一定要考虑到:无论是繁华都市和偏远内地之间,还是人类中心和生态中心的关注之间,都是互有渗透的。

城市主义和环境正义的话语与自然话语以及自然保护主义议题的调和究竟能够走多远,现在仍然难下结论。一些重要的东西将生态批评两次浪潮的议题分化开来,第一次浪潮要将人类和自然世界重新结合起来,第二次浪潮中则出现了怀疑论——"我们从鼹鼠眼睛的'黑洞'里可以学到的东西,远远多于(比如)从少数民族聚居区一个因接触周围环境里脱落的油漆而中铅毒死去的孩子刚闭上的眼睛里所学到的"[1]。根据前一种思考方式,人类形象的原型是一个孤独者,我们所讨论的经验刺激了人类和非人类之间的原始关联。而根据后一种思考方式,人类形象的原型由社会范畴所定义,而"环境"是人为建构起来的。那么,它们究竟有没有共同立场来昭示未来的环境批评可以继续成长,而不是在这种分歧中分崩瓦解呢?

我的答案是肯定的。这首先因为,在两种情况中,对人之状态的认识在不同程度上都由人与环境的复杂关系所界定。无论个体性的还是社会性的存在都不是仅仅停留在皮肤表层。如果说,鼬鼠使人产生的顿悟听起来过于陌生,那么一位生态批评家兼自然作家所引用的美国原住民作家宣言,会因其传统性而比中毒儿童的意象更具说服力:"你可以砍掉我的手,我还活着……挖去我的眼睛,我依然不死……而当你夺走太阳,我就不复生存。若带走植物和动物,我也会死去。那么,我有何理由认为自己的身体更多地属于自己而不属于太阳和大地?"(K. D. Moore, 2004:58-59)。这话也带有生态批评第一次浪潮的精神印记(环境=自然,自然=养育,例证和习语=人们从典范式的"生态印第安人"——具有绿色智慧的少数民族圣人模范身上多多少少所能期待的东西)(Krech, 1999)。但是其中一些潜在的观念——关于身体由环境所建构、环境性对于健康状况和生死都至关重要等——是非常相似的。

同具有生态敏感的原住民意象相比,中毒儿童的意象本身也有着相同程度的理想化。这种意象暗示着对"自然事物"限定价值,因而,它与生态批评第一次浪潮精神的差异并不像人们所认为的那么大。生态批评第二次浪潮至今还在强烈关注着某些问题,诸如在城市里寻找

---

[1] 参见 Bennett (1998:53)。作者在此所针对的是安妮·迪拉德(Annie Dillard)的《汀克溪朝圣》中的一个段落,但并未对整个作品作出谴责(他将此书作城市学生的教材)。他的用意是反驳环境批评家内尔·伊文登(Neil Evernden)的主张。后者引用了同样的段落,认为仅仅通过与"人类之外"(ultrahuman)直接接触,就可以找到人在自然世界中的位置(Evernden, 1992:118-123)。

自然的残留痕迹和/或揭露对社会边缘群体所犯的生态非正义罪行等。这些问题，如果还达不到"和解"的程度，其中至少应该存在着足够多的共有基础来进行持续的对话。现代化侵略性地、累积性地、不公平地将"自然的"空间转变为"建构性的"空间，这种共同的轻率特性为（无论是第一波还是第二波的）生态批评提供了批判利刃。生态批评的这种情况和同性恋研究一样（一些环境作家和批评家实际上已经开始应用后者的方法）(See Sandilands, 1999)，试图推翻关于环境现状的惯有思考。这倒不是说环境关注本身还有什么违背规范的内容，恰恰相反，环境关注比同性恋厌恶症（homophobia）更具主流性[1]。不过它仍然未被看做高度优先的问题。至少在美国，主流观点是："环境"成为社会第一问题，应该在"明天"（比如四分之一个世纪之后），而不是今天(Guber, 2003: 44, 54)。环境关注是正常的，但是"热烈的"关注仍显怪异。

一般舆论认为，环境批评中不管出现什么分支，都具有瓦解目的。借用尼科拉斯·卢曼（Niklas Luhmann）的制度分析模式来说，对环境性的坚持——无论讲的是生态印第安人还是中毒儿童——都加入了瓦解性的"焦虑"元素，它"不能在任何功能制度的调整下消除"，现代化的社会（经济、法律等机构）正是由这些制度组成的(Luhmann, 1989: 127)。[2]

生态批评的第二次浪潮在思想视野上对第一次浪潮的修正行动，是有备而来的。这可以从几个方面来看。首先，运动中的思想宽容者对"环境"的定义有所扩大，不再从似然性入手（即认为环境实际上

---

[1] William Schneider: "Everybody's an Environmentalist Now," National Journal, 22 (April 28, 1990), p.1062.
[2] 卢曼以尖锐的讽刺，把生态焦虑主要看成是本身具有的一种"自我确定性"的"自我诱导"形式，而不是一种能够改善"社会与其环境之间关系"的值得信赖的机械论；不过卢曼也认为，通过创造一种批判性自我反思的道德主义氛围，它有力量破坏那些瓦解我行我素的行为标准(Luhmann, 1989: 129-131)。

就等于自然），而是认为上述看法很快会受到争议。而之所以如此，就是因为早期生态批评本身多少地先行怀有折中主义态度。[1] 在一定程度上，在生态批评第一次浪潮中被奉若神明的 20 世纪晚期重要环境作家就已经预示了这样一种折中主义。瑞秋·卡逊就是一个突出的例子。其处女作《海风下》(Under the Sea Wind, 1941) 有着相当传统的自然写作风格，而二十余年后的《寂静的春天》，即使采取了同样的资料来源和价值观，风格却有了巨大的转变。这种转变自此获得了继承。后卡逊时期的女性主义作家，比如泰瑞·坦佩斯特·威廉姆斯 (Terry Tempest Williams) 和桑德拉·斯坦格拉伯 (Sandra Steingraber)，在写作中自觉地混合了传统的关注边远地区的自然写作与流行病学分析，她们在关于环境性癌症患者群体的自传性叙事中，自觉地融入了大都市与城市远郊文学的体裁特点。这项工作将我们带到第二波生态批评中定义性关注的核心部分。详见第四章。

　　正如上述讨论的那样，修正和扩展意义上的环境性改变了生态批评对其确定的经典的定义，这种改变比我以上阐述所能表明的还要广泛彻底。我曾经做过一件自以为有用的事：努力阐明"环境文本"的一个亚物种，首先规定它必须把非人类环境看成主动的在场，而不仅是框架手段，也就是说，人类历史暗含在自然历史之中。而现在对我来说更具建设性的事，似乎变成了集中思考环境性、并把其看做任何文本都具有的一种属性——主张一切人类产品都承载着这种印记，而且

---

[1] 例如，格罗特费尔蒂和弗罗姆主编的《生态批评读本》(The Ecocriticism Reader, Glotfelty and Fromm, 1996) 中，收入了辛西娅·黛特灵 (Synthia Deitering) 的文章《后自然小说：1980 年代小说中的毒物污染意识》("The Post-natural Novel: Toxic Consciousness in Fiction of the 1980s") ——恰好在斯各特·拉塞尔·桑德斯 (Scott Russell Sanders) 的属于第一波生态批评的《为自然说一句话》("Speaking a Word For Nature")。在一位生态正义修正主义者看来，两篇论文对唐·德利洛 (Don DeLillo) 的《白色噪音》的评论方式都表明，生态批评还需要更多地针对"联合资本主义侵略性、渗透性的效果"和"种族—阶级的动态"采取行动 (Reed, 2002:151)。根据他的看法，桑德斯的论文是无知的，黛特灵的文章值得赞扬而概念化不够。

在这些产品的(构思、物化、接受等)不同阶段皆是如此(Buell 1995: 7–8 vs. Buell 2001: 2–3)。广泛来看,后来的这些想法似乎代表着环境批评的导向性因素。更早的一些重要的生态批评工作已经显示出这种迹象。我特别想起了罗伯特·珀格·哈里森(Robert Pogue Harrison)的《森林:文明之影》(Forest: The Shadows of Civilization)。此书追踪了西方思想和文学中森林想象的转变;还有刘易斯·韦斯特灵的《新世界的绿色胸脯》(The Green Breast of the New World),研究的是父权制对景观的轻视(以及相应的一些抵抗行动)。两书的时间跨度,都是从古代苏美尔人的史诗《吉尔迦美什》一直到最近。

值得注意的是,这两本书对重要文本的讨论很少有重叠。西方高雅文学经典中的森林现象学和(主要反映在)美国文学话语中的生态女性主义思想分别将两位作者引入不同的路径。关于"什么可以被看做环境文学"的一致认识扩展开来的时候,就大大增强了异质性及相应的两种可能性:一是激烈的争论,二是双方擦肩而过却都未予注意。例如,第二波生态批评中有人强烈主张"当生态批评目的在于重新发现:那些自觉的或显在的兴趣不在环境上的作品,其实也具有环境特征或者倾向,生态批评就变得极为有趣和有益了……"(Kern, 2000: 11)。这位批评家所指的是简·奥斯汀小说中的景观符号学,尤其是《傲慢与偏见》中伊丽莎白·贝内特拜访达西的彭伯利庄园时受到的影响,正是伊丽莎白对此地的直接经验开始驱散她对其主人的恶感。而乔纳森·贝特在对奥斯汀和哈代进行比较研究时,更加全面地参考了19世纪环境史,将其用于《爱玛》、《理性与情感》和《曼斯菲尔庄园》等作品的解读。然而,在谈"环境特征或者倾向"时,学者可能是希望为完全不同的一系列文本提供优惠待遇,正如环境正义批评重视的作品是出自当代非白人作者之手、面对环境种族主义问题的,只有相当少数的作品能进入第一波生态批评家的搜索范围。这些人包括亚当森(Adamson)、伊凡斯(Evans)和斯坦(Stein)。这里我们还可以举一个涉及奥斯汀研究的例子,但是可能需要我们对爱德华·赛义德对《曼斯菲尔庄园》的解读部分要特别注意而不是一掠而过。他的解读集中关注的是：伯特拉姆的优雅生活方式完全依靠建于安提瓜的家庭庄园，它是由奴隶劳动维持的 (Said, 1993：84-97)。

文学与环境研究学会的会刊《文学与环境跨学科研究》，反映了上述这些倾向。该刊物仍在发表关于自然写作、华兹华斯诗学和田园文学理论的研究成果。但是特别能体现出梭罗研究特色的，实际上还是第一期（1993 年春季卷），也是迄今仅有的一期。过去几年中发表的文章研究内容，包括英美两国的电影、澳大利亚的地方生成、拉美地区环境正义诗歌、移民自传，还有一篇是修正式研究，将中世纪圣方济各的生活中与动物的相遇解读为圣方济各的护教学 (apologetics) 策略。

正如上面这一例子所表明的，对第一波生态批评推崇的经典重新建构框架，其引人注目的程度并不亚于生态批评文本和研究主题之范围的扩大。兰斯·纽曼（Lance Newman）撰写过一篇颇具争议性的文章《马克思主义与生态批评》，认为"自然写作不是对一个固定问题（即意识形态驱动的人类对自然的统治）作出反应的固定形式。对资本主义生态社会秩序的出现和发展作出回应，是一个富有动态的传统……自然作家如何看待和理解自然，与他们如何看待和理解社会紧密相关，这个社会与自然的关系正是他们希望改变的" (Newman, 2002：18-19)。对于《瓦尔登湖》那样的文本，纽曼在此的主张与利奥·马克斯的不同。后者认为，梭罗对自然世界的兴趣，作为政治批判的符号舞台是重要的，但当文本中对博物学的兴趣变得更加字面化，就不再为我们所关注。纽曼的观点与此相反：理解"生态中心意识"需要一种"历史意识"，关心"造成当下（环境）危机的物质社会系统和自然系统的共同进化"；而自然写作即使不明显，至少也是含蓄地保持这种立场 (Newman, 2002：21)。正如这里的思路所展示的，一方面有批判理论，另一方面有后卡逊自然写作中不断增强的政治化，新的环境批评继续发展更加都市化的方式，以认识传统经典中的生态话语之作，是大有希望的。即使这种工作意味着要进入文学史的更广阔范围，最终达到（原则上）涵盖一切文本。

那么这个都市化的进程是否会发展到丢弃原本的使命？不再像第一波生态批评那样与老生常谈式的文学研究背道而驰？或者，会强化仅仅作为职业学术文化中又一个生境（niche）的环境批评——既然它"在批评意义上"日益"精妙"，日渐投入那些城市里玩的批评游戏？我本人对这些关切的回应，也是本书将要讨论的，那就是"在一定程度上，可能会这样"。但是，无论在本质论还是实用论的意义上，这个承诺值得冒险一做。如果我们的另两个选择是：采取一种过于狭隘的环境主义和环境性概念；或者将不能用的方法（再次）推出，那就更加值得这样做。

以我拙见，作为一个极为开放的、仍在对其前提和组成力量进行厘清的运动，当前的环境批评正处在紧张而又值得羡慕的位置。它的影响正在不断增强：在世界各地、也在学术圈的上上下下——从主流大学的文学系的研究生课程，到大学新生的写作课。它联合的范围广泛：环境作家、环境行动主义者，还有非学术圈的环境教育者。更不用说，因为担当了这么多方面的角色，它特别具有吸引力。不断增强的批评意义上的复杂性，可使环境批评更具专业性谨慎、内部层次更加丰富。但是它在知识方面的热情和行动方面的锐利，都可以使它在未来发展中的收获大于损失。

第二章
世界、文本与生态批评家

环境批评致力于"将环境观念从抽象的概念变成真实的关注"(Dixon, 1999: 87)。这种关注使人们对一个问题产生极大兴趣：为哪种描写选择哪些环境母题。那些表面上有其他（如社会的、政治的和经济关系的）指向的作品的环境（主义）亚文本能够在此方面告诉读者的，可能丝毫不亚于相反的类型——为了强调环境性而将人类形象排除在外的文本。美国原住民诗人乔伊·哈瑞奥（Joy Harjo）把新奥尔良州法语区中一座雕塑看成无人骑乘、"冻在石头里的蓝马"；美国黑人自传作家杰奥夫里·加纳达（Jeoffrey Canada）只有在大学时代生活过的缅因小镇才能看见树林、植物和其他非人类生命，而在纽约城里黑帮横行的地区——他自小长大和工作的地方，却从未得见。对于环境批评来说，这些风格截然不同的描写中隐藏着同样的兴趣。比较一下这两位作家，哈瑞奥是以违背直觉的方式在城市纪念碑的形式中复原自然；加纳达则强化了城市暴力和养尊处优的大学生这两种景观之间的对立。同是变"环境观念"为"真实"，两人不同的方式是不同责任感的显著标记。体现这种责任感的，不仅有对我们所讨论的具体环境作出自觉回应的个人行动，也有体裁和文化。[1]

---

[1] Joy Harjo, "New Orleans", *Harper's Anthology of 20th Century Native American Poetry*, ed. Duane Niatum (San Franscisco: Harper Collins, 1988), p.287; Geoffrey Canada, *Fist Stick Knife Gun: A Personal History of Violence in America* (Boston, MA: Beacon Books, 1995), e.g., pp.57–58 vs 157–158; summer as the most dangerous time in the South Bronx for teens, vs. the gently wind-blown foliage of Brunswick, Maine, seeming to whisper: "Child, fear no more. Hear the sound of peace."

正如上述两个例子所示，召唤想象世界是所有艺术作品的关键，这个想象世界可以与现实或历史环境高度相似，也可与之大相径庭。为探索文学文本如何通过不同途径召唤和详写虚构的环境性（fictive environmentality），本章力图提供一些指南。本章第一大部分探讨的是普遍问题：环境批评如何包含并理论地表述词语世界与实在世界的关系（或无关）。第二大部分集中而深入地研究感知这种关系的三种互补方式。

摹仿的问题：被创造与被发现的环境

所有关于如何艺术处理物质环境的研究，迟早都必须考虑一个元问题：如何解释文本世界与历史或现实的经验世界之间的关系。这肯定是倾向于自然写作的第一波生态批评和倾向于修正性城市和生态正义研究的第二波生态批评都必须关注的问题，尽管两者有分歧。这个研究领域中尚无统一的指导性学说。大多数生态批评家，无论其是否理论化地表述自己的立场，都把其参照的文本看成对物理环境及其与人类之间互动的折射，尽管文本再现具有人为属性，而且意识形态和其他社会历史因素对这些属性进行了调和。他们是"世界的"批评家，即使这种说法的意义不同于爱德华·赛义德编辑自己的论文集时所指。本章采用的就是他著作的题目（Said, 1983）。[1] 很多环境批评家，无论是第一波的还是修正者们，都在努力打破创作、批评、以田野考察为基础的环境研究以及环境行动主义之间的形式壁垒。正如第一章所示，以教学为生的生态批评家经常将课堂指导和某些田野经验相结合。他们的这种行动证明：对作家和批评家来说，与实在环境接触多或少是与环境想象的工作密切相关的，即使不是以一一对应的方式。环境正义修正主义曾经提出，应当以"游览毒物污染地"（toxic tourism）的方

---

[1] 赛义德所著《世界、文本与批评家》（1983）特别关注的是将"福柯式转移"（即：从后结构主义的语言转向，转变为强调文本是嵌入社会文化意义的社会性干预）推进一步。但是，他最为宽泛的主张——"确实作为文本存在的一个文本,是世界中的一个存在"（p.33）与传统的和新兴的环境批评都是相符的。

式阅读《寂静的春天》那种"'关于毒物污染的非叙事作品'经典"。[1]即使是那些比行动主义者更具冥想倾向的人士,也很容易警觉到某种情况有所强化:某批评家称之为"弹坠"(falling up),或者说是一种急躁的跳跃——"从文本的具体层面跳到……意识形态或者心理等层面,然后止于抽象,却没有仔细检验形象或情节发展或其他生成(它的)具体再现"(A. Wallace, 1993:3)。

因此,无论第一波还是第二波的生态批评家的研究都会经常表明:对于"写实的"再现模式来说,什么是貌似过时的倾向。他们对环境再现中的事实准确性问题也给予了特别关注。一位批评家赞许地引用了19世纪晚期自然作家约翰·巴罗斯(John Burroughs)的名言:"文学中的自然主义者并不随意处理事实;事实是他所赖以生存的植物群";另一位批评家则大力推崇雷蒙·威廉姆斯的虚构尝试,因其具有"重振人心的卢卡契式写实主义";还有人谴责那些评论印第安契卡索(Chickasaw)部落出身的小说家林达·霍根(Linda Hogan)的作品《太阳风暴》(Solar Storm)的人,认为他们未能将文本置于"真实的历史语境"(指20世纪70年代魁北克水电公司对詹姆斯湾(James Bay)克里族人(Cree)和因纽特人采取的环境非正义与种族主义行动)。谴责者强调,该小说是"以史实为基础"[2]的。

在一个推崇文学的摹仿能力和指涉性仍不合潮流的时代,这种认真对待词语-世界间关联的倾向引发了严重的焦虑和分化。其中的一个极端,是一些生态批评家有摒弃(后)结构主义革命之意,因为它常常"发现除自省性语言的建构之外无可阅读"。[3]另一个极端,是一

---

[1] Reed (2002:153), citing Di Chiro (2000).

[2] Ralph Lutts, "John Burroughs and the Honey Bee: Bridging Science and Emotion in Environmental Writing", *ISLE*, 3 (fall 1996):90; Head (2002:30); Him Tarter, "'Dreams of Earth': Place, Multiethnicity, and Environmental Justice in Linda Hogan's *Solar Storms*", in Tallmadge and Harrington (2000:140–141).

[3] John Elder and Robert Finch, "Introduction," *The Norton Book of Nature Writing* (New York: Norton, 1990), p.25.

些参与运动的人士审慎地听取了反摹仿理论的告诫。有人严格区分了两种自然写作：一种是优秀的，它展示出对自己作为文本性人工制品地位进行的一种适当的后现代自省；另一种是平庸的，它屈从于天真的描述主义（Fritzell，1990）。这种区分使我们回忆起利奥·马克斯如何将简单的与复杂的田园主义对立起来。还有人抨击恢复写实主义的企图，认为它限制了环境写作领域，对写作对象进行了可笑的缩略（"其实践者们……降到仲裁者的地位，侧目而视，要判定对一道地平线、一朵野花或者一棵鲜活橡树的特定描绘本身是否成功而生动的画作"）；而且认为它永远都是伪造物，因为"摹仿先行假定了再现与再现客体的同一性"（Phillips，2003：163–164，175）。

由于最后提到的这位批评家抨击的是本人之作，我大概应该为避嫌而放弃参与讨论。[1] 不过，既然相关著述已经出版了十多年，我也就不揣冒昧了。在我看来，关于摹仿的争论直至今日似乎已经是非常局限而且时过境迁了，尽管根本的问题依然意义重大。一方面，有人谴责生态批评的倒退，因为它前理论式地信任艺术具有镜子般精确反映现实世界的能力。与菲利普斯截然相反的是，这些人的出发点是一种还原性的摹仿模式，他们设定折射（refraction）绝对不是同一。同时，他们也把主张新写实主义的生态批评家们卡通化为顽固的实证主义者。仔细阅读一下研究巴罗斯、威廉姆斯和霍根的那些文章，我们可以发现，第一篇清楚地意识到了巴罗斯对隐喻的依赖；第二篇运用了修正主义批评史来研究威廉姆斯的写实主义叙事；第三篇则以强烈的意识形态/行动主义锋芒指向霍根的小说。这三位批评家都没有坚持在文本与世界之间进行那种一一对应，而是主张某种环境指涉性是文本整体工作的一部分。另一方面，生态批评的新写实主义的视野有所限制，

---

[1] 菲利普斯（Phillips，2003：159–184）的强烈批判主要针对我关于"再现环境"的论述（Buell，1995：83–114）。我认为他的阐述在某些方面是有益的，但是整体上让我感觉是把一本书简化为一章，把一章简化为单一的观点，又把"写实主义"简化成单一的构成。

因为他们把优惠给予对环境真实性的密集再现,或者呼吁把投身于自然的存在、叙事力量和生态知识等作为一种手段,去弥合经验世界和创作性人工制品之间的分化,却不去讨论这种优惠以什么前提条件为基础。这样做不仅威胁到对批评性写实主义实施的简单捍卫,而且还打击了生态批评对那些在同样程度上涉及环境的非写实主义和反写实主义体裁的投入。下面让我们更为细致地分别研究一下这些观点。

谈到前者,甚至特意"写实"的文本都难免成为对可触知世界的折射,其中蕴含着强烈的调和。基本事实是显而易见的。语言是由文化编码的符号组成的系统。写作是由抽象图解概念组成的系统。书籍是经工厂制造而成的商品。书面的乃至口头的表达都服从于强烈的感觉局限,因为它们都偏爱视觉和/或听觉。所有要掌握书中世界的企图,都服从于一个渐近线式的局限,一旦超越这个局限,无论如何都无法将环境引入意识或其他进一步扭曲这种企图的、约束性的人与社会文化因素的行列——通过对什么环境题材值得写(或者写什么环境)等等问题的主导性设想;通过市场力量;通过反对或者执意坚持亵渎圣牛;通过语言组织的草率;或者通过专选某些体裁,比如传统自然写作大都写森林中的静坐,很少谈城市化……等等,都无法做到。古巴小说家阿利奥·卡彭提埃(Alejo Carpentier)所写的《失步》(*Lost Step*, 1953)中,作曲家主人公在委内瑞拉的偏远乡村发现了一个原始世界,这次远足在他脑海中唤起了音乐灵感,在他感到自己迫切需要回家拿纸记下音符之后,却没能成功地找到返回那个原始世界的路。他的失败将自然与话语之间的难以克服的区分以优雅的方式予以戏剧化。[1]

然而,同样清楚的是,一个呈现出环境立场的文本中,主题确实十

---

[1] 这部小说更深的反讽意味在于,即使叙事者成功完成了原来的使命——确认人类的音乐表达开始于再现非人类声音的原始乐器(这恰巧应合了从爱默生一直到庞德等早期北美作家所着迷的关于语言起源的理论),叙事者自己洞察最深的却仍是一个由外来者建立的典范乡村。他一直未能到达一个更为偏远野蛮的原住民部落。小说中清楚地表明,这个部落将会动摇伊甸园式原始生活的形象。

分重要——在审美的、概念的、意识形态的意义上都很重要。语言绝不会复制文本外的景观，但是语言可以偏爱景观或背离景观。这一点我们可以在其基本的审美性决策中看到，如是否突出本地的地名叫法、语言是否方言化、是否用当地物种的土称等。正如澳大利亚生态学家和文学批评家乔治·赛顿 (George Seddon) 对当代新西兰和澳大利亚环境写作中土话的区别的评价，这种话语实践既有特定环境主义议程，也有更加宽泛的文化议程 (Seddon, 2002)。[1] 他们让读者与再现的景观和文化面对面，比如，根据他们是否分享文本中关于本地的知识（如托马斯·哈代在《森林中人》(The Woodlanders) 中，让基尔斯·温特伯尔尼 (Kiles Winterbourne) 责骂自己离乡已久的未婚妻，因为她忘记了"约翰苹果树"和"苦甜果树"的区别）；或者根据他们是否含糊地理解这种知识（如哈代的同时代人——擅长体现地方色彩的美国作家罗兰·罗滨逊 [Rowland Robinson] 描写了一个用词简洁的农夫，操着一口无人能懂的土话，在糖枫汁熟透涌出时，说"它要变成皮围裙"了）。[2]

为更进一步揭示摹仿问题的重要，可以考察下面一组关于树木的文学想象：

> 我们给你带来肥沃的花园、棕榈树和葡萄树、应有尽有的各种水果，还有一棵来自希耐山的树中之王，它产出的油供你一日三餐随时之用。
>
> (《古兰经》, Al-Qur'ān 23: 19–20) [3]

---

[1] 赛顿具体所指是帕克 (Park, 1995)，后者在作品中发现，"围绕着每页十几个非标准英语词"，表征的是"进化中的新西兰次生语言" (p.252) 意在通过与原住民用法的混合，使其民族的表达方式更具太平洋特征，而非大不列颠语言特征。赛顿强调，这种转变既有进步性，又有岛国特有的闭塞僵化性。

[2] Thomas Hardy, *The Woodlander* (1887) (London: Macmillan, 1974), p.56; Rowland Robinson, *Uncle Lisha's Shop: Life in a Corner of Yankeeland* (New York: Forest and Stream, 1902), p.150.

[3] *Reading in the Qur'ān*, ed. Kenneth Cragg (Brighton: Sussex, 1988), p.99.

第二章 世界、文本与生态批评家 39

> 那一天我又能静卧
> 在这苍郁的槭树下,看陌间
> 村舍点点,果树丛丛
> 这季节的嫩果
> 披一身绿衣
>
> （威廉·华兹华斯,《汀登寺》）[1]

（果树的）下面是……一条蜿蜒的小径,路边长着月桂树,路的尽头是一棵巨大无比的七叶树……一阵风吹过月桂小径,穿过摇曳着的七叶树枝……七叶树受了什么病痛的折磨？它扭动着,呻吟着,狂风在月桂树小径咆哮,直向我们扑来。……早晨我还没起床,小阿黛勒就跑来告诉我,果园尽头的大七叶树夜里遭了雷击,被劈去了一半。

（夏洛特·勃朗特,《简·爱》）[2]

多数人都不清楚大榆树的个头,直到把它砍倒。前几天我告诉一些人,这树的树干躺倒时,比镇上最高的人还高,他们很惊讶……老康科德镇中有多少东西随之而逝！镇上的办事员不会记录它如何倒地,而我却会,因为此时比许多人类居民死去的时刻还要伟大……砍倒一棵多年来荫泽庇护康科德镇的大树难道不是亵渎神圣的行为？

（梭罗,《日记》）[3]

---

[1] William Wordsworth, *Poems*, ed. Jonh O. Hayden (New Haven, CT: Yale University Press, 1981), 1:358.
[2] Charlotte Bronte, *Jane Eyre*, ed. Richard Dunn (New York: Norton, 2001), pp. 211–219 passim.
[3] *The Journal of Henry David Thoreau*, ed. Bradford Torrey and Francis Allen (Boston, MA: Houghton, 1906), p. 8, pp. 130–132.

我得告诉你
这年轻的树
它圆实的躯干
在湿漉漉的

人行道和
（有水滴渗出的）
排水沟间
耸起

半个躯干
向上
挺立
而后

分叉
幼枝
探身各处
日渐衰弱

满身树茧
枝叶渐稀
直至光秃
只剩两条

古怪缠绕的
嫩枝
顶端如角
躬身向前

（威廉·卡洛斯·威廉姆斯，
《小槭树》["Young Sycamore"]）[1]

---

[1] William Carlos Williams, The Collected Earlier Poems (New York: New Directions, 1966), p. 332.

> 城市大道的胶树
> 扎根于坚硬的沥青
> 你本该在
> 清凉的森林殿堂
> 野鸟欢唱之地
> 可在这里　我看你
> 像匹可怜的驾马
> 惨遭阉割　衰竭无力
> 紧缚之下　苦难无尽
> 倦垂的头颅传达着
> 绝望的信息
> 城市的胶树啊
> 哀痛中我看着你
> 身陷沥青的黑草地
> 哦，亲爱的同胞
> 他们何至于此？
>
> （伍杰鲁·努努考 [Oodgeroo Noonuccal],
> 《城市的胶树》[Municipal Gum]）[1]

嗡嗡虫在杰佛逊和诺曼地的拐角那边出生和长大。据说，他长到这么大，从来就没有留意过树……树是啥东西？他一直很好奇，却从来都不确定。即使他学会了说这个词儿，学会了在蛋彩画上摹仿别的孩子画树——两条棕线是树干，顶上有绿色的一片，有时候加上些红点，他们管那叫苹果。住处附近从来没见过一个那样的东西。那是个谜。这个城市沙漠里没有树。

然而，有那么一天，他又在街区闲逛，突然注意到人行道两边有成排的柱子，每隔几码一个，扎在草上或者土里。他的眼睛跟着那暗棕色的柱子向天上望去。生平第一次，他认识了他相信

---

[1] Oodgeroo Noonuccal (Kath Walker), "Municipal Gum", *Inside Black Autstralia: An Anthology of Aboriginal Poetry* (Gilbert 1988：100).

是树的东西……太高了，有鸟住在里面也看不见。太高了，想数数果子都够不到。但他能肯定自己的树比班里谁的都高。他想，如果能爬到树顶，就什么都看得见了。那些树就能看见一切。能看到大街外、房子外、住宅区外。一直看到高速路之外。

（山下凯伦 [Karen Tei Yamashita]，
《桔的回归线》[Tropic of Orange]）[1]

仅以上寥寥几段节选就足以说明：摹仿和指涉被当作批评性认识的透镜是不可避免的，而确切掌握其文本效果也是一种挑战。

对上述任一段节选的理解，无不需要参考博物学与/或文化生态学：中东人对橄榄油的依赖；成熟的七叶树的粗糙和巨大以及作为地产的使用；美国榆树作为传统新英格兰社区标志性树木的地位；胶树作为一大批澳大利亚土产树种的统称，经常被欧洲中心的标准定为丑陋，而因其文化性和生态性反而受到原住民的珍爱；棕榈树从美国城市规划的立场来看，是亚热带的环境性标记，而对于非洲传统文化（以及伊斯兰和古希伯来文化）来说，它所包含的生态文化意义之重，却远远超过了英国中心主义文化中的苹果树。英国的槭树（美国人叫做洋桐枫树 [Sycamore Maple]）枝叶茂密而"苍郁"，而它在美国的说法中却大不相同——稀疏、浅淡、更为挺拔。威廉姆斯在20世纪中期居住过的新泽西市郊一带，直至今日还因此树闻名遐迩。[2]

---

[1] Karen Tei Yamashita, *Tropic of Orange* (Minneapolis, MN; Coffee House Press, 1997), pp.31–32.

[2] Jerry Cheslow, "If You're Thinking of Living in Rutherford; A Patriotic Town with an Easy Commute," *New York Times*, November 4, 2001. 尚不清楚威廉姆斯在作品中是专指土生的美国洋桐枫树，还是（更有可能）指伦敦悬铃树（London Planetree）——前者和东南欧洲以及小亚细亚出产的东方悬铃树的杂交品种。关于棕榈树在非洲亚撒哈拉地带的仪式意义，参见注释19。关于伊斯兰和希伯来文字，可参见：Nathaniel Altman, *Sacred Tree* (San Francisco; Sierra Club Books, 1994) 等著作。关于加利福尼亚南部棕榈树的当代世俗意义和传统原住民意义，参见 Nabhan (1985: 21–34)。

第二章　世界、文本与生态批评家　43

　　一种全面的比较性说明，可能也需要对一组有差异的再现所参照之核心或者其构成的连续整体有所认识——无论这些再现是特指的还是普遍的，是真实的还是虚构的，是字面性的还是比喻性的……其中显而易见的是，摹仿的特定性和指涉性并无紧密关联。梭罗的树是个历史事实，但也被精心营造出象征意义。威廉姆斯的树是典型的城市郊区人行道或路边草地上的树苗——可能几乎所有小树都是如此——但比起其他作家来，他在诗中更加专注于对其优美轮廓的特殊化描写。值得注意的还有，他描写小树虚弱状态时传达了一种精准的表面视觉形象，这种对树木的可见结构进行的形式主义安排，用了一种从底部到顶端的反方向描绘。这与华兹华斯的描写有着互文性，其背景是华兹华斯的18世纪风景诗歌策略——《汀登寺》就是这种策略的继承——从一个固定视点延展到远景。《桔的回归线》中棕榈树的描写也是同样——带着嘲讽意味重现了威廉姆斯从底部向顶端的写作方法，一直跟随一个黑人贫民区孩子的意识（顺便提一句，这孩子长大后成了一个巨人），最后展示出一个事实：他居住的沥青混凝土迷宫里居然还长着树木。

　　从华兹华斯和梭罗的描写来看，他们笔下独具特色的树似乎对所处地方的特有氛围都是必不可少的。只是华兹华斯的"这一个"具有更单纯的个人性。梭罗的榆树还体现和见证了社区的历史。《古兰经》的那段节选最为突出树木的生态意义，但其描绘性却是最弱的。如果在忠实这方面来认识，一种极简的、表意符号的"格式塔"已经足够。在消极意义上来看也是如此，正如努努考的胶树体现的"失其所在"（out-of-placeness）一样。那棵树，那匹拉车的阉马，那位郁郁寡欢、流离失所的原住民言说者——无处置身、走投无路的受害者们，共同构成了一个苦涩的三元组合。描写他/它们的词汇不仅是电报式的、象征性的，还具有强烈的物质性。与此形成对照的是，梭罗借用历史典故，不惜笔墨地渲染了他那棵树的神圣品德。其描写的丰富性远非我简短的节选所能涵盖——因为他知道（或至少是声称）大树的珍贵仅仅是对他而言。他可以期待镇上的居民为榆树赋予某种反讽意义，却无法指望他们分享自己的观点——一棵伟大的树的生命比一般康科德镇人的生命还重要。

比起具有原型意义的橄榄树或者华兹华斯的槭树，《简·爱》中对七叶树的几笔描写更具鲜明特征。但是其主旨与景观生态学和文化意义几乎都没有关系。它几乎完全是为了给简·爱在树下轻率接受罗彻斯特的求婚这幕戏提供诱惑性的、不祥的象征性背景。安排那棵树的命运，既是以司空见惯的方式预示两人希望的很快毁灭，也是更微妙一点地为罗彻斯特后来的受伤作铺垫。任何大树都可以做到这些，但是一棵七叶树可能更容易被勃朗特的读者们理解成对罗彻斯特式粗砺的最好体现。[1] 山下在《桔的回归线》中的选择甚至更加引人。任何一棵大树基本来说都可以戏剧化地展现洛杉矶内城脱离自然的形象。但棕榈树既是外地人很容易把握的地域性典型形象，也被赋予几层其他含意（Nabhan, 1985: 21）：人们需要棕榈树作高档社区的装饰；而在非洲传统文化中，它既可供人衣食，又可作公共集会场所，因此包涵多元的生态仪式意义。[2]

我们在此还有更多的话可说，那就是不同的摹仿策略召唤出一定

---

[1] 19世纪之初关于树枝之如画美学的权威性著作——威廉·吉尔品（William Gilpin）的《森林风景评论》（*Remarks on Forest Scenery*），3rd edn. (London: Cadell and Davies, 1808) 中，把七叶树描写成"一种笨重而执拗的树"，其形状"通常不招人喜爱"，虽然十分笨重，却"自我扭曲"，可能对一种景观的"形成有奇特之用"（1: 64, 5）。这确实非常符合（简心目中的）罗彻斯特的特点。

[2] 例如，可参见18世纪非裔英国奴隶叙事者詹姆斯·阿尔伯特·尤考索·格罗尼奥索（James Albert Ukawsaw Gronniosaw）对其童年时代所住（恰德湖附近）的波尔诺（Bournou）一带的怀旧："我们开会的地方是在一棵大棕榈树下；我们分成很多小群，因为一棵树不可能盖得住全体居民，即使它们那么宽广、高大和庄严；它们的美丽和实用难以形容；它们为乡村居民提供了食物、饮料和衣服。" *A Narrative of the Most Remarkable Particulars in the Life of James Albert Gronniosaw...* (1777), in *Unchained Voices: An Anthology of Black Authors in the English World of 18th Century*, ed. Vincent Carretta (Lexington: University Press of Kentucky 1996), p.34.

质感意义上的"这一个",也引人关注一种文本之外的事实性基础。难怪生态批评家要审视某种批判中呈现出的"弹坠"的简化主义——它主张"摹仿的谬误"是批评在成长过程中应该舍弃的东西。这并不是说,一种与众不同的摹仿和/或指涉理论可能要求不同阵营的环境批评家达成共识。更有可能的是,大家都继续饶有兴致地关注多种形式的词语景观和世界景观之间的相配或者不相配。你究竟如何处理题材,这将取决于你对出发点的选择。如果诗性语言是你关注的核心,那么你可能会发现自己被保罗·利科的理论所吸引,他把隐喻看做一种为丰富感知者向世界的回归而离开语言所指示之物的双向运行(Ricoeur, 1977)。如果你的出发点是对个体表达行动进行环境意义上的建构,那么你会去注意自然作家巴里·洛佩茨(Barry Lopez)从基于地方的原住民故事讲述实践中得出的关于多重景观的论点:认为叙事得自于"外部景观"和讲故事者的"内心景观"之间的相互影响(Lopez, 1989:61-72; cf. Buell, 1995:91-94)。如果你的兴趣是界定文本对先前环境语境和知识基础的回响(echo),而且它必须是被延误和还原的,那你会喜欢利奥纳德·西加(Leonard Scigaj)关于指涉的新德里达式理论(Scigaj, 1999:35-81)。[1] 而当你对文本-世界关系的兴趣与空间而非时间有关,那么弗朗西斯·庞哲(Francis Ponge)的诗性文本概念会特别吸引你——在他看来,诗性文本就是把事物的要旨等同于或者置换成不同于口头和视觉安排的一种记录。[2] 另一方面,如果你的基本立场是赞誉文学对直接环境经验的见证,比如环境非正义行动次级受害者的经验,这些人基于经验的指证受到官方知识规定的质疑——如质疑什么是"风险"的经典定义等等,那么,你可能会借用萨提亚·莫

---

[1] 西加(Scigaj, 1999:38)解释说,"一个由指涉物提供信息的文本",涉及一个"对语言的局限进行自反性确认"的三步骤过程。

[2] Francis Ponge, *The Voice of Things*, ed. and trans. Beth Archer (New York: McGraw-Hill, 1974); Ian Higgins, Francis Ponge (London: Athlone Press, 1979), pp. 51-56; and Sherman Paul, *For Love of the World: Essays on Native Writers* (Iowa City: University of Iowa Press, 1992), p. 19.

罕提（Satya Mohanty）主张的批判性后实证主义来支持自己的观点（Mohanty，1997）。

特别值得一提的是，尽管所有这些理论都在文本和世界之间设定了一种关系，它们都没有明显地推崇经典写实主义的抱负——使文本成为世界的复制品。摹仿的监督者抱怨早期生态批评似乎在此方面的视野过于局限，他们可能是正确的。第一波生态批评中，精力的投入是不均衡的，批评家们过于注意那些似乎对真实自然世界进行了密集而精确再现的文本和体裁，而忽视了莱斯莉·玛蒙·希尔考（Leslie Marmon Silko）的告诫。她以普埃布洛族印第安人传统的象形文字和石刻艺术为例，说"栩栩如生地描摹一头驼鹿是过于局限的"，因为它揭示的无非是一个生物的表面特征（Silko，1986：85）。按照希尔考的认识，罗兰·巴特（1986）所称的"现实效果"（reality-effect）未必是一种生态学效果。

这里所谈的巴特本人就是一位有个人倾向的见证者，因为对他来说，唯一重要的文学"生态学"就是符号的生态学。他十分肯定地认为：写实主义就是要把一定程度的记录性细节注入叙事之中。他自己非常轻视这些琐碎的细节，尤其因为"可想象到的最现实的叙事是沿着非现实的线索发展的"（ibid：148）。在一定程度上来说，巴特的犀利有着可靠的根据。确实，写实主义的密集再现不仅可能是浅薄的，还可能是冗长乏味的。写实主义可以加剧叙事意识和文本所再现世界之间的隔阂，即使它声称自己起到了桥梁作用。它虽有使你感到"身在此地"的潜力，描写冗长造成的疏离却会将其抵消。这种疏离悄悄地宣告："亲爱的读者，您正在远处观察着这一切，甚至比也在观察和记录这一切的我这个叙事者还远。"最后，正如弗雷德里克·詹姆逊对"伟大的写实主义小说家"的评价，描写方面的客观主义也必须在一定程度上被理解成意识形态化的隐藏策略，即使不是有意为之，也能达到这种效果。"任何关于世界不是自然的而是历史的、且服从于激进变革的主张，肯定都会威胁到他们对再现客体之可靠性的唤起——这个再现客体被把握成一个有机的、自然的、伯克式永在的社会世界"(Jameson，1981：193)。[1] 既然自然写作的历史可以讲述成这样一个故事：它企图通过巩固自然客体，来抢救和稳定在现代化面前硕果仅存的野生自然部分，那么上述批判也可为它提供支持——即使人们因詹姆逊对"激进变革"投入的热情未经检验且经常遗忘环境问题（仿佛只有"社会世界"重要）而持异议。然而，对写实主义的这些指责绝对无法涵盖自然写作和第一波生态批评家所推崇的其他体裁的所有内涵，更不能界定环境再现的整体。

关于自然写作，我们先看一下较为狭隘的观点。生态批评家和他们的批评者不时会大唱反调，但无论其主张的内容是什么，都不是政治意义上的自成一体，不是封闭在"自然的"圈子内与世隔绝，也不一定是"写实主义的"，更不能说他们遗忘或者反感于变革现象。吉尔伯特·怀特、约翰·巴罗斯以及安妮·迪拉德的环境写作都尽力远离政治。而威廉·考比特（William Cobbett）、玛丽·奥斯汀（Mary Austin）、艾尔多·利奥波德、爱德华·艾比（Edward Abbey）和乔夫·帕克（Geoff Park）的写作虽具显著的政治色彩，各自的方式却大不相同。至于封闭的问题，当我们研究一个作家对"自然写作应聚焦于一个远离社会的空间"这种假定的抵制时，瑞秋·卡逊的事业就是有力的证明，因为有这样的发现：地球上没有一个空间能够逃脱人为的毒害。卡逊人到中年时的写作转变在一定程度上证实了一种主导习俗的惯性力量，这种习俗就是：为享受一种日益城市化（或城郊化）的无土地文化，而使人类与自然领域泾渭分明。

---

[1] 对写实主义进行意识形态批判时，关于其政治效果的诊断大相径庭，有的将写实性叙事模式看做是统治愿望，有的则将其看做与现代化进程进行积极的同谋，有的视其为资产阶级物化，还有的认为它表达了要复原一种受到威胁或已经丧失的社会控制的焦虑。无论如何，最为普遍的诊断是：写实主义的构成是保守而非进步的。当然，这一见解可能也会引起争议，被当作（后）现代主义视差的反映。比起在司各特、狄更斯和艾略特的时代，反写实主义和后写实主义模式盛行之时的写实主义更容易被斥为落后。司各特等人曾反对浪漫感伤的形态，因其作用是隐性地中止他们的写实主义试验。

"博物学传奇"——像维多利亚时代设备齐全的动物饲养箱一样的自然之书——一直持续到今日。[1] 然而卡逊的转变也有另一个原因：社会和自然的参照框架相互渗透，使得对传统自然写作本身的研究更加深入，超过了早期生态批评所达到的程度（Newman，2002）。

最为经典的英语自然文学著作——梭罗的《瓦尔登湖》是最好的例子，尤其是书中的一个高潮时刻：看到一个恍若梦幻的森林世界，与城镇里可能发生的任何事情都毫无关系。人们经常讨论的《春天》一章中沉思"杰作"（tour de force）的那一节尤其凸现了自然写作贬斥写实、褒扬变化的能力。梭罗写道：在瓦尔登湖的另一侧，他搬来的前一年就开始建设的铁路线形成了流动的沙岸，呈现出"真正奇异的""建筑学的枝叶花簇"形态。

> 我深深地被感动了，仿佛在一种特别的意义上来说，我是站在这个创造了世界和自己的大艺术家的画室中——跑到他正在继续工作的地点去，他在这路基上嬉戏，以过多的精力到处画下了他的新颖的图案。我觉得我仿佛和这地球的内脏更加接近起来，因为流沙呈叶形体，像动物的心肺一样。在这沙地上，你看到会出现叶子的形状。难怪大地表现在外面的形式是叶形了，因为在它内部，它也在这个意念之下劳动着。原子已经学习了这个规律，而孕育在它里面了。高挂在树枝上的叶子在这里看到它的原形了。无论在地球或动物身体的内部，都有润湿的、厚厚的叶，这一个字特别适用于肝、肺和脂肪叶（它的字源，*labor*，*lapsus*，是飘流，向下流，或逝去的意思；*globus*，是 lobe（叶），globe（地球）的意思；更可以化出 lap（叠盖），flap（扁宽之悬垂物）和许多别的字，而在外表上呢，一张干燥的薄薄的

---

[1] 此处引文既是维多利亚时代多产的自然作家菲利浦·高斯（Philip Gosse）一部著作的标题，也取自林恩·麦利尔（Lynn L. Merrile）的插图著作《博物学传奇》（*The Romance of Victorian Natural History*，New York：Oxford University Press，1989）。

leaf（叶子），便是那 f 音，或 v 音，都是一个压缩了的干燥的 b 音。叶片 lobe 这个字的辅音是 lb，柔和的 b 音（单叶片的，B 是双叶片的）有流音 l 陪衬着，推动了它。在地球 globe 一个字的 glb 中，g 这个喉音用喉部的容量增加了字面意义。鸟雀的羽毛依然是叶形的，只是更干燥、更薄了。这样，你还可以从土地的粗笨的蛴螬进而看到活泼的、翩跹的蝴蝶。我们这个地球变幻不已，不断地超越自己，它也在它的轨道上扑动翅膀。甚至冰也是以精致的晶体叶子开始的，好像它流进一种模型翻印出来的，而那模型便是印在湖的镜面上的水草的叶子。整个一棵树，也不过是一片叶子，而河流是更大的叶子，它的叶质是河流中间的大地，乡镇和城市是它们的叶腋上的虫卵。[1]

　　这一节在梭罗作品的标准版本里长达五页。它在《瓦尔登湖》中的作用等同于达尔文《物种起源》结尾处物种缤纷的河岸意象。可以肯定的是，与梭罗后来的作品相比，《瓦尔登湖》只能算旧科学：它更像一部浪漫的《自然哲学》或者后爱默生式的神秘主义著作。而他的后期作品（直至最后一部）包含了更多对自然世界的精确观察，显示出作者对《物种起源》进行过一种知识性的、尽管有所选择却还予以肯定的审视。而这一切都有些超出上述《瓦尔登湖》节选的主旨。尤其要注意的是，文中拒绝把自然秩序同社会秩序截然分离，而且采用了细致的观察手法，以便造成一种意象的叠加，而这恰恰是违背写实主义成规的。通过上下文，梭罗十分清楚地表明，这种"自然的"景象是由人类设计制造的堤坝工程造成的。他有着隐匿的进化论观——认为变化或变形（metamorphorsis）与生命进程有着明显区别，这表明不仅地球的各种形式而且还有"凌驾其上的机制，都是被塑造而成的"。

---

[1] Henry David Thoreau, *Walden* (1854), ed. J. Lyndon Shanley (Princeton, NJ: Princeton University Press, 1971), pp.306-307. (中译文引自徐迟译《瓦尔登湖》，上海译文出版社, 1997 年，第 282 页。——译注)

文中的修辞似乎就是为了再现那种可塑性而有意设计的。这里的言说者在实践他那种原始艺术家式的奇思妙想，游戏般地以过度的精力传播其新鲜的构思。[1]

毋庸置疑，梭罗知道自己的这段写作可能显得古怪甚至悖谬。非常偶然的是，他的这种表达吻合了内尔·伊文登（Neil Evernden）的一个说法。伊文登认为，规范的生态学次生学科可以看做是"破坏性的，如果从字面上理解的话"——"存在的一种可塑性（a plasticity of being），它可能会惊扰那些有序的心灵"。比如，人体细胞内的线粒体就"很像植物中的叶绿体那么独立……没有它们，我们不能存在，可严格来说，它们可能也并非'我们'"。所以我们到底是生物群体，还是有机体，还是什么别的东西？（Evernden，1985：38-39）。梭罗笔下从沙子到肝、从肺到叶子再到河流的变形算得上是这种陌生化描写的一个现成而粗糙的版本。从景观中突然冒出人类的身体部位，仿佛"成堆的肝肺和肠，仿佛大地的内部翻了个儿"。这种以独特方式对物种稳定状态的否认和达尔文所做的一样令人不安——部分原因是散文远不那么讲求格律，而且，嗯——是写实的。[2] 而这里投下的赌注远远大过展示自然的非稳定性。这段描写也可把这个景象变成一种实验室模式，以便揭示类似于自然界混乱逻辑的文明进程非稳定性：一个规则与偶然的混合体，从语言的置换延伸到帝国的进程。

---

[1] Richard Grusin, "Thoreau, Extravagance, and the Economy of Nature," *American Literary History*, 5 (spring 1993): 30-50. 理查德·格鲁辛在文中富有洞见地评价了梭罗在《瓦尔登湖》中表达的人类概念与自然经济概念，认为两者之间有着鲜明的对立。

[2] 詹姆斯·科拉斯纳（James Krasner）通过研究后达尔文时代的虚构与非虚构散文，发现"暗含于达尔文理论中的外部客体的多元性"给这些作家带来的"疑惑"，"经常通过这样一种渴望表现出来：将景观组织到一个确切而明了的展望之中"（Krasner, 1992:28）。例如，梭罗就从未停止希望自己的数据可能界定一个有着全宇宙一致性的物质世界；但是他十分喜好微小细节、并确信自己可用固有价值来建立这些细节之间的联系，这种喜好和确信取代了上述希望。

跨越体裁范畴的环境性

正如上述《瓦尔登湖》引文初步暗示的那样，无论是就自然写作还是其他任何体裁来说，我们在写实主义这个问题上可能讨论的一切，都很难说尽作为环境再现的文本值得讨论的东西。体裁和文本本身就是值得讨论的"生态系统"——我们在狭隘的意义上将文本看做一个话语的"环境"时可以这样说；在更宽泛的意义上，视其为以风格化的形式"帮助再造社会历史环境"时，也可这样说（Bawarshi, 2001: 73）。实际上，一个文本个体，从生成到接受的任何阶段，都必须被看做包含着环境内容。在每个阶段，对环境性进行编码和表达的方式，与我们第一眼所能发现的相比，总是既更片面，也更广阔——这个悖论就是我所谓"环境无意识"问题的核心（Buell, 2001: 18-27）。既然存在之所在先于社会实践之内容，那么环境无意识就比"政治无意识"更为深刻地嵌入一个文本。不过，无论人们如何归结到这个先在性的问题，詹姆逊所说的"与现实事物的能动关系"，并不是允许"'现实'死板地固守在自身存在之中"这么简单，而是文本将"现实事物拉入自身的结构肌理（texture）"，作为其自身固有的或者内在的次文本（Jameson, 1981: 81）。

然而，以这样的方式来表述文本与世界的"能动关系"仍然过于局限——仿佛"现实"最终应当包含在文本性之内。这样就无法全面揭示艺术是如何展现环境性的。在本章剩余的篇幅里，我想更详尽地讨论对文本与环境关系进行思考的其他三个模式：修辞模式、表演模式和重造世界的模式。

生态批评运动伊始，环境批评家们就对修辞有着浓厚的兴趣。这是可以理解的。修辞囊括了各种表达体裁——文学的、学术的或者通俗的，它们交汇在语言属性与说服计划的交点。因此，它就不仅是"再现世界"，而且还"将我们置于与世界其他部分的关系之中"（Brown and Herndl, 1996: 215）。于是，根据批评家语境与倾向的不同，环境修辞可以意味着一种空谈式的、有时还暗中排除了异见的修辞。但它还可以(或者同时)意味着对一种语言再现能力的开放——既是在"反映"意义上,也是在"倡导"意义上的再现。所以,有一种研究把"生态言说"(ecospeak)界定为"对阻止思考并抑制社会合作的论点进行框架的一种方式"(Killingsworth and Palmer, 1992: 9)。而另一种研究则选择一些自然写作作家,以赞同的态度揭示出他们身上"嵌入的说服性修辞"的威力(Slovic, 1996: 91)。还有一种对"绿色言说"的分析,是尽量以中立的途径考虑生态话语中描写的巧妙、概念的连贯(或不连贯)以及(把地球称作"家园"、"救生船"等等)隐喻的文化功用(Harré, Brockmeier, and Mühlhaüsler, 1999: 91–118)。

最后提到的这种研究十分谨慎地维护自己的结论,而其结论在当下的语境中尤为值得注意。一方面,"语言为它们在一个生态支持系统中的生存而存在",既然语言是"这样一种工具:凭借它,我们获得关于环境的知识;凭借它,我们也获得或改变对环境的立场"。另一方面,关于地球与人类关系的一些规范化隐喻确实比另一些更加巧妙也更具生成性,而且我们有责任"对塑造环境话语的各种叙事习惯采取相似的批评立场"(pp.173–174)。这肯定意味着在运用"客观的"科学研究时具有更强的自我意识——但我们这样做时,不仅要记住它与环境主义的潜在关联,还要记住一个抵消性事实:环境修辞正当地建立在道德的、尤其是审美的而不是科学的基础之上。与此相反,环境修辞是"人类种族与其他一切有机物或是无机物在一个动态平衡中的结合,它为地球行星的外层空间增光添彩"(p.186)。

不是所有的环境修辞研究者都同意上述三位合著者对绿色言说之要旨的框架方式。对他们来说,构成绿色言说的"各种方言的松散集合"(p.177)最终浓缩成一幅深层生态学的景象。第二波的环境批评家们愿意把绿色言说的恰当使命界定为围绕人与人之间的环境公正而不是物种之间的和谐来言说。这里看起来更具持久价值的方式,是把修辞看成以一种怀疑论精神进行的环境再现——怀疑修辞中对变形和夸张的偏好，但也能接受其长于辩论、描绘和想象的潜力。研究者们把语言和环境修辞看做与生态文化语境或"客观的"科学不可分离且特色鲜明。那是一种宏观视野，使人们无须陷入教条的文化建构主义或教条的客观主义就可以肯定：一个以地方为基础的墨西哥裔美国农耕者社团用"我们的生命血液"来隐喻水，比一个矿业公司反对他们这种对水权力的传统理解时所采用的论据更有说服力。后者主张水是一种"售给出价最高者"的商品，得到了"专家"证词的支持，最终通过法令得到批准（Peña, 1998：253–255）。

尽管环境修辞的研究者时常把修辞当作文本来对待，这种修辞也总是暗含着表演之意，并经常要求生动的表演行动，如（法庭、会议室、礼堂中的）公共场所的辩论。其结果有时令人沮丧，比如上一段提到的个案。绿色言说有时也能获得成效。有的研究者考察了美加两国联合调查大湖区水质的委员会所作的公共陈述，发现"可感知的诚挚是对委员们有说服力的一个特色"（Waddell, 1996：156）。无论是哪种情况，将环境修辞与表演相联系，都会加强话语与世界的联系，即使前一种联系认识到这些领域的非同一性，因为它集中关注的是作为一种重塑世界手段的修辞。

无疑，在一定程度上由于两种联系方式的直接性，对非虚构生态话语中环境修辞的研究一直比对戏剧文学中这种修辞的研究更加全面。但是后者以自己的方式引发着人们强烈的兴趣。我们可具体从生态戏剧开始谈这个问题。现代生态戏剧剧本描写环境冲突和环境深入性时经常用的词汇，可以宽泛地称作仪式性的，因为它们让人回想起戏剧的仪式起源。亨利克·易卜生的《全民公敌》（*An Enemy of the People*, 1882）——首个经典性现代范例，就展现了一种细菌学革命带来的典型冲突。用布鲁诺·拉托对实证主义拥护者的称呼来说，主人公斯托克曼博士是一个坚定的"科学斗士"（Latour, 1999：109）[1]。他

---

[1] 拉托反对的只是斯托克曼的傲慢自大，而未必要否定其发现的有效性。

反对当地执政者为牟取暴利而开发温泉疗养。斯托克曼的前沿研究揭示出，这种生意虽为当地经济带来了丰厚利润，却造成了水污染。沃尔·索因卡（Wole Soyinka）的超写实主义作品《森林之舞》(*A Dance of the Forests*, 1960)强行征用了一个国家仪式（该剧的首演是尼日利亚庆祝独立活动的一部分），来营造一个反仪式的"部落聚会"，以揭露貌似荣耀辉煌的非洲前殖民地时期发生的腐败（夺人之妻的当权者与奴隶贩子做交易）。作者借此影射了新殖民时期的状况——为修建庆典舞台用来自吹自擂而砍伐森林；受贿官员纵容污染严重、致人死命的汽车上路，导致了可怕的事故。[1] 该剧的中段展现了利奥·马克斯的"花园中的机器"主题（Marx，1964：11-16）：一辆震耳欲聋、臭不可闻的大卡车驶上了舞台，令森林动物惊惶失措。这怪诞的一幕应合了发生在尼日利亚的作家、行动主义者和生态殉道者肯·萨洛-维瓦（Ken Saro-wiwa）身上的事实——他因揭露那些为石油利润而牺牲沃冈族（Ogone）民众的恶行，而在1995年一次捏造的谋杀指控中被判处死刑。[2]

关于这样的文本如何演示人类植根于环境之中，环境批评的思考只是刚刚开始。可以预见的是，这些文本会有着多样的情调和关注对象。一方面，它们可以在处理地方中生命的可能性时，将开阔心灵的警醒进行"谐趣的"戏剧化。比如，德里克·维尔考特（Derek Walcott）在《猴山梦》(*Dream on Monkey Mountain*, 1967)中，通过梦境把地位卑微的西印度群岛烧炭人马卡可（Makak）提升为一个非洲王子，同时也对梦中人沉溺于非洲中心主义思想进行了讽刺。另一方面，

---

[1] 不过，根据白奥顿·杰伊佛的研究，索因卡的批判绝不是暗指万物有灵论的原始主义的实现。See Wole Soyinka：*Politics, Poetics and Postcolonialism* (Cambridge University Press, 2004), pp. 134–137.

[2] 尤见 Ken Saro-Wiwa, *Genocide in Nigeria: The Ogone Tragedy* (Lagos：Saros Internstional, 1991), and Ogoni's Agonies：Ken Saro-Wiwa and the Crisis in Nigeria, ed. Abdul Rasheed N'Allah (Trenton, NJ：Africa World Press, 1998)。

生态戏剧具有一种阴郁的宿命论倾向，它本来是人们希望抵制的东西。比如，英国爱尔兰剧作家J.M.辛格（J.M.Synge）所作《奔向大海的骑士》（Riders to the Sea, 1904）中所描写的阿兰岛渔民的小小社团就是如此，此剧的中心是其中最年轻可爱的溺亡的儿子被预见到的死亡及其荒凉阴森的葬礼。该剧从未把我们带到户外，除了通过人物的投射性想象以及希腊悲剧风格的信使报告。这种方式所传达的，远远多过用恪守传统戏剧三一律的方式。无论上述两种情况中的哪一种，其文本最核心的前提条件，是演示一种特定的生态文化责任。

但是，如果我们仅仅停留在那些以环境问题为直接主题的剧本上，那就太过偏狭了。戏剧演出总是要求有物理环境，也对物理环境进行着再创造。这并不说明阅读就做不到这一点。文本被阅读的时候，至少有一个位于某个空间的孤独心灵/身体正在投入其中；这种经验通过一个阅读小组或者正式的班级又变成了共享的经验；这些阅读语境是有着重要作用的。对同一个中年男性教授来说，安德鲁·马维尔（Andrew Marvell）的诗歌《花园》（"The Garden"）（"独自住在伊甸园/那是两个乐园合为一体"）的格调呈现可以是不同的，区别在于他投入其中时，是在一个愉快的夏日，独自坐在自己的后院里，还是在一个师生平等交换意见的室内讨论会上，一群本科生带着对诗中人物的男性中心主义谨慎的怀疑有备而来。但是演出中突出的是环境性，它其余的潜能也得到了多重展现。贝克特的《等待戈多》中那棵光秃秃的枯树在不同的演出地点有着不同的意义，而且这些意义都一样突出——无论是在战后的巴黎市内一个狭小的封闭空间里，还是在贝克特的故乡爱尔兰、以多石、无树的室外景观为背景，或是在一个正在遭受沙漠化侵袭的新殖民地国家。[1] 高高（Gogo）和迪迪（Didi）与这个非地方（non-place）有着神秘关联而且无法离开此地——这情景无论在什么样的环

---

[1] 我的举例借鉴了约瑟夫·洛奇（Joseph Roach）在2001年于哈佛大学的一次学术报告中对《等待戈多》剧本演出历史的研究。

境中被人们看到，都比印在纸上供人阅读的文字承担着更多的意义。既然我们今天生活之处的原型意象正在越来越多地被当作一个退化而非原始的景观，《等待戈多》里那种贫瘠荒凉的环境场景的种类就只会越来越丰富。

强调戏剧中可灵活移动的环境性，似乎违背了莱斯莉·希尔考提出的"以地方与传统为基础的艺术性"概念。但是可以想见，她以普埃布洛地方（Pueblo）为例证所作的研究，本意在于范式性的考察而非针对某种具体文化，否则其研究无非是在重复她所谓"突出个别麋鹿的谬误"（single-elk fallacy）。不仅如此，刚才所说也绝不意味着反对戏剧原初演出条件下的环境效果，或者反对复制这种条件的尝试。在埃普德鲁斯岛（Epidaurus）上部分恢复古代圆型露天竞技场原状的地方看过了埃斯库罗斯的《阿伽门农》之后，没有谁在重新阅读这个剧本时还会采用同样的方式——选择夜幕降临之时，以星光闪烁的大海为背景。一群来自25个国家的旅游散客，其中无人了解古希腊，绝大多数人最多只能模糊地记起其神话背景，为其演出此剧的场景又是博物馆化的，那么他们的反应肯定和一个古雅典集会上的观众反应大相径庭。不过，比起我几年后在一个小实验剧场看到的角色身着白领结燕尾服的演出，至少前面那个演出更容易将观众拉向过去的方向——理解古希腊生态文化的方向。

还有一种演出方式能够制造出无意而又鲜明的环境效果。俄勒冈举办的莎士比亚节推出了一个田园剧，舞台是专为旅游业征用的一大片土地。这种做法也是对当地居民安置模式和经济的一种破坏，尽管莎剧评论家们齐声谴责早年的现代圈地运动法规。[1] 其中一次《李尔王》剧的露天演出被一阵真实的电子风暴噪音扰乱——就在暂时恢复理智的国王在考德丽亚的怀抱中醒来那一刻。另一次，《不可儿戏》（The

---

[1] 关于此个案的详细分析参见 Sharon O'Dair, "Shakespeare in the Woods", *Class, Critics, and Shakespeare: Bottom Lines on the Culture Wars* (Ann Arbor：University of Michigan Press, 2000), 89–114。

Importance of Earnest) 则是在一个屋顶平台草草上演的, 舞台附近的藤架下布满了凶猛的叮人小虫。

从修辞的角度出发, 环境扮演着一种话语的角色。衡量这种话语, 既要根据事件的真实情况, 也要根据其自身的善恶观。从戏剧演出的角度出发, 环境则扮演着设定人类所处位置的角色。但是环境还可有这样的作用: 构成那个对其有构成作用的话语。

迄今为止, 在此种类中最具建设性的尝试, 至少就诗歌来说, 是安古斯·弗莱彻 (Angus Fletcher) 的 "环境诗歌" (environment-poem) 理论 (Fletcher 2004: 122–128)。"这样一首诗", 他解释说, "不仅将一个环境暗示或明示为诗中主题意义的一部分, 而且确实将读者带入诗歌之中, 仿佛它就是读者生活的环境"。这意味着更加丰富的东西, 而不只是读者对文本"世界"的"认同"。诗歌本身被当作一个世界。"环境诗意"的特别之处是"一种特别的自然合奏, 其关键问题并非戏剧和故事, 其情感服从于对所有参与者总体关系的再现"。弗莱彻(可能是过于急切地)发出了一种人类中心主义的命令("为了生动地展现并说服我们任何环境都存在, 作者一定要将场景元素和人类相联系")。但是, 欲对将人类控制去中心化的环境附属物的一种弹性结构进行戏剧化, 这命令还有两个值得注意的约束条件。首先, "诗歌只会表达那些有归属或无归属生物的起码存在"; 第二, 它"将展示出这种归属如何发生……植物动物中最小的生物'在地球每日运行的过程中/与山石和树木一起翻滚', 归入多样性, 值得拥有一份空间, 所以在诗中奇妙地描写地方的言说者, 肯定是第二创造者的言说者, 是那个场景的创造者" (pp.122, 123, 127–128)。[1]

我不知道, 假若弗莱彻能看到他制定的模式从诗歌扩展到其他体裁 (至少是一些体裁的例子) 是否感到满意。但依我拙见, 做此扩展是可行的。如前所示, 这种理论过于局限, 它生成于一些心灵中的检

---

[1] 弗莱彻引自华兹华斯的《璐西》组诗, "A Slumber Did My Spirit Seal" (Wordsworth 1981: 1, 364)。

验标准,正如约翰·阿什伯瑞(John Ashbery)飘忽不定的联想;或者像约翰·克莱尔在环境细节中嵌入言说者的喜好;再如沃尔特·惠特曼全景化编目式的修辞及对言说者的集体化。因此,弗莱彻似乎也过多地被哈罗德·布鲁姆在英国与美国诗歌传统之间的强硬划分所影响。尽管弗莱彻将克莱尔、浪漫主义整体以及新古典主义关于地方描写的诗学置于优先地位,赞其为有效推动环境诗歌产生的母体,他仍倾向于将这种诗歌的特征描述为一个崭新的世界形式,它来自欧洲中心主义的移民文化意识——感到自己面对的是"空旷"(empty)景观。[1]这使美国作家承受了压力——我们今天耳熟能详的观点正是如此——他们不仅要创造艺术,还要创造环境本身,而这更多地是因为他们倾向于根据景观差异来界定文化差异。(于是,弗莱彻对这一观点进行了环境主义的曲解,认为想象并非使景观服从于艺术愿望,而是将自己置于艺术愿望之中。)但值得争论的是,这样的评论可以应用于许多作家,其中有人来自"新"世界(比如内鲁达[Neruda]和维尔考特),有的则来自"旧"世界(如《鲁滨逊漂流记》的作者笛福、《阿拉斯特和解缚的普罗米修斯》的作者雪莱)。尽管,抛开任何限制条件,我更接受弗莱彻的模式,而不是我自己提出的更具局限性的"环境文本"定义(Buell, 1995:7-8)。我下此定义时,考虑的主要是非虚构的环境文学作品。我规定,非人类环境一定要作为一种主动的在场和参与者在文本中再现出来,这使得一些原则上同情我的敏锐读者感到忧虑:这一定义是否可能把其他体裁,特别是无韵文虚构作品排除在外;进而,因这种描述将生态批评的经典规定得过于狭窄,而可能陷其于困境(eg. Head, 1998a;Kerridge, 2001)。而弗莱彻的环境诗学更显著地认识到,社会景观如何成为景观整体的一部分。

---

[1] 布鲁姆以及后布鲁姆式关于"美国崇高"的论述,参见 Bloom, *Peotry and Repression: Revisionism from Blake to Stevens* (New Haven, CT:Yale University of New York Press,1976), pp.235-266;Mary Arensberg (ed.), *The American Sublime: The Genealogy of a Poetic Genre* (Madison:University of Wisconsin Press,1991), esp. ch. 1。

上述理论特别有益之处，是引导我们走向并了解这样一种文本：它似乎要把环境本身当作文本，而且要让言说者作为一个居住者或者演出者消失在其中。比如惠特曼的诗歌《曾有个孩子向前走》(There was a Child Went Forth, 1855)，一般认为它刻画了一个年轻的唯美主义者，但突破这种观点并更加顺理成章地说，这首诗写的是任何孩子的"想象生态学"，是关于环境所有物的不断扩展的视野（"他目光所及的第一个物体，他变成的那个物体／那物体变成了他的一部分，在那天或那天的某一部分／或者在岁月展开的循环中的很多年里"）。[1] 再如《总章》(Canto General, 1950) 中关于土地／劳动团结的契约，那是惠特曼最大的崇拜者、伟大的20世纪拉美诗人之一帕布洛·内鲁达所作：

> 在此我发现了爱。它在沙中诞生，
> 无声地长大，触摸着坚硬的
> 燧石，抵抗着死亡。
> 在此，人类的生命投入了
> 完美之光、灾后幸存的海洋
> 攻击、战斗、咏唱，
> 团结如金属一样。
> 在此，墓地不过是
> 翻转的土壤，十字架断作
> 销蚀的枝干，一任
> 沙风掠过。[2]

---

[1] Walt Whitman, *Leaves of Grass: Comprehension Reader's Edition*, ed. Harold W. Blodgen and Sculley Bradley (New York: New York University Press, 1965), p.364. 关于在此语境中进行童年想象的生态学内容，See Cobb (1977), Chawla (1994), and Nabhan (1994)。

[2] Pablo Neruda, *Canto General*, trans. Jack Schmitt (Berkeley: University of California Press, 1991), p.299.

除此之外，还有澳大利亚诗人雷·默里（Les Murray）的优秀作品，比如他的季节曼陀罗式作品《田园之轮：新南威尔士班雅的四季循环，1986年4月－1987年4月》(*The Idyll Wheel: Cycle of a Year at Bunyah, New South Wales, April 1986–April 1987*)。人人都曾有过对特定地方生活的共鸣，但它却又微妙而转瞬即逝。对这种共鸣的思索融入了此诗的字里行间：

> 带钉的鞋底，软塌的鞋帮，皲裂的赤脚：
> 你无法知道，也想不到这鞋内的景观。
> 它是一首目中无人的田园诗，
> 服从于每个长达14小时的农耕日。[1]

当生态诗歌要么朝着人物自觉远离世界的方向、要么朝着孤立性的客体化方向有所发展时，环境诗歌的概念开始具有排斥性。乌杰鲁·努努考的《城市的胶树》偏重于象征性体现和抒情呼语（apostrophe），可能出于上述第一个原因而合理地将其排斥在外。威廉姆斯的《小槭树》则可能因为后一个原因而不被接受。尽管其诗中充满动态描写，它却反而接近一幅语言静物画，如很多"意象派"诗歌一样。然而，即使弗莱彻可能希望将其剔除在外，我们似乎也更难拒绝支持乔里·格拉海姆（Jorie Graham）和朱迪丝·莱特（Judith Wright）所作的下列作品。

> 这些树木之间有我的呼吸，是的。
> 我的身体也曾在其中。为何要将其伪装。
> 在这个早晨，它属于我永远不会被退还的岁月。
> 还有那些不愿退还它的人，不管
> 他们是何人。

---

[1] Les Murray, *Collected Poems 1961–2002* (Potts Point, NSW：Duffy and Snellgrove, 2002), p.282.

无论他们如何安静地工作
翻过这一页。我怎么知道何时
如此——哦,吹嘘栖居在地方中的人,只用声音——
我们中的一个肯定明白这有多重要。
明白?我是否向你挥舞一个"结束"的抄本
悄声问你是否希望来吃午饭。
其实我也不想栖居在此。
其实,我不能栖居在此。
没有家园。人能站在外面
打着狂野的手势,是的。人能说"结束"
向树林里面看去,正如我在此所做。
但是也将目光外投
去看(尽管那是昨天),(穿过林间的
窄缝),那些晨光的歪斜
(斑驳的)(金色)躺在
这些落叶覆盖的图形上,这只金翅雀……
……
不要伤害他,不要碰,不要探究
这个未来,用你心里的幽灵,因为它自己
整整一天,从泉水之源,离开此地,是的,
我确实害怕,是的,我的恐惧在
四肢间颤动……
……
我的心灵仍向他狂野地收聚。[1]

　　　　　*　　*　　*

"在此签名。"我签了,却依然不安。

---

[1] Jorie Graham, "Woods", *Never* (Harper Collins, 2002), p. 10.

我卖了自己名下的角瓣木树林。
两样东西都给了我，但还是一样，
记着我签名时的不安。

"有角的花瓣"，芳香的缎木：
一棵树高七十英尺。
那些淡红的花萼如落日之光
烧灼我的心房。一棵鲜粉色柔顺的树

用来修造坐椅。难于接近
（那些斜坡陡峭）。但那是二次大战之时。
它们的木头进了轰炸机。它们生长了
几百年，只是为了面对飞舞的利斧。

在我们社会合法的分配下
我获得了名义和林地
我年轻得多，比起任何成材之树
它们成熟只是为了帮助国家

我在文件上签名。场地分外干净
（也许有八百棵树）。不安的我，
（当树遭到伤害，树皮会散发芳香）
在这土地上签下了我的姓名。[1]

主导两首诗的，是对刊行体裁（森林之诗、法律文件）的沉思，还有对诗中人物自觉的焦虑（"我的认识正确吗？"）或悔恨（我做的事正确吗？）的戏剧化。但是原因何在？两首诗中，环境良知和感知的精妙都是核心内容。莱特诗中的人物在国家宣称急需并接管她的老树林时

---

[1] Judith Wright, "Document", *Collected Poems 1942–1985* (Manchester：Carcanet, 1994), p.242.

痛苦不堪；当她得知这些树"进了轰炸机"之后再次崩溃。这不是对"封存在过去"的事件的记忆，而是一种随时光不断深化的不安，伴随着一种坚信：澳大利亚的移民者文化"对森林的毁灭……发展成为对这片土地的占有史上出人意料的最大环境灾难"（Wright，1992：31）。而格莱海姆诗中言说者之所以痛苦，是因为她在吟唱树林时心怀脆弱的骄傲，却又知道，除了迟钝的（读者）乙方和她卑微的自我，树林和任何地方都不是可靠的"家园"。诗歌在其第一级表达中"完成"之后，还对周围动态和细微差别保持极度敏感和警醒。名副其实的环境性，意味着让金翅雀自由自在，而非僵化得像叶芝的言说者想象的那种"金色的"鸟——当他不朽的身体"漂流到拜占庭"。别处的诗句对此有所影射。在《树林》和《契约》两诗中，关于人物和/或文件的先行之见的印象是不实的。言说者根据一种环境存在的状况来界定自己，她感到自己属于这种环境存在；而且这种环境存在以她最多可以部分把握的方式延伸到她身外。而没有这种存在，她就会感觉消亡、冰冷、支离破碎：一种具有充分暗示性的不安状态，它始终积极地等待着从未来临的结束。她的环境良知就是如此一丝不苟。

并不单是诗歌才可以被看做环境诗学，也不只限于非虚构环境文学的作品。把对地方的主观召唤转换成不受限制、可以共享的环境性再现，这种策略不是哪一种体裁或风格所独有的属性。在托马斯·哈代、约瑟夫·康拉德、迪奥多·德莱赛、弗吉尼亚·伍尔夫、D. H. 劳伦斯、约翰·库珀·帕韦斯（John Cowper Powys）、佐拉·尼尔·赫斯顿（Zora Neale Hurston）、帕特里克·怀特（Patrick White）、J. M. 库切、萨尔曼·鲁什迪（Salman Rushdie）(《午夜孩童》[*Midnight's Children*] 中的桑达班人）、阿利奥·卡彭提埃、威尔森·哈里斯（Wilson Harris）以及其他现代主义和魔幻写实主义作家所写的小说中，环境召唤也完全称得上环境诗学，至少根据对此范畴的一种宽容阅读，我们可以这样说。

在叙事中，至高无上的环境诗学恐怕要算这样的创作：它所展现的东西丝毫不亚于对整个世界的创造。诗歌当然可以抓住这一点。弥尔顿、但丁,还有惠特曼,他们都是前现代时期的伟大典范。我注意到,肯尼思·科赫(Kenneth Koch),一位以教孩子写诗为专业的惠特曼式现代作家,在一次阅读中肯定地表示:无论何时坐下写诗,他都会感到一种要为宇宙中一切事物命名的冲动。这是他从惠特曼那里学到的,后者创作激情的"震中"是在曼哈顿和布鲁克林,但是震波最终却传至整个星球。然而,真正专长于创造世界的体裁当然是乌托邦叙事,特别是过去半个世纪中被泛称为科幻或者"玄思"(speculative)小说的作品。[1]

科幻小说用了很长时间才赢得学术批评家(包括生态批评家)的足够尊重。很多人至今还将其看做通俗而非严肃的东西。最近情况开始转变,倒不是因为跨界的文学批评转变成了思考"环境"(《美国现代语言学会会刊》2004年的科幻小说特刊完全忽略了这种小说的环境性内涵),而是有一系列其他原因。这些原因包括文学研究中对通俗文化的兴趣不断增长、科幻小说不断努力融入尖端科技,比如控制论、人造智能、遗传学、各种人体-机器混合技术,还有——可能也是最为明确的——随之产生的朝实验性叙事模式的转向:它与魔幻写实主义的各种并用、赛博朋克(cyberpunk)小说与电影的出现等。同时,除了几个引人注目的例外(如 Elgin,1985;Murphy,2001),对此进行的生态批评一直滞后。无疑,部分原因是这种批评一直反对把自然当作人造物。整整半个世纪以来,对于生态学、地球危机、环境伦理学以及人类与非自然世界的关系,科幻小说投入的兴趣即使不能说始终如一,至少也是非常执着的。

确实,科幻小说对环境批评的要求甚至比这还要强烈。如果前面所引的《古兰经》片段可以被我们看做象征早期农耕-田园式虔敬的意象(源自圣山的丰硕果树的施舍),那么环境危机时代的象征性景观

---

[1] 科幻小说既是一个边界不明的范畴(比如与魔幻写实主义的并用),也是一个可再细分的综合性术语(比如描写由电脑网络控制的未来暴力社会的赛博朋克小说与电影就是其后现代的分支)。

就是被看做脆弱生态整体的地球,一个分裂的意象——一半是1969年阿波罗飞船从月球上拍摄的绿色星球、盖娅母亲的身体与《地球全目录》(*Whole Earth Catalogue*),另一半是一个被毁坏得无法居住的星球、人类虐待之下的反面乌托邦意象(Jasanoff, 2004)。从潜力来看,没有什么体裁能比得上科幻小说——能够在行星的层面上对"环境"的思考。之所以说"潜力",是因为实践中并不总是如此。恰恰相反,科幻小说中奇妙的梦幻之境——对太空行走和星球大战的荒诞演绎,入侵者对抗地球保卫者的情节剧、后弗兰肯斯坦时代的仿生杂交儿等——经常将生态学表面化,尽管这些作品中暗含的"地球可被技术危险物摧毁"的假设与"生态焦虑时代"假设如出一辙,而后者推动了今天更加精妙的环境想象。即使是对环境关注进行严肃探究的文本,也可能受到粗劣作品效果的诱惑。至少从一个侧面来看,弗兰克·赫伯特(Frank Herbert)的《沙丘》(*Dune*)四部曲中的首部(1963)算得上对一个"沙漠"星球进行的复杂的生态学研究。外来者发现此星球无法居住,而那些被蔑视的原住民却改良了一位"行星生态学家"的规划,正在将其秘密地变成花园。该书声明献给"干土生态学家,无论他们身在何地"。[1] 不过,这个计划还是受到了限制,由于作品还有着跨银河系惊悚小说的一面:由超自然力量支持下的势力所引发的几方新中世纪骑士之间的敌对。艾米·汤普森(Amy Thompson)所著《远处的颜色》(*The Color of the Distance*, 1997)是一个赛博朋克的传奇故事,讲述的是地球人如何成功适应了一个属于青蛙模样智慧生物的绿色丛林星球。主人公是一位因跨银河系任务半途而废而被困的生态学家。这个星球上的居民帮助她发展出像外星人的保护性身体,掌握了他们的可视性"皮肤语言"。她还克服了其他大大小小的文化障碍,比如对树上生活的厌恶。但这些外星主人的行动太像我们熟悉的人类,只是披着两栖动物

---

[1] 关于《沙丘》与《寂静的春天》以及厄休拉·勒古恩小说的对比性讨论,See Gough (2002)。

的伪装。奇特的景观和种族的神秘色彩很容易还原成对外来词汇的核对、冗长的伪人种学琐事，以及一种阿尔杰式（Algeresque）故事的情节——仰仗母性智慧、真正的勇气和善良友人的及时帮助而获得成功。

然而，从生态批评的角度来看，比起当代艺术完全无视环境问题而取得的成功，这些小说的失败反而更有意思。首先，从作品中可以看出，想象一个看似可信的彼岸世界或者未来世界是多么艰难。科幻小说不断提供不利于自己的证据，证实我们在现存世界的困境有多严重（不管我们喜欢与否）。因此，我用两个例子来结束本章，它们进一步地认识到上述问题，把我们更近地带到这个领域的极远端。一个例子是《天堂车床》(The Lathe of Heaven, 1971)，这是部精彩的作品，虽然在一定程度上受到了忽视。小说的作者是优秀科幻作家和环境主义者厄休拉·勒古音（Ursula Leguin）。另一部是由人种学家转为小说家的山下凯伦所作的魔幻现主义作品《穿过雨林之拱》(Through the Arc of the Rain Forest, 1990)。

《天堂车床》承继传统科幻小说写法之处，是从一个"不可能的"假定开始，除一些时间顺序上的前后交错之外，一步步展开心理－写实的情节。主人公乔治·奥尔（George Orr）饱受"生效"梦境的折磨。如果他梦到一个从未发生的事件，它就会真的发生。而且所有关于历史事件的人性意识都会随之转变，所以只有他才清楚自己的所作所为。他因孤独和责任感而不堪重负，因而求助于心理医生——一个傲慢狂妄之人，不过小说中强调他将此特性暗藏心中，是一个改良主义者而非作恶者——试图对这种生效的梦境进行主宰和控制而不是压抑。开始时，医生操控奥尔的梦境，既是为个人的事业发展，也是为消除显在的社会邪恶，如种族主义和污染等等。但是他自己不可避免地屈从于浮士德式的诱惑，企图成为做梦者，幻想着自己根据心理治疗数据来编程的那台机器能够施展诡计。结果，这几乎毁灭世界，哈博医生（Dr. Harber）也险些变成低能儿。不过，整个灾难性情节只是为这样一种生态女性主义研究提供了平台：通过男性属性（maleness）的模式对比体现出环境伦理学的对照。总的来说，被对比的两者既未被妖魔化，也未被英雄化（雄心勃勃、坚持要改变世界和自身的哈博与一无所成、懦弱敏感的奥尔相对应，同样证明了无人有权摆布现实）。作品以奥威尔的(Orwellian)方式发出可怕的暗示：改变事物的面目，也意味着改变对这些事物的公共记忆。这使得天平向着审慎的一侧倾斜。不仅如此，勒古音对生效梦境假设的呈现还使小说优雅地反映出生态启示录话语的悖论。对于环境主义者来说，做这样的梦恰恰是为了梦中景象无法实现。

如果说《天堂车床》采取了心理写实主义形式，那么《穿过雨林之拱》则是（或者说假装是）一个古怪闹剧，像部巴西的肥皂剧——这是作者山下在序言中所说。主人公和昌(Kazumasa)是一个在国外漂泊的日本半机械人，从幼年时起，在他额前不断旋转着的一个球体就将其牢牢束缚，球体的磁力可以追踪金属物质。他凭此谋生，但也因此最终成为绑架目标。球体本身是叙事者，被解体后，它还（不可思议地）作为一个"可靠的"讲述者继续发挥作用：传达出叙事声音的所有想法。但卡兹马萨只是诸多人物中的一个。这些人物包括：一对巴西夫妇，简而言之，他们通过新创的信鸽业务赚了一大笔钱；还有一个成天像啄木鸟一样戳橡胶树的人，发明了极限按摩疗法"羽毛学"；一位理想主义的前朝圣者，后变成一位相信电视福音传道的江湖术士；一位三臂人、美国资本家；一位有三个乳房的法国鸟类学家嫁给了他并为他生了三胞胎。这些人组成了由三臂人特卫普(J. B. Tweep)领导的联合企业。这是一个新奇引人的动物寓言——之所以引人，是因为一些角色虽有小过，却不失天真；而就结局来看，其中一些人几乎就是戏仿的"盛衰交替"、"强暴女强人"情节中的虚幻玩偶。启示录式的结局发生在"马塔乔"(Matačao)在大片雨林中迅速蔓延之后。马塔乔是一种化纤材料，企业从中提取了过量的赢利商品。后来发现，它是将"实际上埋在全球每个人类聚居地之下的非生物可降解物质的填筑垃圾"挖掘压缩而成。而对这个大垃圾场及其生产的一切东西（从人造羽毛到摩天大楼）的消耗是癫狂的，仿佛它们产自一个神秘细菌——它可能是导致生态毁灭的大量基因突变的生命形式之一。生态系统实施了报复。在"往日的现代高层建筑和办公大楼残留的碎片"之中，"古老的森林回来了"——尽管一切显然"永远不会和过去一样"。[1] 从疯狂提取到消费再到产生废物、拯救雨林的感伤情怀和全球资本主义、网络化通讯系统缩小世界造成的本地和跨国形式的贪婪、从古老的信鸽运用技术到广播媒体再到电脑化数据库——所有这些内容全都压缩进一个轻松版本：索因卡的《森林之舞》中阴森恐怖的盛典。

山下的生态启示录颠覆了传统的玄思小说写法。它依靠技巧，倾向于一种热切而富有道德诚意的"我们必须设法挽救世界"式的戏剧。对山下来说同样重要的，是取乐于所谓文明的疯狂性，因为人们毕竟对此无能为力。不过，对科幻小说以特有方式重造世界的计划中潜藏的骄傲，两部小说都提供了谨慎的元思考。从原则上说，这种体裁中的艺术创新是不拘一格的。你可以根据想象，自由地创造任何世界。实际上，《天堂车床》、尤其是《雨林》，都对这种创作的愉悦放任自流，比起前面论述的梭罗所说"神圣艺术家"的挥洒更是有过之而无不及。但是两位小说家重造的世界中也都萦绕着真实的影子，就像对自由想象的紧急制动，甚至像一种良知。重造世界在《天堂车床》中被看做一种病态行为，而在《雨林》中则是一种徒劳。正因如此，而不是因为作者描写这种重造世界的离奇夸张，使得这种小说被看做严肃的环境再现作品，看做环境诗学的极限延伸。

它们之间进一步的不同，是《天堂车床》中的自然相对而言受地方限制，作品主要描写俄勒冈州波特兰市内和周边发生的事件。而《雨林》中的地方更加多变、跳跃，甚至进行洲际漫游。一个是以地方为中心的传统写法，一个是后现代的去地方（displacement）写法，这种差异的内涵需要整整一章来专门论述。

---

[1] Karen Tei Yaashita, *Through the Arc of the Rain Forest* (Minneapolits, MN: Coffee Table, 1990), p. 202, p. 212.

第三章
空间、地方与想象：从本地到全球

环境批评的兴起从属于人类修改地球空间的历史，也依赖这种历史。这种历史可追溯到遥远的古代，但其高速发展却始于工业革命——"环境"第一次作为英语名词使用的时代。[1] 伴随这个新词出现的还有很多标志物，它们标志着对地点的稳定性及属于一个地点的设想遭到转变的过程产生的侵蚀性效果。被环抱或身在某地方的意识，开始屈从于存在者与其居住地之间一种更加自觉的辩证关系。环境有了一定程度的悖论性呈现：它成了一个更加物化和疏离的环绕物，即使当其稳定性降低时它也还发挥着养育或者约束的功能。本章要考察的，是环境想象如何记录、判断并设法影响上述过程；在此过程中，环境性的

---

[1] 作为动词的"环绕"(environ)出自中世纪。《牛津英语词典》认为指对人的环绕之意的(名词)"环境"(environment)出自维多利亚时代机器文化的批判者托马斯·卡莱尔(Thomas Carlyle)。他第一次有记录地使用这个术语时，与我们今天所感知的环境问题并无特别关联。(在他1827年关于歌德的论文里，说失恋的少年维特是其知识和文化环境中的一个生物。)但是卡莱尔在1829年所写的《时代的记号》中，潜在的立场与我们是同样的："机械时代"造成了人们物化的逻辑，使得"我们的欢乐完全建立在外在境况之上"。See *The Works of Thomas Carlyle*, ed. H. D. Trail (London: Chapman and Hall, 1896–1899), 27:67. 爱默生在1833年对卡莱尔进行的那次值得纪念的拜访后，称赞他对该词的创造，字里行间清晰地显示出他是在现代意义上认识"environment"的："出于对我一位导师的强烈关心，我去见他本人，他可能会说到他克拉根普托克的环境里去看他"。See *The Correspondence of Emerson and Carlyle*, ed. Joseph Slater (New York: Columbia University Press, 1964), p. 97.

重要意义被一种关于存在与其物质语境之间不可避免而又不确定的转变性关系的自觉意识所界定。这一考察是通过集中研究地方（place）的概念进行的。

对环境人文学者来说，地方是一个不可或缺的概念。主要不是因为他们确切地界定并固定了其含义，而是他们没有做到这样；不是因为其概念已经确定，而是因为它仍具开放性。这是个有价值的术语，即使其提倡者也感到，在倡导的同时还需要对其进行重新界定。不能直面地方的脆弱性，就不能对其进行细致的理论化研究，包括研究这样的问题：在当今世界，越来越多的人所生活的地方，在很大程度上是被超越地方的（最终是全球化的）力量所塑造，那么是不是传统认识中的"地方"要超过这种地方的意义？地方的概念也至少同时指示三个方向——环境的物质性、社会的感知或者建构、个人的影响或者约束。这就把地方变成了环境批评中一个格外丰富而复杂的舞台。

空间、地方和非地方

研究地方应从区分作为地理概念的"空间"（space）和"地方"开始。它们不是简单的反义词。地方需要空间性的地点、需要某种空间性的容器。但是与地方相对的空间还包括几何学和地形学的抽象涵义，而地方却是"被赋予意义的空间"（Carter, Donald, and Squires, 1993：xii）。地方是"可感价值的中心"（Tuan, 1977：4），"是个别而又'灵活'的地区，社会关系结构的设置位于其中，而且得到人们的认同"（Agnew, 1993：263）。每个地方也是"与发现地方的具体地区不可分离的"（Casey, 1996：31），对它的界定既要通过社会公论，也要通过物理标记。所以我们说对地方的依附（place-attachment），而不说对空间的依附。尽管我们同样会渴求"空间"，或者为自己挤出一个空间以备沉思或休闲之用，我们仍然会梦见一个属于我或我们的"地方"，而不是"空间"。"一个地方能够被见到、被听到、被闻到、被想象、被爱、被恨、被惧怕、被敬畏"（Walter, 1988: 142）。有些人正因在自己的社区中感觉得到危险，才会视其为自己的地方。我的住所是"我的地方"而非"我的空间"，因为我感觉它不同于一间陌生的酒店客房。地方可以引起浓厚的联想，空间引起的联想却是薄弱的，除了被当做"神圣"而分离出来的崇高"空间"。这种空间会引起无限共鸣，很接近"地方"引发的日常特有的亲密感。

世界历史在很大程度上也是"空间转变为地方"的历史。起初，地球是没有形式的混沌空间。尔后，通过人的居住，创造出地方，但是现代历史也颠覆了这个进程。虽然"早期人类社会"可以被说成是"地方与社会混为一体"，但是以经济交换为基础的社会的出现，使"空间和社会的概念混淆被打破了"（Smith, 1984: 78）。以传统形式"安置于地方"（emplacement）因此变得难以实现，即使不是毫无可能。在美国历史上，最为突出的例子是托马斯·杰弗逊颁令进行的土地测量，为了开发，在这个新建国家广阔的腹地刻下了直线格子。此地的开发者们又违背了他的限令，竭尽全力（至今仍旧如此），去改变"民主的社会空间"（Meine 1997）[1]，与此同时，原本居住在此的美国原住民失去了空间和地方，直到被押回联邦政府定义的空间（"保留地"）——它

---

[1] 环境作家威廉·里斯特·希特·姆恩（William Least Heat Moon）关于堪萨斯州查斯县的海默镇区的散文《格子里的谷粒》"With the Grain of the Grid", *Prairy Erth* (*A Deep Map*) (Boston, MA: Houghton, 1991), pp.279-287, 独创、滑稽而又辛辣地描写了中西部开垦者如何通过修正与自我调整的结合，把直线格子规划变成了居住地。与此作品观点相同，梅因（Meine, 1997）系统地分析了格子规划工作对中西部农场生活的挑战。另一方面，对菲舍（Fisher, 1988）来说，"民主的社会空间"意味着意识形态、技术和空间决定论的协同，它导致了空间对地方不可逆转的占领。它"伴随着越来越退化的对地方、地区或者家园的意识，要求一种越来越工巧而毫不费力的交通体系"，将地方缩减成"这个那个活动体系的交叉路口"（p. 64）。与此相衬的是克洛农所写的历史：如何把美国腹地组织成一个巨大的体系，让商品和资本围绕芝加哥这个中心流动（Cronon, 1991: 55–259）。

们更像俘虏收容所，而不是对原居住者的家园或牧场的体面补偿。[1]

美国的移民者文化征服属于过去几个世纪中世界范围内"生产""绝对空间"的大量事件之一，侵略性的工业资本主义要为这种生产承担责任（Lefebvre, 1991：esp.48-53）。但是现代的社会主义政体对此也难逃干系。[2] 正如地理学家大卫·哈维（David Harvey）所说："世界的空间被去疆界化、被剥夺其先前的意义，然后根据殖民和帝国管理的方便被重新疆界化。"[3] 这个过程增加了"丧失地方"状况（displacement）的数量和形式。越来越多的世界人口，无论是为经营企业而移居海外，还是非自愿流亡异乡、苦于失去回家的权力，都努力把地方随身带走。这种情况下对地方意识的坚持，经常是故事和歌曲的重要内容（Bowman, 1993；Bhabha, 1994：139，155-157）。与此同时，即使是最优越的地球第一世界居民也会经常陷于丧失地方的境地，他们为了在交易中获得更高利润而重选居所，离开喧闹的"近邻"迁往城市郊区发展，住进宽敞但建筑和景观设计相同的屋村住宅，与陌生人为邻。

这些变化的结果之一，是增强了那些帮助引导科学和技术革命的

---

[1] 关于国家公园的历史与美国印第安人保留地之间的联系，参见 Spence（1999）。最近，由开垦农耕地而人口激增造成的中部平原居民外迁（导致从蒙大拿东部和北达克塔西部迁到得克萨斯北部的很多县低于边疆时代的水平）。同时，美国原住民居民人口也在显著增长。两种情况都证明：把抽象空间变成可居住空间的设想和对曾经拥有的地方意识的坚持受到了挑战。

[2] 是资本主义还是社会主义更具环境友好性，对此问题一直争论不休。从生态中心的立场上来看，迄今为止，两种制度都遭受了惨败（McLaughlin, 1993：14-62）。亚当·斯密和卡尔·马克思都不是环境主义者。从一方面来看，"自由世界"的消费文化留下了一个更大的"生态脚印"，而工业化的社会主义国家有着更糟糕的污染纪录。另一方面，资本主义文化在生态博爱方面走在前面，而社会主义理论对环境不平等以及人类对环境统治的批判更为强烈。无论是左倾的"生态社会主义"主动（e. g. Williams, 1986；Pepper, 1993），还是利伯维尔地方偏爱的"可持续发展"或者"生态现代化"规划（e.g. Hajer, 1995；Mol, 2001），其发展都是对失控的生产和资源榨取的回应。

[3] David Harvey, *The Condition of Postmodernity: An Enquiry into the Origins of Cultural Change* (Oxford: Blackwell, 1989), p.264.

哲学家们几个世纪前就开始宣称的观念：现代化已经使地方依附变得陈旧过时、毫无价值。到 17 世纪末，"地方"至少在理论上已经被还原成"位置，或者光秃秃的一个点"，它位于"刻画出笛卡儿式分析几何学所建构的空间维度性的 XYZ 数轴之一"（Casey，1997：199）。

与此形成对照的是，对当代的环境批评来说，地方似乎经常为"抵抗政治"提供前提。这种抵抗政治针对的是现代化的过度行为，或者说其"空间殖民化"（Oakes，1997：509）。在一定程度上来说，颠倒空间－地方的等级制度，并把地方正当地看做一个不仅为原住民或者资产阶级感伤主义者所用的基本术语，是令人惊异的容易。有人把地方看成"由其自身所建立，包含在主体性之内并尊重主体性"，或者"从最初开始，地方就是我们理性能力的源泉的一部分"（Malpas，1999：35）——这些主张都有一种不言而喻的力量。无论人们从整体上对马丁·海德格尔或者莫里斯·梅洛－庞蒂如何看待，都很难反驳这样的主张：存在（being）意味着"在那里存在"（being there），或者说"做某个人，也就是维系于某个世界"（Merleau-Ponty，2002：169）。"康德的主体安置一个世界"，但是不言而喻的是"为了能够提出一个真理，实在的主体必须首先拥有一个世界或者身处这个世界之中"（p.149）。后现代理论脱离了现象学对范式个人主观经验的集中关注，这使得认为一切"知识"都是"被置于境遇中"的想法更加不证自明。所以美国顶尖的地方现象学家爱德华·卡西（Edward Casey）在 20 世纪晚期提出复兴地方理论（Casey，1997：285-330）。他并非要让我们信服：传统意义的地方与地方依附会在可预见的将来重具权威性。正如卡西意识到的那样，当代关于境遇性（situatedness）的多数讨论都集中关注社会语境的问题；很多把身体的嵌入性（physical embeddedness）作为中心问题的人更加关心"作为地方的身体"（bodies-as-place）（See Casey 1997：323 on Luce Irigiray），而较少关心在物质环境中"安居于地方"（emplacement）的问题。而且关于境遇性的主张虽然流行，但对其否定者几乎与肯定者一样多。[1]

但是即使对那些对于环境境遇性有着最大关注的人,这样的否认也可能是有价值的。正如生态女性主义哲学家瓦尔·普拉姆伍德所警告的那样:"地方敏感要求研究地方既要用情感性的、也要用批判性的方法"(Plumwood,2002:233)。那么就让我们从批判性的方法开始吧。那些站在地方依附的立场上说话的人,需要面对某些内在于地方概念中的困难歧义。

一个歧义是环境与安居于地方之间内容丰富的关系。有着强烈地方依附感的人很容易陷入一种感情用事的环境决定论。显然,"窍门在于做到重新提出环境问题,同时要避免决定论"(Preston,2003:106)。但这绝非易事。更难驾驭的是在人类起源学意义上建构的问题。地方依附中暗含着对地方的适应(adaption),然而只要地方还假定了人的居住,那么"物质世界的转化与[它的]改变就是无法分离的"(Pred,1984:287)。海德格尔强调指出,名副其实的"建造"要求"我们有能力栖居",那么这种能力的前提就是负责地将人自身安置在其环境之中;但是这种表达方式容易将下列事实神秘化:栖居即使在适应的意义上也是以建造为先决条件的(Heidegger,1975:148–161)。[2] 用海德格尔的话来说,它们是"同等原始"的。因此,"地方的循环围绕把自然和文化维系在一起"(Sack,1997:125)。

如果不注意这种自然和文化的交互关系,人们会误读空间中的地方以及它如何成为地方。海德格尔深知其范式性的黑森林农场为两个

---

[1] "宣告一个人的境遇性(situatedness)",大卫·辛普森指出,"看起来优先于这种指控:人不是一面不充分地自我警醒,一面提供一个有限的权威在指定立场上发言。它是同时具有防卫性和侵略性的。它以此方式适应这种世界状况的需要:要求主体的自我描述是自卑的,被他者制造、融入先在的规定,同时又显示出一切可识别的作用和责任的印记。"See David Simpson, *Situatedness, or, Why We Keep Saying Where We're Coming From* (Durham, NC:Duke University Press,2002), p.195.

[2] 因此列斐伏尔抱怨过:海德格尔"对绝对空间的执迷""对立于任何分析性方法,甚至更对立于任何关于我们所感兴趣的生成过程的全球考虑"(Lefebvre,1991:122)。

世纪前的农民所建造,但是在他笔下,它看上去仍像自然进程的神秘结果:"让地球与天堂、神灵与凡人在简单的同一中进入事物的力量"(Heidegger,1975:160)。环境史学家威廉·克洛农(William Cronon)所断定的"荒野造成的麻烦"对美国和其他欧洲移民者文化来说是一种相似的难题:漫不经心地对待"从我们有人类发展记录开始,在不同程度上操纵自然世界"的人类史前史。被首批到达北美的欧洲移民看做原始或者"空旷"空间的东西、被其后代坚持看做"荒野"的东西,在另外某些人(somebody)看来,从最早的人类数千年前到达此地开始就是地方——这一历史甚至比数千年还要漫长,如果我们把非人类也算作"某些人"(somebodies)的话。另一方面,正如克洛农肯定却迟缓地补充的那样,了解这一切,并不会减弱我们具有下列认识的重要性——"把非人类的自然认可和尊崇为一个并非由我们创造的世界、这个世界以现有方式存在,有其自主的、非人类的原因"(Cronon 1995a:83,87)。人们甚至可以煞有介事地说自己在"荒野"中发现了一个地方或者"家园"——比如,作为一个有治疗作用的避难所——条件是人们把"荒野"看做是一个相对而非绝对的词语,正如萨里·卡里加(Sally Carrighar)和道格拉斯·皮考克(Douglas Peacock)在其出色的环境自传中所用。他们的作品中,与野生动物的接触治愈了精神创伤引发的社会性机能不良。[1]

在经典美国环境写作中,梭罗的《瓦尔登湖》既指出了以何种方式来想象一种与"自然"更近的生活,也展现出进行这种想象而又不陷入思想矛盾的特有问题所在。《瓦尔登湖》一次又一次地屈服于这种

---

[1] Sally Carrighar, *Home to the Wilderness: A Personal Journey* (Baltimore, MD: Penguin Books, 1974); Douglas Peacock, *Grizzly Years: In Search of the American Wilderness* (New York: Holt, 1996). 皮考克在美国内地看护灰熊时,发现了一种治疗自己精神创伤的方式。越南战争使他无法过上"正常的"社会生活。而卡里加的精神创伤则起因于儿童时代虽地位优越却遭人厌弃,母亲其实试图杀死她。其作品《冰封之夏》(*Icebound Summer*, 1953) 中反讽地写上了"献给我的母亲"。其中一章"不动感情的母亲"写到一个小海豹的典型遭遇:被母亲哺育不久后就遭受遗弃,在达尔文式"自然母亲"的无限仁慈之中体验精神创伤。

诱惑：幻想康拉德镇周边俨然是原始荒野状态，尽管该书最终坚持集中关注的是：把精神的重新定位设想成一种朝着家园地方之内或外缘被广泛忽视的荒野地点的转向。多少有些相似的是，当代环境批评的出现属于一个进化故事的一部分：进化前是把融入地方的生活（life-in-place）想象成对（自然）环境召唤的顺从，进化后是将地方制造（place-making）认识成一种文化意义上的转变进程，其中自然和文化都必须被看成一种相互依存的关系，而不是两个可分的领域。

我关心的第二个有歧义的领域是地方这个术语所暗指的不同依附模式。小到厨房的一角，大到星球，都可被看做一个地方。既然我们有能力想象作为一个整体的地球，或者想象现代化把地球缩小成一个点，以使关于"地球文化"或"地球公民身份"的思考看似可行。然而，生态批评似乎更偏好那些倾向于当地或区域意义上的"地方依附"的文本。目前看来，无论在第一波还是第二波生态批评中，情况都是如此。尽管环境正义批评主张，地方更多是人类的而非自然的建构；而且这种批评更多地关注由制度化社会宏观力量造成的多个地点（localities）的生成，但是它仍然对关于典型的濒危群落的叙事有着特殊兴趣。

在一定程度上说，这种向心的倾向是可以理解的。引人注目的关于地方中生活的叙事数量巨大，也易于识别。地球的灾难需要具体例证来说明，需要博帕尔毒气泄漏和拉夫运河污染那样高度公共化的个案，为的是"被赶回家"，而且在精神上可以控制。疆域的扩展很容易淡化地方依附感。"正如伪称'为人类之爱'会令我们生疑"，文化地理学家段义孚警告说，"当人对一大片地域宣称地方依恋时，它也会变成虚张声势。将地方的范围缩至人的……意识限制能力以内似乎是必要的"（Tuan, 1990：101）。不仅如此，地球的福祉还取决于对各种地方的关心，而不仅是对公园、或"生态区域预留地"、或其他占地面积巨大、被圈起来保护之地的关心。如果我们对地球上每个地方都像对那些"受保护的"自然保留地一样爱护备至，那么地球及其居民的健康大概就都能得到保障了。但是好事做得过度（本地水平上的地方依附和管理）显然也会招致恶果：久居一地却难以适应、过于渴望恢复我们失去的世界、排斥指责外来者和流浪者……等等。

除此之外，环境公民身份的获得真的依靠原地不动吗？显然，亨利·梭罗和温德尔·巴里确实这样认为，那些强调"再栖居"价值的环境批评家也是如此（See Snyder, 1995: 183-191; Thomashow, 1999: 125-130）。在移民者文化中，"再栖居"是对立足于地方的长期管理所负的一种责任。这种责任也被认为是原始居民与土地之相互依赖的近代等同物（"再"的说法由此而来），它可以弥补过去对原住居民和土地的虐待。但是像巴里·洛佩兹那样的作家，从移民者文化关于本地环境破坏的历史记录中可以看出，其良知和批判性一点也不比上述作家少。他们是四处奔走的优秀人种史学者，不是原地不动，而是更多地通过跨学科研究和各个地方的资料提供者（在洛佩兹的情况中，既有原住居民也有田野考察科学家）获得见识。通过考察大西洋和印度洋中个别早期现代移民者的飞地而获得的小型岛屿生态学不够可靠（Grove, 1995: 16-72），为了发展关于全球环境危险的最早理论，也需要对这种不可靠性进行比较性的研究。比尔·麦克吉本（Bill McKibben）必须进行全球范围的探险，而后才能全面讲述全球升温可能会对沿海和岛屿国家造成怎样的威胁。如果你想成为一个环境作家、环境批评家，或环境行动主义者，选择哪一种位置算是更负责——是发现一个你愿意全身心投入的地方，还是触角敏锐地到各个图书馆、实验室乃至各大洲搜寻资料？对这个问题没有单一答案。甚至"地方自觉和地方敏感文化的目标也不必强行规定死守一个地方、在地方限制下固定不变的生活方式"（Plumwood, 2002: 233）。

环境批评还必须面对一个主张，即人类学理论家马克·奥格（Marc Augé）所称："非地方（non-places）是我们时代的真正衡量者"。在"我们"（优越的西方人）所居住的"超级现代化"世界里，人降生和离世都在医院的环境里；两者之间的日子则大量花费在穿梭于办公室、购物中心、俱乐部和交通工具之中，这些都被设计成中性而无害、意料之中可以互换的空间（Augé, 1995：78-79）。[1] 不仅如此，我们还很喜欢这样。"非地方的经验"最能打动奥格之处，是"其吸引人的力量，对……空间和传统的引力拉动保持着相反的平衡"（p.118）。他的研究开始和结束于一个跨国旅行的商人的文雅轶事，能使此人感到舒适安宁的，是机场和飞机这种非地方有效的时间协调。

能够写出奥格笔下这种自我隔离者——一个与作者和读者完全不同的存在物种，是件诱人的事。但是其区别仅仅是程度上的。我们可以高尚地思考：我们蔑视非地方，却还在日常生活中依靠它们。本章的写作当中，有件事让我十分恼怒：就是因为一个荒唐的不幸——丢失了一个汽车车牌，我因在非地方花了一整天时间而中断了思路。我沿着清晨经过的道路徒劳地搜寻，开车到一个郊区诊所（这本身就是一个非地方）；在机动车登记处长久等候，它坐落在另一个郊区的购物中心里；再到又一个郊区的第二家购物中心，走进我的保险公司内一个个彻底消过毒的房间；再到另一个城镇里的汽车修理店，在那里对我的已注册车辆进行国家强制检验；还要和我工作地点的"泊车办公室"打交道，他们通过车牌号管理雇员的车辆——这就是我浪费掉的一天。但是那些我不情愿离开的地方又怎么样呢？确实，我曾经在自己家里感觉亲密的环境内工作。通过电脑屏幕前的窗户远望湿地的延伸，目光所及之处都是划归自然保护的地区，令人心旷神怡。但是我从家和"自然"中得到的那种进入地方的感觉，取决于景观建筑和公共自然保护措施（地方土地托管、《马塞诸塞州湿地保护条例》等）所制造的效果。不仅如此，当我专注于写作时，上述一切都消失殆尽。我为了一切实际目的，只是存在于想法和书籍构成的抽象空间里；除了手指在键盘上的跳跃，整个身体静止不动。

---

[1] 奥格也警告说，"地方"和"非地方"不是不连续的，而是双极的："第一极从未被完全消除，第二极从未彻底完成；他们像羊皮纸的底稿，关于认同和关系的涂抹游戏被不停地重写。"奥格的地方/非地方两分法而不是更为熟悉的地方/空间两分法似乎被设计来强调：可能被看做浅薄、抽象、影响呈中性的空间的那些地点，可以是有着强烈依附感的地点。

第三章　空间、地方与想象：从本地到全球　　79

　　当然，进行这一番琐碎的坦白，旨在进一步讥刺对非地方的脱水处理。对于奥格的轶事也是如此。他十分清楚那种无动于衷的自恋，正如迈克尔·塞瑞斯（Michel Serres）所讥讽的："只在室内生活，沉溺于时光流逝而不出去接触天气……对气候变化无动于衷，除了在假期里以笨拙的阿卡迪亚方式重新观察世界（并且）天真无邪地污染着他们不认识的东西"（Serres，1995：28）。但是奥格克制了自己，没有对幻象进行一番暴怒冗长的说教，这使他的研究得以有效地质疑环境批评的做法：对深厚的地方经验完全另眼相看。人们真正希望的到底有多少呢？可能他的证明是为了展现出无地方性（placelessness）不仅是有条件的，也是固有的。正如尼尔·伊文登指出的那样，能把智人同其他物种区分开来的是：我们是"自然的异类"——没有固定居所、完全可以把自己安顿到任何地方的生物（Neil Evernden，1985：103－124）。

　　或者，假设身处地方至少是一种剩余的价值，即使对流浪者也是如此，那么我们一定要拒斥在一个像地球这么大的范围里、在地方削弱和地方管理之间进行的权衡吗？一个人能不能专心于"地方中的生活"，把它作为对环境批评的一种有价值的实践，而不在办公室和交通工具里花很长时间？当一个人感觉自己离开了地方——旅行者经常如此，那么仅次于地方的好东西可能是一个你意料中安全的空间，在那里，你在陌生地点被排斥在外的古怪感觉可以得到一种缓解。要周游世界，最好在一系列非地方进行，而不是去冒被耽搁、遭抢劫等危险。然而出于同样原因，奥格的非地方理论也可用来证实对于地方的不断渴望，尽管表面上看来正好相反。在一定程度上，非地方的吸引证实了"地方剥夺"（place-deprivation）问题的存在，也证实了作为一种填充而非优先选择的非地方的存在。世界上还有其他存在形式，它们能够比写这段话更为丰富地满足我，不然，这段话不可能写得出来。无疑，这样一些解释帮助我们说明：为什么《瓦尔登湖》几乎没有提到作者在森林中的26个月里将大部分时间都投入了写作。但是追问"地方真的有多重要"这个问题，要求更谨慎地探究这个问题到底从何处着手。这也就要求把地方更严格地看成物质环境——无论是"人工建造的"还是"自然的"——它由主观感知和制度化社会组织构成。

作为现象学的地方依附 vs. 作为社会学的地方依附

几年前,我提出过关于主观地方依附的五个维度的现象学,它至今对我来说还是有意义的(Buell, 2001: 64–78)。在此仅作极为扼要的概述。

地方自觉意识以及与地方的情感联系不仅涉及对空间的适应,还有对时间的适应。在空间层面上,至少涉及三种精神图谱。最为传统并仍旧流行的意象,可以是一些同心圆,其情感认同(以及对不可知之物不断加强的焦虑和恐惧)从引导人大部分生活的家园基地或家园范围发散开去,强度逐渐缩小。传统上,人的工作地靠近家园,即使不在家里。比如小农场主和小店主就是这样。长距离的旅行是少见的,步行的小商贩们是很小的一个群体,在一个村子里,他们的到达就算得上一件大事。至今,地球上还有很多居民以这种方式生活。[1] 许多走南闯北的都市人都有过这种邻居和同学。

然而,现代化之下,地方依附的扩展看起来更像一个群岛而不是同心圆。工作地点越来越远离家园,在极端的情况下是在另一个国家甚至另一个半球。这要求谋生者长时间离开其家人生活。其他分散的小岛数量也在快速增长,比如已经远离的童年旧地、经常拜访的亲属或朋友的家,或者(对富人来说)第二家乡或其他择季节光顾的偏远住宅。即使像我这样相对守家的人也可以数出一大把这种分散的地方。虽然多地方化和分散可以减轻对任何一地的依附,却并没有硬性规则。关心家园地方的公民可以证明,在第二家园社区,他们的依附感更加强烈。

与此同时,仅靠想象的力量,人们也能对地方产生依附感。这种

---

[1] 游牧部落成员当然除外。但是一个同样观点的版本在此也适用。即使没有单一的家园基地,家园的范围还是有限的。

力量十分古老，可以上溯到人们睡前听的民间故事和游吟诗人的表演中，荷马史诗和《贝奥武夫》中的故事也由在其基础上综合产生。但是，媒介生产的虚拟现实的所谓"第三自然"（Wark，1994）大大增强了这种力量。令人魂牵梦绕、一定程度上界定人性格的地方，可以是真实地方，也可以是完全的虚构——阿拉斯加荒凉的北坡、鲁滨逊·克鲁索的"荒漠岛"、劳拉·英格尔斯·威尔德（Laura Ingalls Wilder）的儿童读物中的"草原小屋"、希伯来人在埃及或巴比伦囚禁地想象的希望之土、霍皮人（Hopi）的"图万纳萨维"（Tuwanasavi）——人们被召唤回归的原始地。但是，尽管想象者并未到过、而且可能永远也不会到达此处，却很难削弱这种传说中或想象中的地方引发的向往和忠诚。在某些情况下，这甚至会影响民族行为和世界性事件的进程。对你从未到过的地方——想象中的非洲或其他地区——比对你直接认识的地方有着更多的关切，这是完全可能的。

地方依附也有着时间性维度。一方面，它反映了一生中所增长的地方经验。我对自己成长地的记忆影响了对此后所有生活地的反应；我发现那些幼年时生活地更加多变的人也是如此。"对自己的过去有一种意识"，哲学家马尔帕斯（J. E. Malpas）此话的意思是，有着"一种在与人在特定空间、相对的特定客体和人员的具体行动'故事'的相关中对自己的现在和将来的把握"（Malpas，1999：180）。我是否、又是在什么意义上把一个特定地点当作"地方"来经验，这将受到下列因素的进一步影响：我之前的生活是如何扎根某地或者漂泊不定、是哪一种环境条件使我感觉熟悉或者陌生的，等等。因此，地方意识就是一种一系列地方经验的羊皮纸重写本。

反过来说，地方本身也在变化。它"不是实体的——像一个奠基地必须的那样——而是事件性的、处于进程中的事物"（Casey，1997：337）。我童年时代的地方被戏剧化地变成了郊区的延伸地带或可能不复存在。在我生来六十多年的岁月里，（被感觉为地方的）世界各地无数社区都已被破坏殆尽或者重新创造。出于同样的原因，要想象任何一个完整的地方，至少要对其整个历史有所概览。比如，英国小说家格拉海姆·斯威夫特（Graham Swift）、新西兰生态学家吉奥夫·帕克和美国环境作家约翰·米歇尔（John Mitchell）就曾分别追溯东盎格鲁的沼泽地带、新西兰殖民化以来自然景观的破坏以及作家本人居住的美国东北部城镇地区，从此地居民的历史上溯至前人类的地质史。[1]

上述五个空间－时间坐标可使我们对作为主观视阈的地方有一个批判性的把握：它对于生命经验及其艺术处理具有何等意义。但是，由于主体从来不是有着无限选择的完全自由的执行者，对地方也必须进行更加外向的思考，因为一个人工制品是被社会性地制造出来，既要通过社会地位的引导作用，也要通过经典作品对空间的绘制。

美国西南部的作家、环境主义者巴巴拉·金索尔维（Barbara Kingsolver）写了一篇简短的叙事散文，为上述两种地方绘制提供了方便的图示。她在《记忆地方》（The Memory Place）中回忆了和女儿在阿巴拉契亚地区某处度过的一天，那里离她自己的生长地不远。小女孩的一句话让她很高兴："这让我想起我一直喜欢想的那个地方"（"我告诉她我也是"）。——作家回想起自己的童年时代"在同样树木丛生的山谷中游逛"。她十分享受这种对照：一边是这个"缩微的、慈爱的"景观，对"儿童的探险"来说，"尺寸"更合适；一边是"我后来熟悉的狂风劲吹的西部沙石大峡谷"。当她们在当地的小镇和从这里穿过的美丽小河边搜寻时，作者传达了一种意识：关于一种地方性的友善、品质和价值；同时它也上升到一种对霍斯里克小溪（Horse Lick Creek）及其濒危物种淡水蚌的焦虑。那些淡水蚌虽得到了一些保护，却因掠夺性开矿和轻率离开公路过河的汽车等而不得安宁。"谁会珍爱那些并不完美的土地、屋后荒凉伊甸园的碎片、在农场间穿行的小溪？"她

---

[1] Graham Swift, *Waterland* (New York: Vintage, 1992); Geoff Park, Nga Union (The Groves of Life); *Ecology and History in a New Zealand Landscape* (Wellington: Victoria University Press, 1995); John Mitchell, *Ceremonial Time: Fifteen Thousand Years on One Square Mile* (Garden City, NY: Doubleday, 1984).

在文章结尾发出修辞优美的质问（期待着她的读者在内心回应"我们会！"）。而她自己作出的答案是"永远守护我女儿的记忆之地"。[1]

这里描绘出了地方依附的所有五个维度：小城肯塔基被当作最初的家园基地，在此地之外，召唤出一个由其他地方依附组成的群岛，其中也包括她的第二故乡，她把那里（显然有些含糊地）描写成"亚利桑那南部的沙漠边缘地带"(p.180)。作家关于肯塔基地方性的意识有所变形。对此产生影响的，一方面是特质性的地方经验积累，另一方面对当地在过去一百年中变迁的清醒认识。在两个方面，都感觉到地方更像一个动词而非名词。至于文中提到的虚幻的想象，可以设想的是，女儿的地方记忆主题因母亲所讲故事的力量而有着前准备。故事也期待其读者有着相似的准备。

那么，"记忆地方"就不仅依靠地方依附的独特表现，还要依靠对范式性经验的诉求，这包括：童年时代对特殊地方的依附中包含的生态学——在那些地方尚受保护和"自然"的时候(Cobb，1977；Nabhan，1994；Chawla，1994：21-50)，这种生态学似乎表现得尤其鲜明；雷蒙·威廉姆斯所说的怀旧田园文学的"提升效应"——他在追溯英国著作时发现，远至盎格鲁-撒克逊时代开始，每一代人都认为上一代的生活与自然环境更加亲密(Williams，1973：9-12)；"母性环境主义"——这在研究地球关怀的生态女性主义环境伦理学中十分盛行(Sandilands，1999：xiii)。从这个立场来看，"记忆地方"中的地方依附就开始更像一个由社会制造的而非个人的印记。它关于迁移的背景故事——从肯塔基到亚利桑那、从阿巴拉契亚山的穷乡僻壤到塔克森阳光地带繁荣兴旺的大都市——在阶层优势的作用下成为一个可预知的位置变换。这在金索尔维的其他写作和附言中得到了确认。作为一个扎根于本土却经常旅行的职业家庭里的孩子，一个医生的女儿，其兄弟姊妹都成了大学教授，作家并非注定要在一个没有书店的家乡过

---

[1] Barbara Kingsolver, *High Tide in Tucson: Essays from Now or Never* (New York：Harper Collins, 1995), p.170, p.178, p.180.

自己的成年生活。用她的话来说，书店也是"在乡村里得到拨号系统服务的最后一个地方"。坚守原地可能意味着变成"一个农夫或者农妇"，当时的历史情况是，农夫在全国劳动力中的百分比正缩减到可忽略不计的程度，烟草（当地的主要产品）种植者尤其面临困境。从一个经济不断下滑、偏远地区人口长期下降的州的小镇，迁移到一个迅速发展的地区的学术中心，在社会经济意义上显然是明智之举。少女时代在偏远肯塔基的漫游，是可以传给女儿的珍贵记忆。但是永久性的回归可能对两人来说都意味着禁闭。[1]霍斯里克小溪是不是她真正长大的地方，女儿的记忆地方与作者自己的童年环境是否有着直接联系，这些都并不重要。为了她的目的，肯塔基东部的诸多小镇和山谷都浓缩成了同样的生态文化偶像。

这样来看，就其社会定位来说，"记忆地方"中的"地方"开始滑向地方/空间统一体的相反一端。这样做不是为了把金索尔维的表现贬低成错误信仰或者自我欺骗。确实，对回归经验进行选择性的陈规描写是感伤化的。[2]但是，在对其环境主义观点戏剧化时，抒情性和典型性的糅合更像是优点而非缺点："拯救地球上的这一小片生命——像多数情况中一样——不仅需要立法，而且还需要皮卡车层面上的改变"（p.174）。因此，它就不能只是"我的"，而是"我们的"记忆地方，它由大家共享：像炼金术一样把地图中所有的空间都变成地方——它们包含着值得爱惜的生命经验。

边界与规模：从本地文化到全球想象

在空间分配的标准概念内部或者在其对立面上，环境写作与批评

---

[1] 这一概括综合了网络发表的传记材料（主要来自 www.kingsolver.com 和乔治·布若西 [George Brosi] 所写《巴巴拉·金索尔维》["Barbara Kingsolver"]，见 www.english.eku.edu）。另见金索尔维的"In Case You Ever Want to Go Home Again," *High Tide*, pp.35–45.

[2] Comer (1999:137–151). 考莫在参考"来自西南部的劣质品"——金索尔维最为畅销的小说之一《动物梦想》(*Animal Dreams*) 之后，坚持这一观点。

进行的最有力的干预，是挑战关于边界和规模的设想。其中三个特别重要的工作是：本地化地方的再想象（如在"记忆地方"中）；通过批判本地和国家边界的设置，在"生物区域"层面上为地方制定新概念；想象地球所属物的实验。这些工作在某种程度上看来是同步的。但是它们也可以互相之间或者内部不一致。比如，对某一地方的依附既可以表达成与一个特定的、有界限的地点关联的景象，也可以是关于一个都市内区域如何被全球人口统计学和资本流动所塑造和再塑造，同时仍然保持着软性却鲜明的地方意识（Massey，1994：146-156）。

　　关于地方的传统写作经常对规模小而有限的区域特别感兴趣。其中的语气是肯定的，正如美国"本土色彩"运动的涨潮标志。萨拉·奥恩·杰维特（Sarah Orne Jewett）的《尖枞树之乡》（*The Country of the Pointed Firs*，1896）精妙地刻画了缅因州南部一个海滨小镇。这种写作也可以是本地的、哥特式的，比如巴巴拉·贝恩顿（Barbara Baynton）的《灌木研究》（*Bush Studies*，1902）。作品讽刺了新南威尔士地区边疆耕地扩展中（尤其对妇女来说）的野蛮严酷。上述作品中，本地都被写成似乎在时间流逝中冻结了的美丽，关于过去和将来之分的暗示被最小化，尽管通过杰维特的生态旅游叙事者之类的方法，读者还能理解："孤立的"地方恰恰处在一个更加都市化世界的边缘之外，也比其看上去的样子更容易渗透。[1] 在这个层面上，金索尔维的"记忆地方"是一个相当传统的地方肖像，在其设想中，不论好坏，霍斯里克小溪都可能保持着其居民所期望的基本面貌。尽管有源源不断的外来访问者，还有"自然保护署"和"国家森林服务"等跨地方机构的干预。

---

[1] 理查德·布洛德海德机敏地评价说：《尖杉树》"倾心于一个地方，但是它不是用自己的方式建立这个地方，而是把它作为一个自己要来的地方，对一个来自远方的叙事者来说，它是一个真正的胜地"。See Brodhead, *Culture of Letters: Scenes of Reading and Writing in Nineteenth-Century America* (Chicago：University of Chicago Press，1993)，p.145. 贝因顿则通过嘲讽的第三人称叙事达到了与此相反的效果。在她的六次研究中，有两次安排其女主人公在意识中进行艰辛而又充满创伤的灌木林旅程。

当代的生态地方主义更多地像是在关心保护有限的社区整体不受外界威胁。"我们变成了一个城市游牧民国家",肯塔基农民诗人温德尔·巴里警告说。他用了一个典型的哀史式表达,号召一种新的"区域主义"。这是一种"自身清醒的本地生活",它需要对自己社区承担长期的义务。因为"对自己的地方没有一套全面的知识,没有对她的忠诚来做这种知识所依赖的基础,这个地方就难免被毫不关切地利用,直至最终毁灭"(Berry,1972:67-69)。就现状来看,"美国偏僻地方的人们……正生活在一个殖民地",他们被一种由斩草除根的都市利益主宰的国家经济压榨殆尽,这种经济摧毁了"不仅存在于地方经济中、也存在于地方文化中的地方性自给自足"(Berry,1987:185-186)。

在此,正如他一贯的写作中那样,巴里仿佛以为旧的杰弗逊式梦想——建设一个由自给自足的小社区组成的国家——在这最后的危机关头仍然得以实现。另一些人(甚至)更不肯定,尤其当问题出在大局性的环境正义方面——密切协作的富人与偏远社区的穷人对抗。《拉夫运河,我的故事》(*Love Canal, My Story*)中,洛易斯·基布斯(Lois Gibbs)反对胡克化学公司等势力时提出的纲领就是这种情况。[1] 更有甚者,是日本的瑞秋·卡逊——石室道子(Michiko Ishimure)揭露日本窒素公司丑闻的文献式叙事。从其化学工厂排出的废水制造了汞污染,造成了当地渔民和其他行业工人的疾病、畸形和生育缺陷,被称作"水俣病",企业却企图逃避责任。"比一个无情的现代化和工业化项目的显在效果更甚",她写道:"现在我们在水俣、新潟和其他偏远地区见证的,是对日本社会底层民众及其所在的乡村社区怀有的根深蒂固的蔑视的展示。"[2] 因此,恶意拖延、倨傲不恭和吝啬守财在其赔偿提议中更加凸显。

---

[1] Lois Gibbs, *Love Canal: The Story Continues* (*Love Canal: My Story*) (Gabriola Island, British Columbia: New Society, 1998), p.26.

[2] Michiko Ishimure, *Paradise in the Sea of Sorrow: Our Minamata Disease*, trans. Livia Monnet (Ann Arbor: Center for Japanese Studies, University of Michigan, 2003), pp.328-329.

状况最差的场景出现在这种时候：受难的社区不仅贫困"落后"，而且还是一个受歧视的少数族裔群体，面对腐败的官僚无能为力。同样的场景出现在孟加拉国作家和行动主义者马哈斯韦塔·戴韦（Mahasweta Devi）的短篇小说《浦特罗达克塔尔、普兰萨哈和皮尔萨》（*Pterodactyl, Puran Sahay, and Pirtha*）中。皮尔萨是一个"部落"或者说原住民的村庄，受到了毁灭性威胁。一个诚实的政府顾问试图阻止手下非法谋利，后者在旱季的村民田里施用化肥和农药而污染了井水。本来，即使在干旱的条件下，村民也可以自给自足。但是面对邪恶外来者和自身文化痼疾的联手，他们却无法幸免于难。他们只能迷信地自责、顺从地等候流放。他们的情况在另外一个外来者自觉的过滤之下，复杂到令人费解的程度。这个外来者是一个调查记者，自己也是被排斥和伤害的人。与他谈话的人有来自敌对利益集团的，也有部落信仰体系的支持者，他还与各个部落本身有着不断发展却又神秘化的接触，他竭力在其各不相同而又含糊不清的证词中理清头绪。然而，可以理解的是，作者坚持认为她的故事是有代表性的。只要美国读者注意过他们国家对美利坚原住民的行为，他们就可以"认识到对印第安部落的所作所为。到处都发生着同样的故事。"[1]

在巴里、石室道子和戴韦的作品中，陷入重围的地方是一个小的、有界限的、有传统意义的整体性的社区。其他作家则对更大规模的地方采用了相似的诊断。卡尔·希阿森（Carl Hiassen）在描写佛罗里达州掠夺自然故事的黑色幽默小说中，这个规模是一个省。希阿森在揭露和恶作剧之间摇摆不定。他嘲讽了贪婪的企业主、腐败的政治家，还有愚蠢的消费主义旅游者。与其相对照的，是一些不无缺点却值得同情的人物，在环境主义热情的驱动下，他们几乎和那些反面人物一样怪异。一个信托基金百万富翁对高速公路上乱丢垃圾的家伙进行精

---

[1] Mahasweta Devi, *Imaginary Maps*, trans. Gayatri Chakravorty Spivak (New York：Routledge, 1995), xi. Jia-Yi Cheng Leine, "Teaching Literature of Environment Justice in an Advanced Gender Studies Course," in *Adamson, Evans, and Stein* (2002), p.370, p.373.

心而奇特的报复；一个佩手枪的老奶奶雇佣职业杀手到一个模仿迪斯尼乐园的骗人地方去绑架一对"濒危的田鼠"（后来发现它们是被卖主染了舌头，以冒充一种不存在的物种）；还有一位前改革派州长，开发者和立法机关串通一气破坏他的绿色规划时，他辞了职，进入沼泽，为做生态游击战士而成了野人。[1]

在爱尔兰剧作家布莱恩·弗利尔的《翻译》中，地方的规模大到一个国家，尽管书中象征性地写成一个地方自治区，此地并入英国后，在1833年由英国军队主办的土地测量行动中痛苦不堪。当盖尔语的地名被依法变成英语的"对等词"时，"一个英格兰栅格被无情地强加在所有爱尔兰复杂性之上"。地名的含义已经被赋予艰深的密码：在故事的发展中，土语的地名是人类学家凯思·巴索（Keith Basso）从其阿巴奇（Apache）西部的语料供应人那里费力收集而来的。这种地名的不可译性是一种标志物，我们从中可清楚地看出导致悲剧性结局的交流障碍。确实，地点与其过去相疏离：几近绝迹的本地翻译者经常被难倒；他的兄长和父亲（简陋的本地学校的校长）都对经典怀有一种迂腐的迷恋；女首领则想去学英语。[2]

---

[1] 老奶奶和百万富翁人物出现在《方言和病狗》(*Native Tongue and Sick Puppy*) 中。前州长泰利（Tyree），别名斯金克（Skink），出现在整个系列的（已出版的）所有五部小说中。

[2] 引自 Declan Kiberd, Inventing Ireland (Cambridge, MA: Harvard University Press, 1996), p.719. 弗利尔（Friel）的诸多人物熟悉拉丁语、希腊语和盖尔语，但不懂也不愿应用英语，给人留下深刻奇妙的印象。其中的双重含义可能是地中海高雅文化在爱尔兰的繁荣早于在英格兰，但是在大不列颠时代，文化骄傲和语言分裂决定了爱尔兰语成为古典语言那样的"死"语言。一位批评家认为，"作品中，爱尔兰历史人物言说者的叙述基本上是去盖尔语化（degaelicize）的……以此消除了一个国家神话：怀着对地道爱尔兰本色的浪漫信任所臆测的当年盖尔人的纯粹"。See Scott Boltwood, "'Swapping Stories About Apollo and Cuchulainn': Brian Friel and the De-Gaelicizing of Ireland", *Modern Drama*, 41 (winter 1998): 578. 但是，至少那些由传统社团资助的所谓篱笆学校（它们很快就被不列颠制度取消），确实教授过"一种进步标准下的经典": See J. J. R. Adams, 'Swine-Tax and Eat-Him-All-Magee: The Hedge School and Popular Education in Ireland,' *Irish Popular Culture*, 1650–1850, ed. James S. Donnelly, Jr. and Kerby A. Miller (Dublin: Irish Academic Press, 1998), p.97.

西印度群岛诗人和剧作家德里克·沃尔考特的《星星苹果王国》(*The Star-Apple Kingdom*)中，地方的规模是一个多民族联合体，它是在新殖民地政治家和跨国企业主的共谋下形成的：[1]

> 一天清晨，七个首相将
> 加勒比海瓜分，他们将海洋分割购买——
> 几千里宽的碧玉点缀着蕾丝
> 一百万码长的灰色丝绸
> 蓝缎连成一英里宽的紫罗兰——
> 被加价卖给了跨国公司，
> 正是这些公司租借了喷水口
> 九十九年，换来了五十条船，
> 他们把海洋再零售给首相们
> 只用一个银行户头，首相再把它出售
> 在加勒比海经济体的广告里
> 直到每人拥有海洋的一小片
> 有人用它做纱丽，有人用它做围巾
> 剩下的装盘送到白人的邮轮
> 那船高过邮局

诗歌具体写的是麦克·曼雷（Michael Manley）任首相期间（1972—1980）的牙买加。但是它却引申到整个安替列群岛跨国地区。诗歌关注此地的"加勒比海床的共同地质资源"，也反对自我出卖的旅游宣传册将其制作成贬低地区认同的形象：把加勒比海做成"一个蓝色水池"，在那里"充气的橡胶岛飘动"，"带小伞的饮料"照片提供着"同样的服务形象，让个个小岛毫无二致"。通过更加着意地将写作集中在一片很小的地方，沃尔考特可以（也确实做到了）表达与牙买加·金萨德（Jamaica Kincaid）同样的观点。金萨德曾悲叹：从安提瓜的花园里，人们不可能了解最偏远意义上的安提瓜自然史，因为那里连一棵原生

---

[1] Derek Walcott, *Collected Poems* 1948—1984 (New York: Farrar, Straus, 1986), p.390.

的树都没有。一切都是殖民进口货。在后殖民世界里，到处都发生着同样的故事。[1]

弗利尔和沃尔考特扩大了地方的规模，在那些地方，现代化将地方重新安排，使之变成了商品化的"抽象"空间(Lefebvre, 1991：48-50)。因此，巴里的隐喻（将传统小社区喻为殖民地）变得更加耐人寻味；环境批评与后殖民批评汇聚的潜力也变得更加令人信服。[2] 两种批评的距离变得更近，是在巴里的部分写作中，它们认识到区域历史中滥用和奴役土地的罪恶。但是对巴里来说，历史的意识通常依靠自身更安然地藏入一个关于部落和宗族代代延续的单一文化视阈中：或农业的、或基督教的、或父权制的。而对于弗利尔、尤其对沃尔考特来说，家园文化却从未打碎。沃尔考特在接受诺贝尔奖的致辞中说，"收集这种碎片""是令安替列群岛关注和痛苦的。如果这些碎片是迥异不合的"，那就是一种美德；因为"相比其原始的雕塑——那些在祖先土地上被看做理所当然的偶像和祭祀容器，它们包含了更多的痛苦"[3]。

在一定意义上，新的环境写作和批评也总是一种后国家主义的论点。在此方面有一些先驱性作品，如利奥·马克斯和雷蒙·威廉姆斯对美国和英国历史中关于国家性的舆论神话进行了充满怀疑的揭示。这些神话意在定义国家边界的偶像形象。对有关国家景观的神话艺术

---

[1] 引自 Patricia Ismond, *Abandoning Dead Metaphors: The Carribbean Phase of Derek Walcott's Poetry* (Jamaica：University of the West Indies Press, 2001), p.276；Walcott, "The Antilles：Fragments of Epic Memory," *What the Twilight Says* (New York：Farrar, Straus, 1998), p.81；Jamaica Kincaid, My Garden (New York：Farrar, Straus, 1999), p.135。

[2] See Roy Osamu, "Postcolonial Romanticisms：Derek Walcott and the Melancholic Narrative of Landscape," *Ecopoetry: A Critical Introduction* (Salt Lake City：University of Utah Press, 2002), pp.207-220；George B. Handley, "A Postcolonial Sense of Place and the Work of Derek Walcott," *ISLE*, 7 (summer 2000)：1-23.

[3] Derek Walcott (1998：69) ("The Antilles")。沃尔考特的审美与弗利尔的剧本之间的一个重要区别，是沃尔考特把安替列群岛的艺术看做"我们破损的历史的复原"(ibid)。而弗利尔则想要打碎爱尔兰文化原始主义中徒有其表的整体意象。但是两者都是有代表性的后殖民策略。

抱有的怀疑论得到了强化,既是通过越来越强烈地批判一切此类神话中可察觉到的人种中心主义,也是通过越来越清醒地意识到:世界当下面临的环境问题是"很少觉察国家和文化疆界"的(Claviez 1999:377)。国家疆界根本不会与"自然"疆界或地形学的单位有着一贯的对应。对冰岛这个古老的岛国来说,是的。可对于美国与加拿大之间跨越大平原和落基山脉的分界来说,根本不是。

对环境的物质性与文化国家主义中的想象疆界之间存在的不协调提出质疑,并不说明会终结集中于国家的研究,也不应该如此。国家形式无论如何都不会很快消亡;在一个平稳的世界管理体制到位之前,它也不应该消亡。任何可以想象的此类体制也都应当极大地建立在诸个国家单位和区域构成的基础之上。只要国家政体还在改变国家景观的塑造,国家规模的环境批评也会继续有意义。假以时日,在生态意义上非自然的法定疆界会看起来更显突出。美国和墨西哥在工业规则和福利分配方面深深的差异,使得今天两国边界处的地形差异比一百年前第一架飞机成功上天时更为显著。因此,无论现在还是可预见的将来,这种就国家空间预想进行的环境倾向研究十分重要。这种预想在蒂姆·弗莱内瑞(Tim Flannery)的《未来食者》(*The Future Eaters*)(澳大利亚的物种灭绝、土地滥用和原住民部署)和简·霍尔特·凯(Jane Holt Kay)的《沥青国家》(*Asphalt Nation*)(美国汽车时代造成的空间重新部署和环境退化)等作品中有所体现。出于同样的原因,环境批评的任务还有揭露以疆界为基础的"祖国"神话中蕴含的人种中心主义,只要这些神话设想的是"关于全球和跨国关系的国家主义看法,在此关系中,依靠一种自然权利,特定的社区'属于'特定的疆界和国家"(Williams and Smith 1983:509)。

通过在区域或者跨国的层面上重新调整焦点来关注地方,环境写作和批评使我们看到了对上述问题进行纠正的希望。环境写作的工作已持续很长时间。两百多年来,英语的环境写作因其对区域的忠实一直成就卓然。华兹华斯可能已成为自己国家的桂冠诗人,但是他更是一位湖畔诗人。狄更斯的环境想象更多是在城市尤其在伦敦生活的层面上进行，而非在国家层面上。伊丽莎白·加斯科尔（Elizabeth Gaskell）的《南方北方》是维多利亚时代环境小说的重要作品，流露着一种把国家性看做地理安排原则的观点——安定自若的绿色南方乡村生活和快节奏、多污染却也激动人心的工业化北方生活是两个极端。但是所有维多利亚时代环境小说家中最伟大的是哈代，他的"乡村"是威塞克斯。梭罗的代表作是一本关于某地的书，首先献给一个区域的读者（"据说生活在新英格兰的……你"）。此书花费在特定地方与全世界其他景观及文化之间进行类比的时间，远远超过思考国家空间或事物的时间。

至今，新的环境批评为地方规模的分类所作的最突出贡献，可能是生物区域的概念。和生态批评本身一样，作为一个自觉运动的生物区域主义开始于美国西部。将这个术语推广开来的两位加利福尼亚环境主义者认为：它"既指地理的地带，也指意识的地带"。一个生物区域"根本上"决定于"天气学、地形学、动物和植物地理"等等，尤其包括一个"重要的水域"；但是通过那些将生活在此视作长期义务的居民，其疆界及其引起的"共鸣"随时光流逝而得到确认（Berg and Dasmann, 1977：121）。因此，生物区域主义既不是环境决定论的一个物种，也不是文化建构主义的一个物种，而是一种企图：要"在一个以地方为基础的感受力框架中整合生态的和文化的依附"（Thomashow, 1999：121）。其目的在于避免两个极端：强硬的地方主义和自由流淌的伤感主义，幻想人与自然或者"盖娅"保持和谐一致。它也被设计成"不仅是一个偏远地方项目"，而且"同样是为恢复城市中的街邻生活和城市绿化"（Snyder, 1990：43）。它的确对城市与偏远地带关系有着特殊关注，包括关注在不同水域中进行都市化的地方安置。典型的生物区域居民是人种与经济状况相异的成员的集合。

界定一个生物区域不像一些生物区域主义者表现得那么容易。"落基山脉西部"是一个还是八个生物区域？（McGinnis, 1999：xv, 47）。

如果不同的"自然"标志不能清晰地划分界线,那又怎么办?生物区域的疆界是多么灵活或者复杂?例如,如果植物分配与水域或者干旱的盆地地形不相对应,那又如何应对?还有,在一个生物区域而不是一个已确立的县、省,或者国家里,关于"公民"的观念有一个反直觉的圈子,正如斯奈德不是认可自己住在 A 社区、B 州、C 国,而是"在内华达西拉地区北部西边的山坡上,在俞巴河水域、三千英尺高地的南分岔的北部,在一个黑橡树、香雪松、浆果鹃树、道格拉斯杉树和笨松聚集的共同体里"(Snyder, 1990: 41)。可那当然正是关键所在。斯奈德知道,生物区域层面上思考的要点不是重新划分州或国家的边界。他呼吁人们关注"那个叫作加利福尼亚的社会建构"(Snyder, 1995: 223)的谋划,反对根深蒂固的栅格式思考,呼唤人们更加注意:自己与地形、天气和非人类生命的互动,不仅指导人们如何生活,也指导他们如何在并未意识到它的情况下也能生活。因为"尽管第一眼看去,它仿佛与现代的外观相反,即使城市地区也冒出来,它还经常继续依靠那些正好位于我们意识水平之下的环境条件。从人类定居在自己通常光顾的狩猎地盘和早期靠近河流的农耕地的那个时候起,人类地方就一直被附加在环境的底座之上"(Flores, 1999: 44)。

更为确切地说,有着这种意识的人应该做些什么?生物区域主义者更加偏爱的,不仅是关于环境认识能力的伦理、也是关于"可持续性"的伦理——更加审慎、自足地利用自然;在生物区域内外,都对人类之间、人类与非自然之间关系有更好的考虑,以便环境和人类质量得到保证(理想的情况下还能得到改善)。[1] 但是,作为一种伦理立场的"可持续性"是很难说清的。更不用说其中的原因是它要求推测未来的

---

[1] 生物区域主义和可持续性有所交叉但并非同义。在环境主义理论圈内,可持续性一度特指对生态系统负责的小规模农业实践——它设定一种资源和能量自足的价值观,其中可能(但不是必须)包含生物区域主义倾向——把地理单位看做可能的文化单位。但是 20 世纪 80 年代后期以来,随着"可持续发展"概念成为一个表示冲击生态责任和经济利益之间平衡的编码术语,可持续性修辞延伸至农业语境之外,广泛应用于一种承诺能够在生态限制内操作的经济制度。

许多代之后是什么情况，而且它有悖于以下已知事实：自然本身并非持续稳定（O'Grady，2003）。此外，即使人们为一些粗糙和现成的常识性定义而把这种难题放在一边，在一个快速城市化的世界"可持续"生活的可能性似乎也是无从谈起的。很难否认"可持续城市"是一种自相矛盾的表达。欧美现代城市的"生态脚印"——他们要求产出消费资源的土地与他们占有的土地之间的数量关系——一般来说，大概前者是后者的 200 倍（Rees，1997：306–307）。所以"从定义上说"，"要想自我供给，人口过于密集了"。而继续城市化，发展出拥有 4000万（在中国和印度甚至更多）人口的大都市圈（Martínez-Alier，2003：50，47），问题只会更严重。同时，"工业文明核心地区的消费者可以继续将来自北冰洋的水貂皮、印度的柚木和非洲的象牙视为理所当然，对其生活风格造成的环境后果，并没有感到（或者被看做负有）最低程度的责任"（Guha and Martínez-Alier，1997：222）。只要带着一点严肃，将可持续性用作一根准绳，看来就很难逃脱保罗·谢帕德（Paul Shepard）对现代城市安排的刻薄讽刺："要追求的需要无穷无尽，仿佛环境是羊膜，技术是胎盘"（Shepard，1982：124）。

然而，除了这样的悲观主义，还有一条充满希望且可行的道路可循：绿色城市设计。从伊安·麦克哈格（Ian McHarg）的模式——通过保持与河道及其他自然体系更大的同步，来发展美国的主要城市（"土地是充足的，即使在遭遇累计增长的大都市区域"）（McHarg，1969：65），到保娄·索勒瑞（Paolo Soleri）主张的乌托邦式"生态建筑"（arcology）——将大城市建在沙漠或海上；再到环境记者大卫·尼柯尔森-劳德（David Nicolson-Lord）赞许的英国城市中的再生性绿色空间（人类"已经学会再生土地、重拾农垦、招回自己的伙伴生物"）（Nicolson-Lord，1987：228）；再到像景观建筑学家安·韦斯顿·斯伯尔尼（Anne Whiston Spirn）那样，在费城的贫穷地带恢复一条被填埋的溪流（Spirn，1998：161–163，185–188，267–272）；再到"芝加哥原则"——设计中协调城市环境局和建筑家威廉·麦克多诺（William

McDonough)的意见,把芝加哥变成"美国最绿色的城市"[1]。为什么?无疑,部分原因是技术乐观主义。还有,除索勒瑞之外,这些城市主义者也不像注重实效的渐进主义者那样理想化,因为他们相信:对生物区域进行一些良性的修正——以恢复或缓解的方式对待自然系统——是可行的。他们(可能是太过轻易地)感到愉快,因为看到了"渐进的城市乡村化"(Platt,1994:37)初现端倪,或者仅仅是某些"可持续性规划",这些规划与数量型标示相关,比如人均水消费量和求治呼吸疾病者的比率(Portney,2003:31-75)。

迄今为止,可持续性城市或大城市区在相当程度上还只是一个制图板上的现实,可展示的收获甚微。这有助于说明一个事实:关于"城市生物区域"想象的文学仍然相当缺乏,而且支离破碎——尽管沃尔特·惠特曼的大都市全景画(如《穿过布鲁克林渡口》)、乔伊斯的《尤利西斯》和伍尔夫的《达洛威先生》中的一部分都可以算作此类作品,还有约翰·埃德加·维德曼(John Edgar Wideman)的《费城之火》中的部分内容:主人公库迪奥(Cudioe)从自身和环境的迷宫中解脱出来,对破损的城市有了完整的感知。更有甚者,是威廉·卡洛斯·威廉姆斯(William Carlos Williams)的《帕特森》,书中想象"他的"城市与其腹地相关,或者把其城市就想象成大纽约城的一个腹地(see Buell,2001:84-128)。值得注意的是,迄今为止,生态批评家在城市写作的形式中最常抓住的那些叙事、散文和诗歌中,揭示的是城市中意外出现的自然迹象:一块荒芜的空地、公寓楼墙缝里筑巢的红尾鹰,值得赞美的蓝天景观、城市河溪沿岸的林荫路、树木,尤其是醒目的树木、闪现在房顶或房后地的园艺。这种写作力图在微观上突出短时感受和细致收获,因而宁愿保留绿色设计的实用效果。("即使在纽约城内我的小公寓里,

---

[1] 引文出自 Chicago Mayor Richard Daley, "The Chicago Principles"(www.mcdonoughpartners.com). See also: "Metropolis Principles FAQ"(www.chicagometropolis2020.org) and Jim Slana, "Dear Bill McDonough," *Conscious Choice*, April 2002 (www.consciouschoice.com). 关于索勒瑞分析/批判, See Luke (1997:153-176)。

我也可以停下来听鸟儿歌唱，发现一棵树，观察它，"——美国黑人女性主义文化批评家贝尔·胡克斯 [bell hooks] 如此写道。)[1] 我的意思并非贬低这类作品。生态批评家看重它们，这并无不妥。然而，这样的真谛顿悟似乎有所冒险，因为它选择了一个封闭的背景：一个特定的、社会或空间意义上的有利位置，无疑比"整个城市"更加突出。可能这是一种必然的伴生物、或者说大都市的划分和延伸。人们可轻易以图表的方式在空间上规划一个城市，但是作为空间经验的大都市生活，恐怕更需要与一个城区或由多个小生境和通道组成的"群岛"紧密相联。

有个更为集中的以地方为中心的例子可作为适用的个案，和胡克斯作品出现在同一部选集中。桑德拉·西斯乃洛斯（Sandra Cisneros）的半自传体小说《芒果街上的房子》(*The House of Mango Street*) 中《猴园》("The Monkey Garden") 一章。这个园子显然是一小块空地，坐落在芝加哥的西班牙区内一座房子背后，原先的居民搬走后留下了大量的植物生命。这里似乎是一个安全而吸引人的游戏地方，当亲吻游戏开始的时候，青春萌动而又羞涩正统的埃斯普兰萨（Esperanza）会因不安而躲藏"在灌木林那边的一棵树下，它不会介意我躺下久久哭泣"。小说后来证明，这里是绝无仅有的一个绿色地方，除非算上作者一笔带过的父亲做园丁时的工作地——"一座小山上的房子"，以及《四棵瘦树》那短短一节的描写。总的来说，芒果街上一个良家少女的生活——尽管有时舒心，但经常是不幸的——意味着一种被严格管制、限定范围的生活。似乎她全家的情况也是如此。她母亲根本不知道去城里要坐哪趟火车。就此而言，这部描写城市的作品采用了最接近传统城郊区域主义的方式：近邻/贫民区叙事(neighborhood/Ghetto narrative)。[2] 此类城市写作与郊区写作相比，特别是当它像《芒果街》

---

[1] bell hooks, "Touching the Earth," in Dixon（2002：32）.
[2] Sandra Cisneros, *The House on Mango Street* (New York：Vintage，1984), pp.94–98；rpt. in Dixon（2002：164–167）. 关于这些次生体裁之间长期以来的相似，参见 Stephanie Foote, *Regional Fictions: Culture and Identity in Nineteenth-Century American Literature*（Madison：University of Wisconsin Press，2001）。

那样追踪主人公自身精神视野的基础时,两者根本差别在于,城市写作会更加集中地关注一个城区,而非考虑宏观的有机体意义上的地点。作为环境的城市,无论人工还是"自然"的空间,总的来说,都是在文学和批评的想象中展示自己的不同侧面。但是,我们至少已初步看到:城市景观开始与其他剧烈变化、损坏严重的景观结合——绿色田野与"棕色田野"并存,正好符合生态批评对地方性与地方依附的说明。生态批评能够认可"城市",而不视其为非地方,这本身就是一个巨大和必要的进步。

也许,能在现代生物区域主义(无论指偏远地区还是城市)同传统区域主义之间作出特别区分的东西,是对于脆弱和易变的意识。19世纪晚期,哈代小说《林中人》(1887)中的地方叫小兴托克(Little Hintock)。那里人们的生活遭到了严重打击甚至彻底破坏。但是村民的基本生活节奏却几乎多年不变,似乎在未来的日子里也会保持原状。到了20世纪晚期,格拉海姆·斯威夫特(Graham Swift)的地域小说《水地》(*Waterland*, 1983)讲述了东盎格鲁沼泽地区悠久历史中一系列的景观重造和社会组织活动。阿特金森酿酒业王朝以及整个地区的命运,决定于他们在多大程度上测知和利用外面大世界的政治混乱和技术突破,比如交通工具革命。两个世界对当地文化活动的稳定性和可渗透度有着不同感知,这很大程度上源自一种不断增强的意识:世界范围内掀起的动荡仍然可以继续渗透到各个区域。因此,生物区域的视野必须扩展为超越地方的视野:特定地点不应封闭自己、远离跨地方力量,即使它有这样的意图。

理查德·帕沃斯(Richard Powers)的小说《收获》(*Gain*, 1998)戏剧化地表现了关于环境规模的传统概念与新鲜概念之间的对比。小说采用了双线索、多方位的叙事,用一种老式的写实模式来讲述美国中西部小镇上一个地产经纪人的日常生活。这种生活与另一条情节交替出现,最终前者被后者的逻辑打破。后一种情节以一种寓言式叙事的方式展开,讲述波士顿的一个肥皂厂如何在200年间从一个苦苦挣扎的家庭作坊发展成一个跨国公司。它的总部仍在原来的小城镇，外表漂亮，却扩散毒气。主人公难以相信，她可能是因照料自家花园而身患癌症。她直接吸入毒气的同时，还天真地向顾客宣传其健康作用。她很久以后才加入了对公司的诉讼。公司的反应是合并各部，搬离海岸。这预示着其事业将继续繁荣、其污染也无法确定。《收获》并不是自觉采取或倡导生物区域主义观点的作品，但它的双线索结构向我们展示：不重视破坏地方稳定性的宏观力量，就不可能真正认识此地。

《收获》也清晰地显示：要界定一个生物区域的各种因素，需要跨国的甚至是涵盖全球的眼界。克里斯托夫·麦格洛力·克里策（Christopher McGrory Klyza）主张，需要四个层次才能画出放开眼界的"生物区域"覆盖面，这幅地图从他佛蒙特州中西部的家开始依次向外扩展，包括：接邻的水域、"主要流域盆地"——延伸到州边缘或外侧的主要湖泊和河流；"更大的水域平面"——香普兰盆地（Champlain Basin）和上康涅狄格河谷（该河谷表明佛蒙特州处在跨国水系和空气循环系统之中——包括魁北克、新英格兰和纽约）；最后还有"生态区域平面"——从加拿大的沿海诸省延伸到明尼苏达州境内的密西西比河上游森林和气候带（Klyza, 1999：92-94）。但是，即使克里策所说的最大范围也不能完全照顾到酸雨、计划性或偶然性的空中物种迁移、臭氧损耗和全球变暖这些空间性延伸。[1] 他的思想实验却表明，像外部空间那样的东西，对关于生物区域的想象是有所限制的。历数重要的当代作品，可能唯一在地理范围方面超越它的是巴里·洛佩兹的《北极之梦》（*Arctic Dreams*, 1986）。这部作品试图对作为一个复杂生物

---

[1] 更不必说发生在不同权限实体内部的体制化社会差别，如生态无政府主义者（也是佛蒙特人的）莫雷·布克钦（Murray Bookchin）很快指出的那样（参见 September 20, 1995《评国际社会生态学网络聚集》["Comments on the International Social Ecology Network Gathering"], section X, http：//dwardmac.pitzer.edu/Anarchist_Archives/bookchin/clark.html）。

区域的整个阿拉斯加和加拿大境内北极地区进行生态史剖析。

可以理解的是,当环境批评向全球层面的分析发展时,它会变得更加多样、更具争议性、也更加丰富。相互竞争的模式迅速增加。詹姆斯·拉夫洛克(James Lovelock)是一位博学的英国"独立科学家",其研究的基础学科是化学。他发展出一种整体论模式,把地球生命看成是单一的超有机体——"盖娅"(Gaia)。这是一种高度自我支持的系统,尽管它面临人为破坏时不具有无限的可恢复性。与此观点相反,从社会学家乌里奇·贝克(Ulrich Becker)的技术决定论整体主义立场来看,工业现代化永久地摧毁了地球生命的稳定,因为技术已无法控制其自身无意造成的破坏后果。大概从切尔诺贝利事件发生时期开始,现代化文化就进入了一种次级的、"自反性的"阶段,贝克称之为"风险社会",这是一种"极端不确定性"文化,它意识到"今天的系统性崩溃是我们可预见的未来的一部分"。[1] 尽管传统词语意义上的自然已经变得不再存在,风险社会心理学却悖论性地"迫使我们重新发现人类是自然实体",既然"人类与动植物共有的呼吸、饮食等欲望或需求正在变成一扇无法继续抵挡危险的大门"(Beck,1995:50-51)。对今天全球环境的安排进行的这些诊断几乎是对立的——拉夫洛克认为的持久稳定的地球与贝克认为的永久性环境破坏相对立。但是两者合起来形成了一幅令人难以置信的地球图画,展示出环境监测和保护机构选择的不同道路。无论世界环境监测协会(Worldwatch Institute)还是联合国教科文组织生物圈保护项目等等,其尝试有"左倾的"(如"社会生态学"),也有"右倾的"(如可持续性发展),总的目的都是找出办法来协调技术-经济发展、人类

---

[1] 引文来自 Beck, Giddens and Lash (1994:5-6) and Willms (2004:135),尤见 Beck (1992)。有时,贝克似乎要把冒险社会或自反性现代化局限在进步的技术社会,但是其观点全面概括了"这个地球上一切生命毁灭这种自造的可能性,它先是隐藏起来、而后又越来越明显"(Beck,1995:67)。

环境福祉和地球资源局限之间的关系。[1]

　　环境写作和批评应当如何反映、集中关注或重新指导这种生态话语在全球范围的发展？对此有两种相反的意见。第一，文学性的世界创造是一个远比现代生态分析历史悠久的古老追求，早在希罗多德的《历史》和柏拉图的《对话录》等西方经典中就已展现出来，先于现代科学和政治经济学数千年。现代性早期以来，从摩尔的《乌托邦》到当代科幻小说，其活力与多变堪与其他任何一个领域的全球生态话语媲美。相比赛博朋克小说和电影的狂暴喧闹，赛博理论显得拘谨有余而热情不足。前者彻底改造了贝克笔下的哀史，把它变得壮观浩大、引人入胜。然而事实证明，在走向全球化的主动性方面，文学研究领域的环境批评至今比不上其他人文领域的环境研究（如环境伦理学、生态神学、人文地理学和环境文化理论）。在文学与历史研究中，更为常见的实践仍然是以一个特定国家的文化资料为基础。在可以想见的未来，无论是以传统的还是第二波的生态批评方式，真正的比较学者的作为可能仍然比不上那些主要研究自己最为熟悉的（一种或多种）生态文化、并竭力扩展其知识领域的批评家。[2]

　　当地方的规模和机动性不断扩展之时，地方性似乎正在削弱。《北

---

[1] 莫雷·布克钦的观点与社会生态学联系密切，但它绝不是社会生态学名下学说的全部（Light, 1998），更不是"生态社会主义"的全部（Pepper, 1993）。在《环境与发展世界委员会》1987年报告《我们共同的未来》（Oxford: Oxford University Press, 1987）发表之后，"可持续性发展"作为一个貌似诱人的折中性方案，得以流行。萨克斯（Sachs, 1999: 23–41）认为它是个自我削弱的魔鬼交易方案："发展"总是会战胜可持续性。与此相反，哈耶（Hajer, 1995）对可持续发展进行了细致、乐观而不失谨慎的分析（他更愿采用"生态现代化"的名称），认为它是多种"话语联合"与不同行动议程的协作体（p.65）。关于更为笼统的"生态管理主义"，特别参照了学术性环境研究，参见 Luke (1999)。

[2] 能够在生态批评层面上展现我们当前生活方式之弊端的，是一些学者协力完成的《自然文学：国际资源》（Literature of Nature: An International Sourcebook, ed. Patrick D. Murphy with Terry Gifford and Katsunori Yamazato (Chicago: Fitzroy Dearborn, 1998). 这部散文选集十分有用，但在具有不同环境文学传统的世界范围内选择文本时，也相当巴尔干化：马耳他和罗马尼亚的作品居多。

极之梦》就是一个典范。这部描写迁移的作品中涉及多个地方中心，它们又融汇成一个巨大的整体。在威廉·吉布森的小说《模式识别》(*Pattern Recognition*, 2003) 中，主人公凯伊思 (Cayce) 擅长为广告业选定"恰当的"设计模式，这使她成为一场全球范围的神秘策划中引人注目的女人，在监视下奔波于法国人类学家奥格 (Marc Auge) 所说的一个无尽的非地方系列：办公室、公寓、地铁、飞机、出租车、饭店、宾馆、网络工作站等。整个小说中，与自然环境的互动仅限于偷窥针眼里匆匆掠过的"蓝天的一个个方块，装饰着点点云彩"。[1] 那些世界大都市几乎可以互换位置，正如萨斯基亚·萨森 (Saskia Sassen) 所称，世界上最具影响力的大城市都成了"广阔的交通和市场系统中一个个节点"(Sassen, 1991: 325)。[2] 奥克塔维亚·巴特勒 (Octavia Butler) 的未来主义小说姊妹篇《播种者寓言》(*Parable of the Sower*, 1993) 和《天才寓言》(*Parable of Talents*, 1998) 描写了一个废墟中的美国寻求复原的故事，造成其灾难的原因是全球变暖加剧了城市崩溃。作品中，安居于某个地方不仅被看成是一种不复存在的状况，而且还是陷阱。主人公为实现她建立"地球种子"(Earthseed) 社区的梦想，先是受到诱惑，要去创造一块自给自足、定居农耕的飞地。这使得其团队成员被拥有高科技的蓄谋者当成好靶子，要进攻和包围他们。她唯一的成功，是在去边界化的意义上把"地球种子"重新构想为一个辽阔蔓延的网络，网络中人追求的目标，不是像一小群脱险的难民互有防范地挤作一团，而是让整个世界皈依自己的信仰。

那么，一种具有全球视野而又对地方负责的生态文学就不可能出现了吗？全球主义观念和失地方性之间的相互关联大概是不可避免的。尽管全球主义可能超越地方，甚至消除特定的地方，像女性主

---

[1] William Gibson, *Pattern Recognition* (New York: Berkeley, 2003), p.79.
[2] 萨森提到的三个城市：纽约、伦敦和东京，也在吉布森作品中的四个中心城市之列。莫斯科是第四个(它反映了小说的后冷战时代主题)。

义地理学家多林·马赛（Doreen Massey）主张的那样，它可以"通过与其他地方的互动而非与其对立"来建构新的地方"身份"（Massey, 1994：121）。比起传统区域主义者想象的封闭社区，这样的身份更像是既有"多种声音"又有"多个地方"（Rodman, 1992）。同时，即使不是在文学批评中，至少也是在文学中，像全球性地方意识这种东西正在出现。对此有所反映的一个范例，是沃尔考特的史诗《欧姆洛斯》（*Omeros*）——20世纪屈指可数的真正伟大的英语长诗之一。

《欧姆洛斯》同时也是一首关于作者的出生地——圣卢西亚岛国的诗、关于加勒比多国地区的诗、关于欧洲－大西洋和非洲－大西洋两个世界相互渗透的势力范围的诗歌。为此目的，作品在总体保持西方文学风格同时，还交织着非洲口头文学和岛屿方言。它采用但丁的三行体（triad），并具有荷马史诗式情节特色，其中的农民人物有阿基利斯、赫克托、海伦，还有菲罗克忒忒斯等（在沃尔考特和希腊的神话中都治愈了菲氏的象征性"不治"之伤——奴隶的怨恨）；一个神秘而多面的"欧姆洛斯"，以流浪汉和游吟诗人形象交替出现；诗人自己既像一个想成为荷马的浪迹天涯者，又像哈姆雷特一样被父亲的鬼魂纠缠不放。他回忆起父亲用手指着一队卸船的挑担妇女训诫他：

> 跪在担子上，稳住你摇晃的脚
> 像她们现在那样，爬上煤堆
> 一步步赤脚走，踏着祖先的韵律

这里，"韵律"包括的是以下两种选择："语言的／渴望将深爱的世界揽入臂膀／要么举起一只煤筐"。"那里，像蚂蚁或天使"，父亲的声音在回荡：[1]

> 她们看见自己土生土长的城镇，
> 未名、原始、无足轻重。她们走，你写；

---

[1] Derek Walcott, *Omeros* (New York: Farrar, Straus, 1990), pp.75–76.

> 走在那条狭窄的堤道,不向下看,
> 攀爬的脚步,那样迟缓,仿佛祖先
> 行路的鼓点;你的作品要归功于他们
>
> 因为那一对对杂沓的脚步
> 敲出你最初的韵律。看,她们爬着,却无人能识;
> 她们挣到几个铜板,而你的责任
>
> 从住在祖母房子里的幼年时代开始
> 那时你就看见她们,为那力量和美丽痛苦不堪
> 此刻正是你的机会,为那些赤脚发出声音。

诗歌写作的困难在此可见一斑,因为教养良好、流亡异乡的诗人和他所咏唱的家乡生活之间的分别是清晰可见的。他可以为那种生活发出声音——在此也确实做到了;但只有一个隐喻技巧才能将挑担女们脚下踏出的"祖先的鼓点"转化为五音步的三行体,诗人的负担也才能与她们的相比。然而,通过扩展地方的圈子,诗歌把这种自省转化为优势,使两者相连而又不混合。这让诗人不仅将自己复调的声音有别于百姓的嗓音(或者说是脚步),而且也有别于西方经典诗学的声音或者节奏,后者引诱着他,也被他看做将圣卢西亚推上世界舞台的必要之物。"绿香蕉下的那些希腊肥料"。他退回到一个点上。"究竟何时,我才听不见两个渔夫嘴里的特洛伊战争/当他们在基尔曼大妈的商店里咒骂?……究竟何时,我才能进入超越隐喻的光亮?""但它是我的,"他补充道,"能创造出我从中需要得到的,或者/我以为的需要":"一间茅屋,紧闭如伤口",而后

> 小路上一个男人身影浮现,
> 然后一个女孩带着要洗的衣服,道路散发着灼烤气味,
> 草叶边缘是穿黄衣的蝴蝶。(271–272)

出于这种双重意识,《欧姆洛斯》让海岛上发生的事件看上去颇具因果关系时,末尾处采用了荷马的方式——神话的东西;同时也建立起一种更为厚重、更易觉察的海岛地方的实现,这个地方忠实于一种品质——凯西(Casey)可能称其为"过程性的"地方性品质:它是怎样产生出来的。诗歌对海岛和区域历史的把握是以另一种方式做到的:它掠过不同的时间层——包括被相继占领的前哥伦比亚时期,还有移交占领权的不同时刻。圣卢西亚变成了失败的帝国工程的全球中心。仅靠阿多诺正确指出的自然之美——"田园自然的概念",这是无法做到的;它只能"保留一个小小海岛的地方风尚"。因为"意识要公正地对待自然经验,只能是在……它与自然的创伤合为一体之时"。[1]那正是沃尔考特在此成功做到的。

叙事焦点的转换为这种已遭破坏却保持完整并无限扩展的地方性景象提供了额外的层次。《欧姆洛斯》同时变成了一首圣卢西亚岛之诗,其核心是一个特定岛国的景观、文化和历史;也变成了一首安替列群岛之诗;一首北美散居者之诗;一首非洲-加勒比海地区之诗;它也是一首关于分开黑白人种的大西洋世界之诗;一首关于遍及全球的大洋之诗。

《欧姆洛斯》让主人公——渔夫阿基利斯进行了一番想象探险,让他从贩运奴隶船上中途倒回,暂时回到非洲故乡。他在那里奇迹般地接触了已故的"父亲"(即"祖先"),两人却不太融洽。具有反讽意味但也恰如其分的是,后者已想不起儿子的非洲原名。("一切都被遗忘",梦中的阿基利斯赞同地说,"耳聋的大海改变了你取的每一个名字/给我们"——当然,即使大海能让人将它找回[137]。)回到家乡时,阿基利斯和同样有着荷马式名字的另一个当地人显然精明地觉察到自己所扮的角色——要协调传统的海岛生活和旅游经济带来的生活,这

---

[1] Theodor W. Adorno, *Aesthetic Theory*, trans. Robert Hullot-Kentor, ed. Gretel Adorno and Rolf Tiedemann (Minneapolis:University of Minnesota Press,1997), p.68.

是需要的。诗歌实际上开始了：

> "我们就这样砍倒那些独木舟，人们会惊奇，"
> 菲罗克忒忒斯向游客微笑，他们却要用相机
> 摄走他的灵魂。

在此，一边是渔夫们经营着传统的交易，由"天真的"表演者摹仿给旅游者看；一边是诗人自省于外来观察者的身份，以旁白提醒着——自己为属于本地的灵魂摄下了快照。这里意识到的本地劳作、生活、景观，既属于全球空间和深层时间的腹地，也位于其边缘——个中蕴藉之丰富，除乔伊斯外几乎无人堪比。

《欧姆洛斯》承认加勒比海地区已变得多种族多国家混杂难分，作品经常转换成英国退伍老兵普兰科特（Plunkett）的视角。此人曾是诗人的学校老师，决定在圣卢西亚岛与妻子共度余生。通过普兰科特本人和祖辈的历史，沃尔考特展现出由于种族文化障碍和世界性旅行而复杂化的地方依附，以此对比出诗人自己的境况：多重身份、困窘不堪、流落异乡，却忠诚依在。这也使诗歌中审视帝国历史的宽广角度更为个人化，诗中写到普兰科特二战时期参加英国陆军在北非服役的痛苦回忆，也追溯了其先辈随军参加的 18 世纪争夺东西印度群岛的一次海战。

关于《欧姆洛斯》还有很多可说。因为这部作品的地方召唤既是围绕一个中心，也具有迁移的、全球的和世界史的视野。但是以上所谈已足够表明：在既有根基又具扩展性的全球性范围里重建地方想象的实在行动，已不再是假定的可能，而是正在发生。

也许，沃尔考特恰因身为加勒比诗人而受益。至少他自己的话证实了这一点：

> 我想，作家的海岛经验在一定程度上有助于对空间、时间，甚至加勒比历史保持一种更广阔的意识。在某种意义上说，一位加勒比诗人无论怎样微不足道，仅仅因为他身处的那个范围，

他就是一位超凡的诗人。如果你住在巴布达的一座礁石上，你就真是身处无垠的海洋……也身处无际的天空；而那单个个体的直立身影就处于广大的物质感觉元素之中。[1]

在此意义上说，《欧姆洛斯》大概也很不公平地占了一个便宜：将传统农民文化中的耐久性进行了浪漫的处理。一位批评家已在思考："席卷加勒比海地区的卫星电视文化将会在多大范围内侵蚀"沃尔考特特别希望颂扬的"一直看得见"的"文化清晰性"。[2] 但即使我们确信：2020年加勒比海地区的地方－全球史诗（假设有的话）将会大不一样，《欧姆洛斯》证实了在多范围意义上想象地方性的可能性：地方的、国家的、区域的、跨越半球的、地方性的、历史性的、文化性的等等范围。尤其促使沃尔考特这样做的，是后殖民状况的可攻击性和可渗透性，它使上述那位批评家怀疑：他所说的那种地方是否将变得陈旧过时。在地方的意义上大概是的。但在更深的结构或生成意义上，这位因移居海外而半隔绝于故土文化的暂时回归者于1990年委托出版的作品所持之后殖民多元视野也许提供了一种非凡的远见卓识，其持久程度，会大大超过未来发生在地方文化中的任何转变。

---

[1] 1988 interview with Paula Burnett, quoted in Burnett, *Derek Walcott: Politics and Peotics* (Gainesville: University Press of Florida, 2000), p.39.

[2] Burnett, *Derek Walcott*, p.55. Bill Maurer, "Ungrounding Knowledge Offshore: Caribbean Studies: Disciplinarity and Critique," *Comparative American Studies*, 2 (September 2004): 334-347. 文中具体举例：《欧姆洛斯》之后的圣卢西亚岛已经改观为"为中国资本而设的一个节点"，将其"海岸地区"变成了进口中国货物在整个加勒比海地区散发的主要入口处。这自然使这个岛国"中心"的形象有别于沃尔考特在阿基利斯及其同胞的自给自足生活与旅游贸易之间的动摇不定。然而，沃尔考特可能会宣称：跨国现代化的新阶段，仅仅是他以前作品中就讲过的一个更老的新殖民故事中的最新一章。

第四章
环境批评的伦理与政治

名副其实的环境批评兴起于比敬业精神更为深刻的责任感。环境批评通常由环境关注激发活力，即使当其受到学术规程限制时也不例外。它经常是开放而多极的。当一个问题的严重性受到广泛认可时，出现这种状况是完全可以理解的，但是投入直接行动的要求却并未得到那么广泛的信任。"只有用烧红的烙铁写作，才能给人留下印象"——拉尔夫·沃尔多·爱默生曾这样宣称。他知道，读者都同意奴隶制是祖国历史上最大的公共罪恶，然而只有极少数人准备对此采取一些行动。[1]但同时，爱默生的批判意图常常不仅针对外在的行动，也针对思想内部。而当代环境批评也和废奴主义者的修辞一样锋芒犀利，从中可以看出这项运动关注的重点、争论以及反对派对其的抵制。

保持一定距离的旁观者可以看到，20世纪末期出现了一个日渐坚定的趋向，它力图检验并使公众更加清楚地意识到：人类与非人类世界之间以及人类社会内部在环境意义上相互依存的历史、现状和未来可能，而且地球环境的剧烈改变已使社会的稳定性和安全性日益降低。但是这种概括不够广泛和准确——它既不足以概括那些为数可观的、否认环境问题存在的少数派评论者，[2]也不足以明示那些发生在支持者

---

[1] Emerson, "Lecture on Slavery," (1855) *Emerson's Antislavery Writings*, ed. Len Gougeon and Joel Myerson (New Haven, CT: Yale University Press, 1995), p.91.

[2] 两个主要的反对派团体大概是千禧年前基督再临论(premillennialist)宗教学派，如"耶和华见证者"(Jehova's Witnesses)，他们对环境启示录观念持企盼态度，认为它会引领对地球的神圣再造；再如科技经济增长的倡导者，他们无视环境问题的存在。对后者之"否定政治"的深入分析，参见 F. Buell (2003:3–37)。

中间的争论。两对相关而又相悖的对立形式分别是：生态中心或生物中心伦理学[1]vs.人类中心伦理学（它们各自包括持不同中间立场的多个分支）；以物质环境健康为首要关注 vs. 以社会福利或人人平等为首要关注。如果用纵横两条轴线进行图解，生态中心主义就在横向轴的左侧或西端，而物质环境的健康则位于纵向轴的顶点或者北端。我们还有个粗略的方式来图示其内部观点的不同："绿色和平"和"地球第一！"（Earth First！）可以放在西北部；生物区域主义会从西北向东北延伸；环境正义运动可以出现在东南部；"地球监察"（Earthwatch）可能在横向轴稍下方偏西南的某个位置。

在特定的学科——如文学研究领域的内部，这些分支之间的差异更为严重，因为它们就环境之外的问题提出的质疑有所差别，比如，思考文学作品及其接受首先是个人的还是由文化生成的；文本首先是语言性的还是由意识形态建构的，抑或是历史实在的折射。

生态中心主义及其反对派观点

从根本上来说，曾经使生态批评与学科性立场以及主流常识的立场区别开来的，正是其生态中心主义外观。直至今天，很多人仍然这样认为。例如，在生态批评早期，约瑟夫·密克就认为喜剧优于悲剧。其根据是：喜剧体裁的生态学反映了一种非人类中心的精神特质——适应外部环境而不是狂妄地挑战它。在他之后出现了一种关于物种间关系的"生态诗学"观（Gilcrest, 2002：9-29），其中一些版本把诗歌模式看做世界的意象（*imago mundi*），宣称"一切诗歌"，无论它写的是自然还是心灵，"都是关于景观的诗歌，因为它们首先或进而指向一个可见的世界"（Cooperman, 2001：182）。与这些宣称同步的，是一个悠久传统——环境作家本身肯定环境对其文学身份建构的述称（Lewis, 2003：145-185）。以巴里·洛佩兹的主张为例：

---

[1] 这两个互有重叠的术语之区别参见本书术语表。

塑造我的想象的，是南加利福尼亚的一个干旱河谷中流水的奇异自然；是桉树林中树冠发出的风声；是油亮的土地上一道道犁沟翻卷的质感；是藏红花和桃花心木繁茂、暮霭中绯红云朵堆积在紫花苜蓿田野上的河岸；是某个果园边橘子花丛扑面的浓香；是某次太平洋风暴撞击滚烫平整的海滩留下的印迹。(Lopez, 1998)

尽管我们必须把这样的陈述看做比喻之辞——洛佩兹的艺术发展显然也曾被其他因素（比如书籍）所塑造[1]，但我们不能因这种不足而忽略充盈在他字里行间的一种渴望：写作和思考中更多地站在生态中心的立场，而不是代表现代人类习见的精神缺失。密克、基尔克利斯特和库珀曼的观点都支持厄休拉·勒古音在《水牛姑娘》[2]中借她那位集骗子、抚养者与精神导师于一身的人物之口说出的谜语：

山狗：" 生灵只有两种。"
女孩："人类和动物。"
山狗："不对。一种是说'有两种生灵'的，另一种是不说这话的。"

正因如此，早期生态批评才会偏爱这种文本和体裁：把人类角色置于边缘、投入思想试验——（即使不是率直地谴责也是）心照不宣地压抑人类中心主义，对景观进行陌生化描写。体现在约翰·克莱尔的作品里，是让其言说者为一个夜莺巢内的精微细节而迷惑（她的蛋舒适地排成五个/颜色是暗绿或橄榄棕），这与济慈《致夜莺》诗中为人类道德而发的悲恸形成对照。而玛丽·奥斯汀则是从一只老鼠或松

---

[1] See Diane Osen's interview with Lopez in *The Book That Changed My Life* (New York: Modern Library, 2002), pp.84–96. 奥森对洛佩兹的访谈中展示的作家自我塑造的故事，主要是补充性的而非对抗性的。

[2] Ursula K. LeGuin, *Buffala Gals and Other Animal Presences* (New York: Penguin Books, 1990), pp.35–36.

鼠的动物视角去感知，沙漠中几乎看不见的踪迹成了"蜿蜒的大道"，这样的路对我们来说，似乎只有"当其出现在树木长到三人高的林子深处"才会有所察觉。莫温（W. S. Merwin）的方式是从树的视角对一个砍伐一空的小树林进行诗意的描写。勒古音想象的是：人类探险者在对由智能植物主宰的"世界4470"的景观生态开始有所认识时，心中何等惶恐。[1] 第一波生态批评中最受非议的行动，是对一种"归隐美学"（Buell 1995：143-189）的追求，它标志着环境写作自觉地投入到对人类中心主义的抵制，有时达到了完全将人类角色排除于想象世界之外的程度。

生态中心主义在知识根基与成果形式方面的差异之大远远超出了我以上表述之所能。仅在现代西方思想内部的很多影响中，最重要的三种是达尔文理论、美国生态主义者艾尔多·利奥波德的整体论环境伦理学，以及现代大陆哲学的某些分类。这里粗略谈谈我对这些知识谱系的认识。对达尔文来说，文学的和批判性的生态中心主义归功于将"现代智人"界定为一种秩序，它不是由神意、而是由一种"对人类生存的关怀丝毫不超过对任何其他物种的关怀的自然进程"所创造，即便人类碰巧处于进化的最高阶段。[2] 因此，玛丽·奥斯汀才会说"趴在那里观察的你无关紧要，站在远处灌木丛中长嗥的瘦弱郊狼也一样。"[3] 对利奥波德来说，其生态中心主义思考得益于为非人类生命形式赋予权利。他在早期生态理论中融入了伦理的视角，这种视角可能

---

[1] John Clare, "The Nightingale's Nest," "I AM"; *The Selected Poetry of John Clare*, ed. Jonathan Bate (New York: Farrar Straus, 2003), p.171; Mary Austin, *Land of Little Rain: Stories from the Country of Lost Borders*, ed. Marjorie Pryse (New Brunswick, NJ: Rutgers University Press, 1987), p.21; W. S. Merwin, "The Last Lone," *The Lice* (New York: Atheneum, 1967), pp.10-12; Ursula LeGuin, "Vaster than Empires and More Slow," *Buffalo Gals*, pp.109-154.

[2] 关于达尔文和/或达尔文主义的文学影响，尤其可参见 Beer (1983) 和 Krasner (1992)（英国文学方面）；Martin (1981)（美国文学方面）。

[3] Austin, *Land of Little Rain*, p.17.

从达尔文猜想——道德起源于人类帮派发展为社团的组织——得到提示。[1] 他将社区的概念扩大到"包括土壤、水、植物和动物":一个"生物共同体",其中人类是"千万合生物"之一,而物种则作为"一种有生物权利的事物"而存在;环境变迁的问题不是作为"单纯的经济问题"对待,而是被置于检验,看它是否"倾向于保护生物社区的完整、稳定和美丽"(Leopold 1949:204, 216, 211, 224)。[2] 就现代大陆哲学思想而言,生态中心主义立场的环境批评得益于"深层生态学"。这个术语由挪威哲学家兼野外活动家和行动主义者阿伦·奈斯(Arne Naess, 1973)提出。不过,近年来讨论这一理论的欧洲先驱时,已经追溯到西方哲学史上一位声名显赫者——马丁·海德格尔的晚期思想。[3] 生态中心主义立场的批评也受到法国现象学家的影响,其中包括加斯顿·巴赫拉德(Gaston Bachelard)、尤其是莫里斯·梅洛-庞蒂,后者的著作更多地关注身体的安置而不是心灵对栖居的沉迷(Casey 1997:

---

[1] Darwin, *The Descent of Man, and Selection in Relation to Sex* (London:John Murray,1871), pp.161–167. 关于利奥波德认为共同体是伦理的前提条件的思考受到达尔文假说的支持,参见 Callicott (2001:204–206)。

[2] 更进一步来看,利奥波德无法被清晰地归类于生态中心主义一元论者,他并未超过达尔文。例如,诺顿的著作(Norton,1995:341)特别反对凯利考特对利奥波德伦理学的第一种说明,这种说明可见于凯利考特著作,尤其是(Callicott,2001)。

[3] 奈斯本人似乎没有从海德格尔那里受到多少影响。深层生态学第一次也是影响最大的流行得益于《深层生态学:看重自然的生活》一书[*Deep Ecology: Living as if Nature Mattered* (Devall and Sessions,1985)]。书中列举了12种"深层生态学视野的资源",其中海德格尔位列第8。头三种是:"永久的哲学"(比如一切关于关系性自我的思想传统,它与启蒙模式下理性的孤立的自我相对);"美国自然主义和田园主义文学传统";"生态科学"(Devall and Sessions,1985:79–108)。同一章(98–100)中指出,美国哲学家迈克尔·茨莫曼(Michael Zimmerman)号召人们关注深层生态学与海德格尔思想之间的呼应,这在20世纪80年代影响尤其巨大。此后茨莫曼本人却基本上不再承认海德格尔在此领域的先驱作用(Zimmerman,1994:91–149)。然而,进入21世纪之际,对很多环境批评家来说,海德格尔似乎仍然是一位极为重要的先驱人物,尽管同时也有些令人尴尬(考虑到他的纳粹主张与国家社会主义的"绿色"面目)。如果生态中心主义不想与此有染,其思想遗产必须经过仔细的过滤。有关的论述尤见 Bate (2000:243–283)。

238–242）。[1]

关于出处问题，我们还有很多可谈：有西方思想体系内其他有影响的理论线索，如斯宾诺莎的伦理一元论；更有很多来自非欧洲地区的思想启迪：甘地对奈斯的影响；南亚和东亚各种哲学思潮的广泛传播，其中佛教和道教影响尤深，比如加里·斯奈德和无数美国环境作家就深得其宜；原住民传统在世界范围内对艺术家和作家的影响。[2] 但是我们已经可以这样臆测：以生态为中心的思想更像一个散点图而非联合阵线。它的一切表达中，人类身份都没有被定义为独立自主的，而是取决于它与物质环境以及非人类生命形式的关系。共性仅限于此，此外的各条道路迥异。利奥波德的土地伦理学对自然保护的倡导者一直举足轻重；对生命形式的适应、竞争、生存和灭绝进行概念化时，达尔文主义批评对于城市和乡村语境都可轻易适用。对19世纪后期和20世纪早期的作家来说，城市似乎经常像达尔文式的"丛林"，与穷乡僻壤毫无二致。部分出于这个原因，替奥多·德莱赛——第一位重要的美国城市小说家，更加彻底地贯彻了达尔文思想（确切地说，是厄内斯特·海克尔的生物

---

[1] 凯希这样概括梅洛-庞蒂的观点："没有接触一个事实：正是通过我们的身体，我们才属于地方-世界（place-world）"（Casey, 1997: 239）。凯希的学生艾布拉姆（Abram, 1996）也因号召关注梅洛-庞蒂而富有影响。关于文学批评方面的突出成果，可参 Louise Westling, "Virginia Woolf and the Flesh of the Word," *New Literary History*, 30（autumn 1999）: 855–875。

[2] 据我所知，马修斯（Mathews, 1991）是主要以斯宾诺莎为基础的当代生态中心主义伦理学的最佳范例。关于奈斯和印度教以及甘地的联系，参见 Jacobsen（2000: 231–252）；关于奈斯和佛教的关系（参考他对斯宾诺莎的赞赏）可见 Curtin（2000）。请注意：关于世界环境运动当前最好的全面评价（Guha and Martinez-Alier 1997: 153–168）令人信服地反对将甘地视为生态中心主义者。许多有益的简短评论中概述了生态中心思想中原住民与亚洲传统的传承，其中一部分可见 Whitt et al.（2001）and Peterson（2001: 77–126）。认同生态批评运动的重要英语作者中，在完整展示出上述影响方面，没人比诗人兼批评家斯奈德做得更好。其批评性文本可见 Snyder（1990, 1995）；另见其史诗《山河无尽》（*Mountains and Rivers Without End*, Washington, DC: Counterpoint, 1996）以及较短篇幅的诗歌选集《没有自然》（*No Nature*, New York: Pantheon, 1992）。

主义和赫伯特·斯宾塞的社会达尔文主义），而维多利亚时代最后一位伟大的小说家托马斯·哈代就远不及他。哈代更像一位宇宙宿命论者而非哲学唯物主义者。奈斯、海德格尔、巴赫拉德和梅洛-庞蒂都集中关注原型人类所经验的生活，而不是关注环境史或自然进程或社会斗争。即使在这个特定的生态中心信仰的子集中，伦理学突进的方向与特色也大相径庭。利奥波德的生物社区明确归属于伦理学，梅洛-庞蒂的现象学却不是。达尔文的自然选择有时被当作资本主义文化的产物和暗中捍卫者来阅读，尽管它只有在斯宾塞那样的社会达尔文主义者手里才会变得如此引人争议。

生态中心主义中更加有力的观点，是它召唤人类伙伴去认识存在于人类与非人类之间的相互依赖关系，这种关系无法控制，无论你喜欢与否都要接受它。它也召唤人们在地球上更加小心地行走，而不是像在进行一个实践项目。号称深层生态学运动的历史可以对此作证。环境人文主义者经常且多少有些误导性地使用深层生态学这个术语来包罗生态中心主义思想之万象。奈斯原本考虑的"深层"（生态学）对应于他所认识的"浅层"（比如，在他看来力度有限的环境改革行动设计——它们只是让那些处境优越者更加舒适）；他也认为这是一种思想的再定位，决定这种思想的，是将"生态圈网络或者内在关系视野中作为结点的有机体"之"关系性的全视野意象"纳入意识(Naess, 1973:95)。但是，一旦他借助其美国崇拜者的自助操作方法，使观念具有可操作性，这种反规范的本体论批判就开始让位于一个八要点政纲（由他和塞申斯合作制订）。其中包括：

3. 人类无权减少（生命形式的）丰富性和多样性，除非为满足生死攸关的需要。

4. 人类的生活和文化的繁荣与人类人口的实质性减少协调一致。非人类生命的繁荣要求这种减少。

7. 意识形态的变革主要是这样一种变革：欣赏生活质量（栖

居在具有内在价值的条件下),而不是追求不断提高的生活水准。(Devall and Sessions, 1985: 70)。

这样的底线规则使得深层生态学成为众矢之的。开始时是批判环境改革中谨慎的工具性方法之适当性,现在却似乎自我界定为另一种工具性解决方案——也是一个粗略而招惹质疑的方案。这始于对"乌托邦生态主义"的指控("这里没有一个关于国家、意识形态、技术或经济的具体理论")、对反省式反现代主义的指控以及对消费主义立场下略带伪装的软性人类中心主义的指控。[1] 一个"顺应自然"(Let nature be) 的教条同要点 4("人类的生活和文化的繁荣与人类人口的实质性减少协调一致")结合,也激发了对新法西斯主义(如 Luke 1997: 13)以及经常在回顾中被当作核实性证据引用、关于海德格尔未放弃的纳粹主义的指控,后者是一个误传。确实,海德格尔对"在乡土地方顺应自然的生活"的崇敬不可脱离其家园(Heimat) 意识形态,但崇敬乡土地方顺应自然的生活本身却并非法西斯主义;两者之间不是内在的而是历史偶然性的关系。[2] 深层生态学早期由奈斯和塞申斯以伦理政治术语表达的整体论嗜好,依然是开放地面对关于其愚蠢、不分皂白以及独裁主义的指控。自此出现了区分更加谨慎细致的版本(如Johnson, 1991;Mclaughlin, 1993)。但是,深层生态学强调通过人类对自然的敬畏而自我实现,与其生态中心主义的宣称是否矛盾,这仍然是一个争论不休的问题(Soper, 1995: 253–259)。[3]

如果把深层生态学首先当作本体论或美学,而不是伦理或实践的处方,那么它看起来会更具说服力。作为一种本体论,深层生态学和更普通的生态中心主义可以对现代文化对内在于人性的生态意义的展

---

[1] 引文选自 Luke (1997:24),考虑到他对生态学也怀有一些(小的)希望,他的批判更具启发性(pp.7–27)。
[2] See Bramwell (1985, 1989)。
[3] Soper (1995:259) 十分谨慎地提出警告,却反对这样的结论:人类中心主义伦理学与生态中心主义伦理学相比,似乎更加条理分明。

现不足提供一种必需的矫正。正如生态哲学家弗莱亚·马修斯（Freya Mathews）所说，"把我们呈现为任何不够"紧密联系的"事物"，"事实上是把我们错误地呈现给自己，因而会妨碍我们自我实现的可能性"，这进而意味着认可人在"更广阔的自然系统"中的定位（Mathews 1991：156-158）。[1] 从这一立场可以推论出伦理与政治的立场，但它只是作为无需看做影响基础本体论要点的力量的下一步思考，这在一定意义上几乎是不言而喻的。乔纳森·贝特讨论文学审美时也曾做过类似的宣称：

> 认为一部文学批评著作是说明更佳环境管理实践程序的恰当之处，这是堂吉诃德式的幻想。正因如此，生态诗学的开端，不应是关于特定环境问题的一整套设想或建议，而应是一种途径，我们可以通过它反思：与地球同栖究竟意味着什么。（Bate, 2000：266）

在此，贝特要在批评与政治之间划清界限的心情可能过于急切，[2] 但是，他认真区分作为思想实验的诗学与检验伦理或政治提议的实际贯彻时进行的细察，也是十分重要的。这种检验的一个优秀个案是利奥波德的《沙乡年鉴》，此书力图进行上述两方面的尝试，同时被奉为现代环境写作与生态中心环境伦理学的经典。

利奥波德关于生物社区的福祉为正确行动标准的观点一直具有广

---

[1] Mathews（1991）所说的（首字母N大写的）"自然"暗示了一种有些神秘的理论：把宇宙看做一个"自我实现的系统"（或她所称的"生态宇宙"），但是这并不能削弱她的下列论点：对生态系统与人类自我的重叠展现不足，是现代文化中富有特色的内容。

[2] 围绕着此处所引的段落，贝特在"绿色批评"与马克思主义者、女性主义者和多元文化主义者之间进行了开端性的区分，认为他们"或显著或含蓄地将政治宣言带入其讨论的文本"；最后告诫："当提到"与生态诗学不同的"实践问题"，"我们要用别的话语来言说"。

泛影响。[1] 但是，被阐释的伦理学轻轻掩饰了主要的自我矛盾。对于开启者来说，由谁来决定什么对生物共同体是最好的？当然是"人"。原则上只是"一个单纯的土地共同体成员和公民"的人类，将不可避免地成为其"守护者和领导力量"(Fritzell, 1990: 201)。众所周知，《沙乡年鉴》号召读者"像山一样"思考(129–133)，而按字面意义上理解，这是不可能的。即使可能，这种精神难道不会导致人性的丧失，就像在华莱士斯蒂文斯的诗歌《雪－人》(Snow-Man) 中，为了达到零主观倾向，必须让标题人物冻结成"无物"(nothing)？[2]

另一方面，如果人们审美地阅读《沙乡年鉴》，视其为更具探索性而非劝诫性，是叙事者与环境之间"具象对话"的一个"关系性领域"，[3]那么，矛盾问题看起来就不严重了。从这一点出发，《沙乡年鉴》中展现的是一系列经验、发现、沉思和感受，目的是扰乱标准的功利主义假设。"像山一样思考"(Leopold, 1949: 129–133) 就是那种假设之一：在作者的回忆中（不管这是现实还是文学加工），自己年轻时曾杀死一头狼，此后意识到，为了农夫和打猎运动爱好者的利益而保护鹿不受食肉动物侵害的行为，并不符合更大的生态利益——"山"的利益。这样，故事所展示的，是一种训诫之下更深刻地把握环境关系的醒悟，也更像是一种传统的新教皈依式叙事(Gatta, 2004: 59)，而不是彻底生态中心主义或其他中心主义立场的论点。而结尾处则像一个真正的寓言，不是手执托盘奉上清晰道理的故事，而是一个叙事谜语，带着一

---

[1] 在贬低利奥波德的历史重要性的环境伦理学家中，凯利考特一直是最具影响的一位。他在那篇一再重印的论文《动物解放：一个三角事件》(Callicott, 1980) 中宣称，利奥波德环境伦理学与动物权利有所抵牾。论文引燃了一场风暴般大火。此后，凯利考特对关于利奥波德的其他解读采取了更加平和的态度，对于他所框架的土地伦理学并非绝对权威的说法，他也更加接受。
[2] The Collected Poems of Wallace Stevens (New York: Knopf, 1961), pp.9–10.
[3] Tim B. Rogers, "Reinvisioning 'Our Views of Nature' Through an Examination of Aldo Leopold's A Sand Country Almanac," ISLE, 10 (summer 2003): 57.

系列歧义而微妙的"大概",留待听者解读和应用。[1]

《沙乡年鉴》的最后一部分《结局》中,结尾之前包括四个辩论性而非描写性的章节。但是即使这些结束性的章节(《资源保护美学》、《美国生活中的荒野》、《荒野》和《土地伦理》),其设计也更像是为了警醒沉睡的"生态良知",而不是找到一个系统而清晰的伦理立场。《沙乡年鉴》的生态中心主义最好被看做利奥波德选用的一种煽动,而不是他一贯坚持的固有立场。

这样说决不是为了削弱下列作法的严肃性和重要性:激励自己的听众共同努力,进行反对人类中心主义的思考,不管在这里还是别处。实际上,由此实现的无非是一种地球层面上的新哥白尼革命——坚持不再把世界看成是环绕"我们"运转的。重新建构的生态神学这个例子比绿色美学和绿色伦理学更具戏剧性。正如托马斯·巴里(Thomas Berry)在其影响广泛的《地球之梦》一书中就危险和前景所做的概括:

> [人类]重被作为鲜活现实的地球所魅惑,是我们拯救地球免受我们造成的迫在眉睫的毁灭的条件。为了有效地实现这个条件,我们现在必须,在一定意义上,在生命物种共同体内彻底改造人类物种。我们的现实和价值认识的参考规范必须自觉地从人类中心主义的转变为生物中心的。(Berry 1998: 21)

巴里的影响是一项最具野心的学术工程背后的动力之一。"哈佛世界宗教研究中心"曾主办一个以世界宗教的生态神学涵义为主题的持续多年的系列会议,在此基础上,伊夫林·塔克(Evelyn Tucker)与约翰·格里姆(John Grim)编辑了十卷本的"世界宗教与生态"丛书。

---

[1] 确切地说,利奥波德以一段简要反思结束文章,思考"安全"和"时代的和平"之后过度奋斗的危险,留给读者去解读。这必须放在《沙乡年鉴》的写作语境中阅读,当时正值二次世界大战,英国首相内维尔·张伯伦("时代的和平"即为其所言)有一个声名狼藉的判断:以为自己对希特勒的绥靖政策获得了成功。此后,欧洲战场开战。但是军事与生态之间却多少保持着模糊不清的关系。

其中研究的宗教不仅包括基督教、犹太教、伊斯兰教、印度教、佛教等等"伟大传统",还有各种原住民信仰。[1] 这项工程的目的,不是从这些信仰中找出生态中心主义而无视其本身,而是突出每种信仰内的这样一种气质:它为一种倾向于绿色思考的精神再定位提供帮助和安慰。在此意义上,该工程取得了令人瞩目的成功。

和利奥波德在资源保护领域中一样,这种生态神学行动中最能引起批评者兴趣的,经常是在清楚自己面对正统宗派主义界线的挑战之后,仍然坚持自己的追求。例如,萨利·麦克法格(Sallie McFague)的"隐喻性神学"认为,就上帝的各种隐喻进行的一系列假定性实验,可补充"上帝是父亲"的传统隐喻,如:将上帝喻为母亲、情人、朋友;将地球喻为上帝的身体。她特别指出,由于最后那个隐喻和传统隐喻都不算完全恰当,"我们要问,在我们这个时代,哪一种是更好的"。她承认,"将世界隐喻为上帝的身体,是置上帝的绝对性于'风险'之中"。但是其优势是一种"复兴的圣礼主义"——它新近认识到,世界及其所有存在物中都注入了上帝的在场。"我们遇到的世界,是作为一个你、作为上帝身体的世界。这个世界的任何时候、任何地方,上帝总会呈现在我们面前"(McFague 1987:70-77)。麦克法格在追寻这条思路时,既清楚也信服其认识的假设性。无论大写的真理是什么,她提出的生态中心的精神再定位,都可以大大影响人类看待自己并协调与世界的关系的方式。[2] 巴里、麦克法格和其他生态神学家的著述都支持了乔纳森·贝特思考文学审美时的动人阐述:

> 我们不能免除那些想象回归自然、想象人和他者重新整合的思想实验和语言实验。深层生态学之梦永远无法在地球上实

---

[1] Center for the Study of World Religions,"Religions of the World and Ecology," www.hds.harvard.edu/cswt/publications/rel-world-ecol.html.

[2] 有人可能有理由反对下列观点:麦克法格"将地球喻为上帝身体",不是真正的生态中心主义,而是一种世俗化的神学中心主义,正如她自己曾指出的那样。但是她可能也有资格回答:她所建议的精神再定位可能带来的,是一种更具生态中心特质的精神,而不是"主流"的和福音主义形式中的基督新教的上帝。

现，但是我们作为一种物种的幸存，会取决于我们在自己的想象作品中做梦的能力。(Bate, 2000: 37-38)

然而，当人们从神学和文学想象领域转回到应用伦理学和政治实用论的场景时，似乎还要慎重从事。当政治哲学家洛比因·埃克斯利(Robyn Eckersley)——她本人也是位生态中心主义者——曾谨慎地观察过自己的领域。尽管生态中心主义可能是"绿色政治思想中特点最为鲜明、哲学理性最强的一个方面，而要把它作为定义性的特色来坚持"，其普适性比不上把这个领域界定为倾向于保护"地球的生态整体性及其无数有机物"的一种"普通规范"(Eckersley, 2001: 325-326; cf. Eckersley, 1992)。与此相似，在环境伦理学中，尽管生态中心主义是最为激进的立场，此领域中的很大一部分精力却被投入到争论这个问题：超越人类中心主义的解放要走多远，又以何种方式进行。扩展道德思考的外部界线，是应仅包括"高等"动物、一切有知觉的存在物、一切生命形式，还是达到此外的某个范围？道德分析的基础是实用论的，还是一种新康德式的"生命尊重"，还是一个民主广延主义的"自然权利"模式，还是一种估算"利益"的生态自由主义模式，或女性主义的"关怀"伦理学，抑或一种"管理"式新/后基督教伦理学？即使你做出积极的回应——比如对巴里的创世神学，即使你的知识关注或公民关注之核心是这样的宣称：濒危物种与压制社会需求相关，仅仅依靠一个生态中心主义学说，你仍然难以顺利推行环境主义政治，甚至根本不可能做到。[1]

性别的复杂性

然而，要是认为不同学科、话语和行动计划分门别类地坐在或生

---

[1] 关于与生物中心主义相对立的知觉论(sentientism)，主要参见 Peter Singer (1990)，其中讨论了一种道德功利主义的环境主义模式。关于遵循康德伦理学思路的自然尊崇，参见 Taylor (1986)。关于自然权利，参见 Nash (1989)。

态中心或人类中心思想的包厢里,那就把事情过于简化了。生态女性主义就是一个鲜明的个案。生态女性主义的某些变体与深层生态学思想一致,尤其是那些关于用"融入""自然环境"的方式来超越精神－物质二元论的新信仰(Spretnak, 1997:430)。可以理解的是,试图用"整体论、相互依存、平等和进程"之类的执行性和概括性术语来框架生态女性主义,听上去与深层生态学十分相似。[1] 在一定程度上,二者同样憎恶由哲学家瓦尔·普拉姆伍德命名的"生态否认"(ecological denial)——否认"我们身嵌于自然之中这个现实"(Plumwood, 2002:97)。然而,女性主义的概念性出发点是性别差异的重要性,总的来说,这不同于深层生态学通过"自然"或"人"甚至"人类"来表述的整体论思考倾向,也不同于后者强调的通过与自然认同来实现自我认同。相反,普拉姆伍德驳斥道,"一种适当的环境行动主义伦理学所要求的基本概念,不是关于认同或同一的(或与之相反的各种)基本概念,而是关于团结的",它"要求的不仅是对差异的肯定,而且还有对下列差异的敏感:是把自己同他者定位在一起,还是把自己定位为他者"[2] 尽管自信的语调掩盖了生态女性主义内部观点的分化,[3] 但是不可否认,"团结政治不同于统一政治"(p.202)——而且其中潜在的认识论也有所不同。这引发了一系列争论和调解企图,更强烈的生态女性主义立

---

[1] Katherine Davies, "What is Ecofeminism?" *Women and Environments*, 10 (spring 1988):4.

[2] 普拉姆伍德题为《同一、团结与深层生态学》的整整一章都与此相关(pp.196–217)。亦见 Plumwood (1993:165–189) and Slicer (1995)。

[3] 首先,不是所有女性主义者都会同意普拉姆伍德对奈斯的排斥性阅读。她在此的基本标靶(可对照地参见 Spretnak,1997:428 & Mathews,2001:218–221)。其次,普氏所称"不是认同而是团结"的表述,(本人认为它是有说服力的),似乎想要区分下列两种人:一种人(如斯普瑞特纳克)认为与"他者"认同是可信的,另一种则是自然-建构主义者,对他们来说,任何宣称中的与自然的亲近都显得十分可疑。

场似乎从中得以浮现,即使不都是如此。[1]那不是因为各种生态女性主义者就下列问题采取同一立场:在理解人类主宰的现象时,人类中心主义是否不如男性中心主义有效和重要。而是因为,生态女性主义整体,即使它自身可能指责内部观点的过度统一,令人争议地为认识文化区分和历史变迁问题提供了一个更为标准的模式。

通过性别的透镜来审查生态否认或疏离的普遍问题时,文学研究中最为重要的见解,是对下列双重悖论的揭示:在男性中心立场上建构起来的自然,是一个被当作男性主宰的领域,与女性编码的家庭空间形成对照;然而同时,自然也被象征性地编码成具有女性特质——一个潜在的主宰领域,与女性身体类似。借用一位生态女性主义批评家的尖刻之辞,这就是"自然的女人化和女人的自然化"(Bullis,1996:125)。上述悖论对一种意识形态分析十分重要,这种分析可以隐藏在很多地方,比如传统美国荒野神话艺术(Kolodny, 1975, 1984)与拉丁美洲克里奥尔文化中对丛林的异国特征化(e.g. Sommer:257-279; Wasserman, 1994:207-212)的背后。具有讽刺意味的是,这种对男性中心主义的环境想象模式的女性主义批判具有的效果,是把生态女性主义者放在女性主义内部的防御位置,就像斯泰西·阿莱默在直率地讨论"女性主义理论逃离自然"时所指出的那样(Alaimo,2000:1-22)。据人类学家舍利·奥特纳(Sherry Ortner)的经典论文研究,超越空间和时间的象征性等式"女性:男性 = 自然:文化"是普

---

[1] 针对一些生态女性主义者对深层生态学的指控,在知识意义上有分量的捍卫性论述,包括茨莫曼(Zimmerman, 1994:276-317)、塞申斯(Sessions, 1996)和萨雷(Salleh, 2000)。茨莫曼和塞申斯的视角,是那些对生态女性主义批判(的某些方面)有吸引力的深层生态学视角。萨雷则是站在一位生态女性主义者的立场上进行论述,她认为,围绕"具象化的物质主义"原则和实践的两种信念,有希望达成"一种未来的共生"。茨莫曼在结束部分中,对深层生态学进行了一种饶有趣味的捍卫,针对的是(并非生态女性主义独有的)下列指控——深层生态学表示,其适当模式是(或应当是)一种类似于禅的自我虚空,而不是自我满足。在这种伪装之下,它达到了一种自私自利的自我实现。

遍存在的，他将这种结构诊断为一种诽谤性病理学，要对其矫正，只能通过变革"社会的体制性基础"，比如女人可以"被看做与文化结盟"(Ortner, 1974: 87)。那么生态女性主义又怎能避免落入男性中心主义的陷阱？尤其当它试图主张一种"关怀"伦理学，其基础是以妇女为关怀的先决条件或内在优势，而这反而又是一种父权制劳动分工造成的结果。[1]

阿莱默引人注目的反对性主张，试图将"自然"这个难以把握却颇具意识形态强力的能指重新表述为"非家庭化的女性主义空间"。原则上，这意味着通过一种文化批判"重新塑造自然"：大谈"母亲自然"之类的形象，最后提出"非性别化的自然隐喻，它强调人与自然的连续性，同时仍然尊重自然的差异"，(Alaimo, 2000: 171, 183) 将其作为一个"不能被人类文化所包含、控制，甚至完全了解的"领域。这引导她阅读一系列差别很大的女作家，她们重新界定那些似乎熟悉的地区，并开辟新的疆域：无政府主义者艾玛·戈德曼(Emma Goldman)通过其刊物《地球母亲》(Mother Earth)来重新立体地定义这个名称；凯瑟琳·塞哥维克的《希望莱斯利》(Hope Leslie)和萨拉·奥恩·杰维特(Sarah Orne Jewett)的女"乡村医生"(Country Doctor)对美国家庭小说和地域主义中特有的虔诚分别有所挑战；加拿大小说家玛丽安·安吉尔(Marian Engel)改造了情爱小说、荒野传奇和动物故事/童话的传统——她的超现实主义小说《熊》(Bear)中，一位图书管理员在休伦湖(Lake Huron)的岛上别墅里整理书目时，陷入了对熊的激情沉迷。在此，每一个关于野外空间的创作行动，都可被理解成不仅是隐喻性或象征性的（外面的确存在着一个实在的非人类世界）；每一个行动也都可被看做冒险，这种冒险在与环境相关的女性地方的常规构

---

[1] 关于生态女性主义关怀伦理学的前景和困境，或可参见以下两位作者的交流：Deane Curtin, "Toward an Ecological Ethic of Care" and Roger J. H. King, "Caring about Nature: Feminist Ethics and the Environment" (Warren, 1996), 以及 Sandilands (1999: 21–26 及全书)。

架内进行,同时,为了重新塑造关系条件,又在对抗这种构架。[1] 阿莱默坚持对人类与非人类环境进行"互为建构"或"共同建构"的原则(p.158)。[2]

同是关于建构主义的各种理论并非整齐排列。麦茜特的研究从一个主动的自然形象入手,这样的自然通过生态变迁来回应"人类引发的变迁"(Merchant,1989:8)。N. 凯瑟琳·海尔斯(N. Katherine Hayles)的出发点则是建构主义一个侧面,从"衍生自表征的概念"开始,这种概念受到施加于所谓现实的"无中介流变"的约束(Hayles,1995:53—54)。然而,无论人们如何界定其动态性,交互性模式会将我们拽离对人类认同非人类的前景展望(这种前景对深层生态学和反二元论立场的生态女性主义理论富有吸引力),朝向一种更具社会中心倾向的观点。根据这种观点,人类与非人类的关系总是受到社会性调和;对人类福利与平等的考虑(即使不能掌控)也会严重影响对环境问题的裁定。可以想见,生态女性主义者很容易将自己置于更接近社会生态学而非深层生态学的境地之中(Bullis,1996:127)。有人甚至宣称,生态女性主义是"一种社会生态学"(Warren,1996:33)。

根据人们一度熟知的观念,持上述观点的沃伦本可比自己预想的走得更远。社会生态学曾被普遍认同为莫瑞·布克钦(Murray Bookchin)的理论,其生态主义中的教条化、环境管理倾向以及富有攻

---

[1] 也可以这样来看克里斯塔·考莫(Krista Comer,1999)的研究。她对"新西部"的女性景观想象进行了类比性的重新定义,以便将作为一个极端的城市空间纳入研究;又将它作为另一个极端从"荒野或性联合体的菲勒斯中心主义"中来重新开拓广阔开放空间(p.159)。

[2] 参见 Carolyn Merchant and Donna Haraway (1991:297),阿莱默对上述二人的著述都有所引用。另见 Hayles(1995)关于"受制约的"(constrained)建构主义的理论。

击性的理性主义色彩,远远胜过绝大多数生态女性主义理论。[1] 然而,时至今天,布克钦的评论者和继承者却在瓦解其堡垒,对深层生态学和生态女性主义敞开大门(对后者甚至更加开放)(Light, 1998)。值得争议的是,社会生态学"对抗并最终消灭"资本主义、社会等级制和民族国家("生态危机"的"客观社会原因")的志向与布克钦惯于严厉批判的深层生态学相比,其乌托邦性质是同样的。(比起多数生态女性主义者,布氏的那些批判要尖锐得多)。[2] 但是,社会生态学对集体实践、社会革命和小规模社区建设水平上民主公正的强调,意在以这些选择吸引那些怀疑深层生态学的人。受其怀疑的,是深层生态学对以下问题的强调:觉醒的意识和个人的转变,以及作为一种普遍而非社会历史偶然条件的人类性。[3]

然而,过多停留在生态女性主义如何将自己置于与"社会"的而非"深层"的生态学的关系中是危险的,那样会忽视更重要的一点:环境批评中更广泛的转变。这在生态女性主义对社会中心化道路的偏好中有所显示。正如20世纪80年代到90年代,女性主义受到少数民族和

---

[1] 布克钦究竟应当被看做"作为绿色政治理论中一个显要分支的社会生态学之创始者"(Mathews, 2001:227),还是被看做自指为"唯一的'社会生态学'宗师"(Pepper, 1993:220),同情地概述珀彻斯(G. Purchase)在《无政府主义社会及其具体实现》(*Anarchist Society and Its Practical Realization*)中提出的一种批判?关于这个问题,在世界范围内的各种观点是大相径庭的。在沃伦的语境中,"一种社会生态学"是否特指布克钦的理论并不清楚。尽管她此前引用了他的话(p.21)。因此,她对生态女性主义特征总结的基本原理就是:它"认识到作为社会问题的对妇女和自然的双重主宰既根植于"具体的社会经济历史境况中,也根植于维护那种主宰的制度化父权结构中。

[2] Janet Biehl and Murray Bookchin, "Theses on Social Ecology and Deep Ecology," August 1, 1995, www.social-ecology.org. 另外,佩珀(Pepper, 1993:164–165)曾对布克钦的乌托邦论进行了一系列评论,对其理论有着整体性的尊重,但也针对其生态无政府主义进行了批判(esp. pp.220–221)。

[3] 这决不是说深层生态学不愿或没有能力在社会问题上表达立场。例如,可参见大卫·琼斯(David Johns, 1990)对著名的古哈(Guha, 1989b)对深层生态学的"第三世界批判"所作的回应。

"第三世界"女性主义的推动,开始就其过去对西方白人中产阶级身上的集中关注进行自我批判,过去十年中,一些生态女性主义者在一个更广泛行动中走在前列——使环境批评对环境福利与公正等问题更加投入,更急切地关注穷人和社会边缘人群。其关注的对象包括城市化景观、种族主义、贫困问题、中毒问题;也包括环境正义运动的证人和受害者的声音等等。无论如何,在当前的环境批评中,至少在美国,这似乎是最具活力的运动。它也正将生态批评的伦理和政治引向一个更加社会中心化的方向。再用本章开始时所谈的图表比喻来说,生态批评学说的风向正从西北转向东南。这些时代的一个标志是《环境正义读本》(Adamson, Evans, and Stein, 2002)。该书集中了批评性和社会性分析、代表性运动概述、行动主义宣言、访谈和教育学论文,将其组织在三个部分中(政治、诗学、教育学)。相比主要收集第一波生态批评论文的《生态批评读本》(Glotfelty and Fromm, 1996),这本选集被设计成一个修正性的升级本。但其编辑仍然认为,前一本书是标准的入门书,为需要了解这项运动全貌的外来者提供指导。

环境正义修正论的挑战

环境写作研究中所偏好方法的不同十分清楚。首先,经典的概念有着显著的区别。根据《环境正义读本》一书所说的目的,美国环境写作实际上始于瑞秋·卡逊的《寂静的春天》,而不是梭罗或弗罗斯特,甚至也不是利奥波德。读本中提到过的有着特殊兴趣的当代作家包括:日裔美国人山下凯伦(其两部小说分别探讨了跨国语境中亚马逊雨林的毁灭和作为跨太平洋地区尤其是加利福尼亚-墨西哥接壤地带一个节点的后现代洛杉矶内城)、艾柯玛族(Acoma)诗人、批评家和行动主义者西蒙·奥提兹(Simon Ortiz)、契卡索诗人兼小说家林达·霍根(尤其是她关于魁北克北部地区环境种族主义的作品,以及对待濒危动物问题时原住民与主流美国的不同准则之间冲突的作品)、住在美国的墨西哥小说作家安娜·卡斯蒂洛（Anna Castillo）（因中毒和艾滋病死于一个新墨西哥州小镇）。而像 A. R. 阿蒙斯（A. R. Ammons）、加里·斯奈德、巴里·洛佩兹，甚至特里·泰姆佩斯特·威廉姆斯（Terry Tempest Williams）等那样的作家反而不在其列。

仅仅改变方向并不意味着你会大获全胜。我曾称这个新潮流为先锋，但是其中一些作者自己就表达了失败感：除了生态批评社团中大批人普遍接受它之外，更大的进展并未更快到来。"生态批评内部缺乏一个强大的环境正义成员，我们应感到这是个深刻的危机"——读本中一位作者如此警告说。原因是，要把"环境正义带入生态批评"，只是多几篇文章、多几个会议议题是不够的。必须有"对这个领域整体进行一次根本性新思考和新行动，正如环境正义理论和实践正在引发一次对所有环境运动的根本性新思考一样"（Reed，2002：157）。

这可能真的是生态批评在 21 世纪初期面临的最大挑战。是的，我们应该像德维尔和塞申斯（1985）提出深层生态学纲领时告诫的那样，在以自然为重的前提下生活（live as if nature mattered）。但是，运动可能会裂变和衰退，除非生态批评可以直截了当地提出问题：自然对某些读者、批评家、教师和学生如何至关重要。那些人心目中的环境关注并不意味着自然保护是首当其冲的，对他们来说，自然写作、自然诗歌和荒野叙事似乎也都不是环境想象中最令人瞩目的形式。

会发生这种事情吗？谁能做出肯定的回答？我在此想强调的是，我相信那不一定会发生，尽管人们需要的那种重新思考要求全方位地扩展批评的视野。

根据几方面的考虑，人们有理由期待生态正义修正论将会继续积蓄力量。首先，生态批评内部一直具有强烈的责任感，坚持学术研究与环境实践的相互依赖关系。即使这种实践与环境正义修正论者所号召的有所区别。其次，人们最常引用的"环境正义原则"的具体阐述，是在首届全国有色人种环境领导高层会议（华盛顿特区，1991 年）上提出的多点陈述。它也包含了很多传统环境主义的基本点。例如，第一条和最后一条这样规定：

    1. 环境正义支持地球母亲的神圣性、生态团结和一切物种的相互依赖，以及摆脱生态破坏的权利。

    17. 环境正义要求作为个体的我们，在个人性和消费性选择中，尽可能少地消费地球母亲的资源，尽可能少地产生废弃物；并有意识地做出决定、挑战和变革我们的生活方式，为当前和未来的人类而保证自然世界的健康。

    对于这样的主张，各种方向的生态批评家都会表示赞成。而在别的方面，这些原则也确实脱离了传统的保护主义。以第四条为例——"环境正义支持一切民众进行政治、经济、文化和环境方面自我决定的基本权利"，至少在一定程度上指向并反对一种世界范围内的现象——为特权者建造公园之需而征用原住民的土地 (See Spencer, 1999；D. S. Moore, 1996)。欧洲是这种行动的先行者，如英国在现代早期进行过圈地运动。传统的环境计划也没有提及对践行在有色人群身上的疫苗和实验医学程序采取"知情同意"的问题 (第13条)，或者劳动者安全问题，包括"那些为摆脱环境危险而在家工作者的权利" (第8条)。但在进入21世纪之际，持各种立场的严肃环境主义者即使不接受全部17条原则，也可能对绝大多数原则更容易接受。[1]

    令我们心怀乐观的第三个理由是：生态正义修正论者对社区问题和社区叙事的关注，与第一波生态批评对地方和区域问题的类似强调是一致的。两种研究中，社会文化的重建和美学的唤醒作用一般都被看做与生态理论相互纠缠。[2] 第四方面的考虑是，人们越来越意识到：

---

[1] 1991年原则曾被广泛印发。例如，麦茜特选编的一部很实用的相关批评性阅读文集 (Merchant, 1994, pp.371–372) 中对此就有收入。

[2] 仅举一例，佩纳 (Peña, 1998) 等人的研究成果和温德尔·巴里和麦克基尼斯 (McGinnis, 1999) 的相比，有很多相通之处 (尽管没有确切的直接联系)。佩纳集中研究契卡诺人对上里约大河谷的生态管理，并深受约瑟夫·加勒高斯 (Joseph Gallegos, 1998) 的诗歌和叙事的鼓舞。巴里等主张的是"主流的"生物区域主义。

讲述环境史故事时，需要承认资源保护和自然保护运动并未与关于城市和工作场所的环境主义思想发展相脱节；也没有脱离一些环境非公正问题，比如在贸易保护主义的大规模行动中优胜者与失败者的不平等。[1] 最后一个因素是：生态正义修正论对传统环境正义运动和包括早期生态批评在内的学术性环境研究之间的人口统计学同质性进行批判，这种纯粹的道德力量也不应被低估。的确，从生态批评运动开始以来，这一直是令人焦虑的事情。《环境正义读本》中的作者们可能低估了这个浪潮继续沿其喜好的方向发展的强度。

至于阻碍发展的力量，尤其会导致两个结果，而不只是对先设责任和内部一致这两方面的惯性抵抗。一是敏感问题："环境正义"应被看做与"环境种族主义"多么接近。当然，在美国（乃至世界范围内），人种和民族意义上的少数派一直遭受着失衡的环境性贫困。当然，要在美国（乃至世界范围内）吸引大批少数民族行动主义者和学者关注（某些）环境问题，清醒地认识到这一点，也一直是至关重要的。然而，究竟"哪些团体或者人群被收于环境正义的大伞之下"，这仍然是一个"争议问题"。"环境正义的谋划"（Rhodes，2003：18）中，经济收入或者区域地点是否应该与民族或者种族这样的问题同等对待？1991年原则的开场白中特别号召"由各种肤色人民参加的一种全国性或者国际性运动"，但其17个要点却是以普遍化的形式进行的一般性表达（"对一切人民的共同尊重和正义"）（Merchant，1999：371）。相反，《环境正义读本》的编者前言虽然对环境正义的发起做出了广泛的界定：它力图"矫正发生在穷困人群和/或有色人团体中的失衡的环境污染"（Ademson，Evans，and Stein，2002：4）；但随后的历史概述，却只是集中关注反环境种族主义的少数派立场的出现。

任何经历过美国历史上公民权利时代的思考者，都会认识到造

---

[1] See, for example, Spence (1999), Cronon (1991), and Gottlieb (1993, 1997), 另外还有对哥特莱普的局限性的批判 (Pulido, 1996: 192)。

成这些混杂现象的实际历史原因。然而，对于理解"环境正义"确切或应有的含义，尤其是在更广阔的全球和历史语境中的含义，它们提出了挑战。在前一点上，一位研究全球语境中"穷人环境主义"的领军人物——加泰罗尼亚生态经济学家琼·马提内兹–阿里尔（Joan Martínez-Alier）发现，美国环境正义运动有些像一个局外人，因为美国的"环境正义"关注被归结为（尤其是美国的非裔、西班牙裔和原住民社团中的）"环境种族主义"问题（Martínez-Alier, 2002：168–172）。[1] 例如，尼日利亚作家和行动主义者肯·萨洛–维瓦（Ken Saro-wiwa）为保卫其家乡乌冈（Ogone）而对抗跨国石油利益集团以及支持他们的阿巴贾（Abaja）政府新殖民权贵，人们如何定义他的生态殉道行动？《环境正义读本》与《生态批评读本》相比，有一个值得称赞的扩展：力图超越以美国为中心的视野，将其看做环境种族主义的一种情况（Comfort, 2002）。与此对照，马提内兹–阿里尔提醒人们："肯·萨洛–维瓦没有使用'环境种族主义'语言来对抗尼日利亚军事政府"，而是使用了"原住居民领土权和人权语言"。关于这个特定事例的一个中间观点可能是：萨洛–维瓦对普适性的和乌冈民族特有的道德概念都有所援用，尽管没有采用种族性的、少数派的身份。但是马提内兹–阿里尔更加宽泛的主张仍然是中肯的："就生态性地理分布产生冲突的各方采用了不同的词汇表"，其中"'环境种族主义'的语言"在全球语境中的平均适用比不上像丧失权势者和贫困者那样的定义者所用那样广泛（Martínez-Alier, 2002：172）。

非裔美国人社会学家罗伯特·布尔拉德（Robert Bullard）是在对环境种族主义的考察中最为出色的美国学者–行动主义者之一，他的主张对上述观点有所支持。在澳大利亚举行的一次环境正义会议上，

---

[1] 此书的书名《穷人的环境主义》也是作者写的（长度相当于一篇文章的）摘要的标题（See Martínez-Alier, 1998）。首次将此题目与其著作联系起来使用，是在1989年为秘鲁刊物 *Cambio* 所作的一次访谈："El ecologismo de los pobres."

他提出:"环境种族主义只是环境正义的一个形式",并阐释了五个要点的"环境正义范式",首先是"一切个人不受环境退化侵犯的'权利'的原则"(Bullard,1999:34—35)。其他参会者也倾向于在宽泛的地理分布意义上而不是局限于特定的民族或种族团体来考虑环境正义(See Dryzek,1999:266)。这样的话,1986年切尔诺贝利核爆炸辐射物的不均衡地理分布就会被看做一个环境正义问题(Shrader-Frechette,1999)。概括而言,像上述国际会议那样促进全球范围内对环境正义问题进行框架的力量越大,把种族主义看做环境正义的一个常见却非普遍诱因的倾向就越发强烈。[1]

同样,像马提内兹-阿里尔那样研究世界范围内草根环境运动的学者将注意力转向美国环境正义的历史时,他将此看做一种特殊的国家现象,因而主张改变运动的"官方诞生"时间。20 世纪 70 年代晚期抗议拉夫运河(Love Canal)污染的活动曾被当作运动的起点。而马氏认为,1982 年,北卡罗莱纳州的一个非裔美国人社区因其后院被用作垃圾场而举行抵制活动,这才应算作运动的开端(Martínez-Alier,2002:172)。严格来说,他错了,因为他以为讲述那个故事的方式只有一个。拉夫运河事件对运动的催化意义及其基本发言人罗伊斯·基布斯(Louis Gibbs)将各地分散的抗议活动组织成一个国家网络的成就实际上都被相当全面地记录下来了(eg. Szasz,1994:5,69-83)。但是,另一个事实也确实存在:美国环境正义历史学家经常愿意把这个事件边缘化,目的是强调 1982 年沃伦县(Warren County)少数民族抗议行动的重要意义——正是从此"开始打造种族、贫困和工业废物导致的环境后果三者之间的联系"(Di Chiro,1995:303)。受此观点

---

[1] 也是在这次会议上,印度学者—行动主义者万达纳·西瓦(Vandana Shiva)发言(Shiva,1999),他对短视而掠夺性的全球化的批判(See Shiva,1988)为美国环境极端主义者所熟知。他灵活使用形容词"本土的"(indigenous),或用其概括环境知识/实践在国内地方的普遍形式,或用以特指具体少数民族或"部落"在国内地方的形式。

引导,《环境正义读本》也沿用 1982 年开端的正统说法,忽略拉夫运河事件,并集中研究少数民族生态压迫的诸多个案。最为突出的一个例外证实了普遍应用的方法:一位白人生态批评家在其犀利的论文中,一方面描写了自己和已故的姐姐如何抵抗可能由环境原因造成的癌症,另一方面批评性地探讨了(白人)生态学家、环境作家、幸存的癌症患者桑德拉·斯坦格拉伯(Sandra Steingraber)所写的《顺流而下的生活》(*Living Downstream*, 1997)。这部小说的叙事涵盖了(包括作者自己在内的)一系列癌症患者,评估了环境诱发流行病的知识状况,并严厉批判了那些行动不力的权力者——他们本应考虑这种证据,尤其是来自资源缺乏的社团的当地或民间流行病学证据(Tarter, 2002)。论文也显示出困惑,原因是斯坦格拉伯对根据不同民族区分各种毒物污染的问题保持沉默。在作者看来,这个问题似乎将斯氏的作品排除在真正的环境正义领域之外,尽管他认为其作品颇具说服力。

在生态批评家还只是刚开始探索少数民族经典的时期——少数民族生态批评家数量仍然很少的时候,怀有某种强烈环境兴趣的少数民族学者似乎仍然清楚自己被其团体看做偏执古怪的时候(See Pena, 1998:14),现实中的美国环境争论对少数民族团体成员的吸引可作一个必要的生存策略的时候(See Publio 1998),[1] 这样的犹豫是可以理解的。在这样一种历史时刻,人们可能会提出,对来自主导性亚文化的批评家来说,痛苦地强调他们和另一些人之间立场的差异是一种美德。后一种人在进行生态文化斗争或陷入困境的同时,一直也在种族或民族意义上被标志成他者。《环境正义读本》的主编之一琼尼·亚当森(Joni Adamson)研究美国原住民文学环境正义问题的专著就是这样一种自我觉醒的模式(Adamson, 2001)。最后一点,生态正义修正论者要想变成改造者,而不仅仅是环境批评内部的反对力量,似乎还必须更完

---

[1] 这个关于策略性本质主义的个案研究奇妙而令人信服,它清楚地表明:通过强调一种文化中历史悠久的田园遗产——一种生态管理的文化遗产,来争取在公共领地放牧,这对一个奇克索集体劫后幸存是何其重要。

全地投入到白人和少数民族环境想象之间的相通与差异中去。至少有两条道路可以提示他们：有两种话语或体裁，通过它们，当代少数民族社团的环境正义想象问题可以被放置于更普遍的环境写作内部，以便阐明两方面的问题。

　　上面提到过关于环境性疾病的叙事——尽管其中包括很多其他身体和心理的疾病，它们既发生在个人身上，也发生在社区，但是关于癌症的故事大概是最为突出的。《环境正义读本》的"诗学"与"教育学"部分中引用的许多文学文本都属于这一范畴。这种叙事有着悠久的历史，却还从未接受过全面的审视。《环境正文读本》中的研究比起过去的成果来更具当下眼光，追溯的作品不早于卡逊。很多文本的作者或/和主人公都不是白人。文本中，有18世纪以来非洲—太平洋地区的奴隶故事和美国原住民的自传体故事，其中戏剧化地展现了种族主义监禁的景观——受害者被囚禁、被欺骗、被折磨致死；也展现了避难处或解救处的空间。但被研究者称为环境正义写作的完全档案远不止这些。比如，美国文学史中许多关于来自各地的移民身处困境的故事也完全有此资格。其中最为著名的揭露性作品是厄普顿·辛克莱的《屠场》(1906)。作者展现了芝加哥肉类加工业工人普遍面临的悲惨遭遇，叙事焦点是一个立陶宛移民家庭，其成员相继为残或致死。

　　在美国移民叙事的黄金时代之前，欧美工业时代早期的工厂文学已经戏剧化地再现了虐待白人工人的类似情形。弗里德里希·恩格斯的《英格兰劳动阶级状况》(1845)是一部经典的纪录性著作。最为详尽的文学档案包括赫曼·麦尔维尔的《女仆地狱》("The Tartarus of Maids")和丽贝卡·哈丁·戴维斯(Rebecca Harding Davis)的《铁厂生活》("Life in the Iron Mills")；关于美国东北部铁厂女工所写的自传体故事；维多利亚时代小说中，在此仅举两例：查尔斯·狄更斯的《艰难时世》和伊丽莎白·盖斯凯尔(Elizabeth Gaskell)《南北乱世情》中的一章——一个身患结核病的曼彻斯特工人之女悲惨死去的故事。一位很像她母亲的无产者主人公曾照顾她，但自己也静静地死于笼罩城市的被污染的空气。威廉·布莱克的诗歌中也描写过失踪的无辜童工、扫烟囱工和小黑孩,在其《耶路撒冷》等预言性著作中,还有一些极为生动的段落……这些都已开始讨论环境正义问题。

正如《环境正义读本》所预示的,最终被这种探究纳入视野的,不仅是所有英美或者英语文学,原则上还有世界范围的文学,包括本书第三章中提到的石室道子的《哀海天堂》(Paradise in the Sea of Sorrow)和马哈斯韦塔·戴韦的短篇小说《浦特罗达克塔尔、普兰萨哈和皮尔萨》;或者包括从诺里斯(Norris)和德莱赛再到约翰·斯坦贝克和理查德德·赖特(Richard Wright)在内的美国自然主义虚构作品,埃米尔·佐拉的文学自然主义作品《播种月》(Germinal)是这一悠久传统的开拓之作。对石室道子和佐拉来说,种族基本上不算一个问题;对戴韦来说,它却至关重要;但是这三位的作品肯定都应算作环境正义写作。

由此可见,文学也已开始涉及加基尔和古哈在研究印度环境史时指出的、在一定程度上具有涵盖性的困境。他们将这种困境中的人称为"生态难民"——依靠土地生存的人(其中包括但不局限于少数民族),迁离故土后要么享受福利,要么一贫如洗(Gadgil and Guha, 1995: esp.4, 32 – 33)。这是当代生态正义修正论者喜爱的文学文本中普遍关注的另一种问题。例如,林达·霍根的《太阳风暴》,也展现出与在全球或历史意义上进行更为全面的生态文学式重读的关联。尤其当人们的视野超出社区叙事——像霍根笔下的克里人(Cree),或像印度-盎格鲁族小说家拉伊阿·饶的《坎塔普拉》(Kanthapura)那样描写一个虚构的村庄,甘地信徒为了抵制英国统治而将其消亡和分散——也研究那些因环境性迁移而显疾症的个人的故事,如玛丽·奥斯汀的《少雨的土地》中印第安肖松尼族(Shoshone)医生的故事;或维拉·卡瑟(Willa Cather)的小说《噢,拓荒者!》(O Pioneers!)中的挪威自耕农伊瓦(Ivar)的故事——因其所在边疆社区现代化,他必须在女主人公的庇护下生存。他精于耕种,却无法适应社会。

关于生态难民的文学还可回溯到环境性疾症故事出现之前很远的

时代。根据雷蒙·威廉姆斯及其后继者的研究，涉及英国圈地运动的文学和美学著作至少早在近五百年前就已出现。"很难忘记"，威廉姆斯指出，"锡德尼的《阿卡迪亚》为英国新田园文学提供了持久的命名，而他写作所在的那个公园，却是通过对一个村庄施行圈地并赶走村中佃户建成的"（Williams，1973：22）。一旦认识到这种事实，你会深有同感。着眼于当代的生态正义修正论者正是需要投入与这种历史的对话之中，才能使其获得应有的改革能力。

以这样的角度重新思考环境再想象的历史，不是必须排斥生态批评的传统体裁，而是要用新的方式看待它们。这不仅仅是一个提醒人们注意写作中一些盲点的问题——如爱德华·艾比的《大漠孤行》或者莱斯莉·希尔考的《典礼》（*Ceremony*）中，对其想象的地方的核污染都保持了沉默。尽管对这种盲点进行批判的著作也很重要，[1]但是对话比这更为复杂。一方面，18世纪奥利佛·戈德史密斯的诗歌《荒芜村庄》（*The Deserted Village*）中离奇的挽歌体对句（"但时过境迁；交易用的无情火车/强占土地，掠走情人"）会引起新的共鸣——如果将其看做对生态难民的反映。[2]这也可以是一个因三峡大坝建设而被淹没的中国村庄，还可以是一个被大农场或娱乐业接管的西班牙裔或者美国原住民的农业村。另一方面，瑞秋·卡逊作为当代环境正义写作之母的成就得到了加强，当人们认识到：她达到这一成就之前经历了一个过程——艰难地试图摆脱其早期作品所继承的自然写作传统，但又从未与之彻底决裂。《寂静的春天》的成功，在很大程度上归功于她

---

[1] See Comer (1999：130–137)（涉及希尔考），Campbell (1998)（涉及艾比）分别讨论了文本中暗暗流露的歪曲和忽视事实的问题，尽管两部作品都没有专门提及核污染问题。关于对《大漠孤行》和"艾比乡村"描写选读中盲点的进一步批判，See Adamson (2001：31–50)。

[2] Oliver Goldsmith, *The Deserted Village* (1780–1783), *The Norton Anthology of English Literature*, 7th edn., ed. M. H. Abrams and Stephen Greenblatt (New York：Norton, 2000), 1C：2859. 请注意，这首诗中并未说出迁移的确切原因。可能与圈地运动有关，但这不是唯一原因。

此前自然写作的风格策略和因此赢得的公众威望。[1]

　　建设性反思的对象甚至包括梭罗的《瓦尔登湖》——美国非虚构环境作品中最为经典的文本。我们注意到作者在两种意识之间进行着调和：一个是自愿进行简朴生活试验时的清高超脱，另一个是面对康科德内地真实存在的、贫穷而备受排挤的爱尔兰人和黑人居民时的无能为力。在"贝克农场"和"过去的居民"两章中，梭罗试图把这些活着或已死的个人放在他们自己的地方，被他用作范例的，是自己高越的反主流文化，而不是他先前把一个爱尔兰铁路工人的临时棚屋翻盖成洁净整齐的木屋的方式。但他也忍不住承认自己与这些被遗弃者的相互依赖。他们戏仿了他自己半坦白半压抑的入不敷出的境况，还有他对自己现有状况的意识：在社区里的许多人眼里是一个擅自占房居住的失败者。对于这种戏仿，他不可能以作品的其他部分描写美国原住民的方式予以浪漫化。如果说梭罗是加吉尔和古哈所认为的那种生态难民——大批因失去土地而挤进在印度城市贫民窟的人，显然十分荒诞。但是如果我们通过一种环境正义的透镜，把《瓦尔登湖》中的言说者看成是因关心贫困和向低层的流动性问题而努力、因被社会性地还原为种族意义上的他者之流而懊恼，那就有助于界定作品的精神局限——设想一种相对来说处境仍旧优越的、被收买的美国北方佬，把自己的困境和那些提着篮子到处叫卖的美国原住民的艰难相提并论；也有助于找出：究竟是什么，使《瓦尔登湖》的生态文化探索比后来那些部分受其启发、关于自愿简朴生活的文学作品更为敏锐。

　　我在前面花费了大量笔墨的例子主要来自美国写作，甚至在肯定全球视野的思考的重要性时也是如此。因此，最后我以两部澳大利亚

---

[1] 例如，卡逊专就西部鹏鹏有过一段离题的抒情，这些鸟曾栖息在加利福尼亚境内的清湖（Clear Lake）（此地名颇具反讽意味），因杀虫剂而遭灭绝："这是一种有着醒目外表和迷人习性的鸟……它伏身掠过水面，水波不兴"等等。See Carson, *Silent Spring* (Cambridge, MA: Houghton, 1962), p.47. 严格来说，此章的自然写作维度与主要论点无关，但对论点的戏剧化却不可或缺的。

作品为例，以进一步说明环境正义关注如何在主导性和边缘性的亚文化之间游弋。第一个例子，是诗歌《庆贺者88》(*Celebrators 88*)的开头部分，该诗对持续两百年的自鸣得意提出了抗议，作者是澳大利亚原住民凯文·吉尔伯特(Kevin Gilbert)。另一个例子是昆士兰女性主义—区域主义作家西娅·阿斯特利(Thea Astley)的中篇小说《创造天气》(*Inventing Weather*, 1992)。故事以第一人称讲述，一位住在城郊的妇女，结束了与放浪形骸的房地产开发商的失败婚姻，来到一个位于偏僻海岸的非官方传道区，与三位修女一起为失去家园的原住居民服务。她从中找到了暂时的慰藉。以下是《庆贺者88》的摘选：

> 青黑色的橡胶树叶
> 在悲苦的邦克西木
> 身后吹拂
> 大树俯身，默默祈愿
> 为失去那些曾经
> 围坐树旁的黑人
> 他们曾击节咏唱
> 让河水奔流，生命盈涨
> 传说与河流都不复有
> 只剩下羊群扯开的渠沟，淤泥在
> 忧伤中缓缓退去
> 泥点飞溅着失败的标记
>
> (Kevin Gilbert, 1988: 198)

吉尔伯特和阿斯特利都有辛辣的反讽，只是方式不同：前者的修辞富有激情，后者则简洁而冷静。两位作者都把白人定居后澳大利亚的"发展"故事浓缩成了一个关于贪欲、消耗和退化的故事，其中最可怕的丑闻是原住民受困。针对同样的问题，两人以大相径庭的方式构建各自的话语，一种是正义的愤慨，另一种是自省的自由主义罪恶感，这些话语反映了扬名四海、教养良好的白种文人与没读过几年书的重罪犯之间划分出的界线，力图帮助四面楚歌的原住民知识分子建立自己的小社区，同时又想让自己的声音穿越不同的种族阵营。吉尔伯特的人物充满自信地将声音与"围坐的黑人"结合起来，而阿斯特利的叙述者则感到，在谨慎划出的自我批判距离之外宣称她自己的合作是深受束缚的；她承认，对于推翻自知无法超越的种族障碍，自己原本是勉为其难的，于是才不断追问自己为何要留在那个地方。她真心支持原住民权利，但又深知，眼下她自己的主要动机是自我治疗。手头的工作与修女们的终生大任比起来显得平凡琐细，令她烦恼不堪。她坚持把自己那几个自私且有些封闭的孩子带到这个地方，但是又自责地意识到，这个试图增强自我意识的行动是个计策，目的是通过笼络孩子而给修女和居民造成不快。她喜欢保持自我的想法，但又总能意识到自己心不在焉的时候。

《创造天气》与《庆贺者 88》不是完全不同的两个工程，它们其实极为相似。它们有着共同的对手：朱丽叶（Julie）的丈夫克利福德（Clifford）可以做吉尔伯特说的"蜷缩在赃物钱包上的贼"。两人也都可以被说成是尊重对方的位置。要是这样评价吉尔伯特的诗歌显得奇怪，那就想想，《庆贺者 88》是怎样被广为诵读，以便将不同的种族阵营吸引到对原住民迁移和环境退化这两方面的主流关注中去的。

两个文本也都表明环境正义责任感如何与生态中心信念共存，尽管其表达方式不同。吉尔伯特的诗有着毫不掩饰的原始主义色彩。诗歌回想白人定居前、还没有牧羊农场和水利设施的日子。那时，未受惊扰的黑人围坐着咏唱让河水奔流的歌。诗人还（在后面一段中）哀悼"已遮掩在雾中，精灵都窥探不透"的太阳。也许这是一种"策略性的"本质主义，不能因其表面价值予以承认——就像有人评价美国原住民对"地球母亲"的祈求那样。[1]然而，对吉尔伯特来说，人和土地的命运是拴在一起的。正如美国原住民宣称"我们大都把地球看做母亲；我们同水、同大植物世界、同小植物世界、同四条腿的生命交谈"(Adamson, Evans, and Stein, 2002：43)。[2]

阿斯特利的《创造天气》也痛切地把自然环境和原住民文化塑造成共同的受害者。不仅如此，丛林中的朱丽叶也不时产生某种生态中心式的意识，尽管这远够不上吉尔伯特赋予自己想象中的祖先的那种具有凝聚力的归属感。那个地方感觉更像是异己的而不是友善的。她体验了"恐怖的极光，对那些无尽空间、无际荒野的恐惧"。传道区的热带景观似乎"在人类的碾压下展示着高傲"。"在湛蓝的天空下、树荫处达一百度的气温中"，浪漫主义诗人们是否会"写出更为伤感的诗句"？在一条新康拉德式蜿蜒小径，丛林对克利福德展开了报复。此人突然出现在传道区，打算开发原始状态的海滩。他让朱丽叶再度陷入恐慌，却又突然消失在林莽之中，加入了"挑战丛林的追踪者长名单"[3]。

两个文本都未坚持采用本章开头所谈的某种生态中心伦理形式。然而，无论出于什么原因，对两位作者来说，一种持人类中心主义立场的环境正义文化政治似乎要求诉诸生态中心主义的场景：吉尔伯特是用伊甸园叙事展示原始状态的退化；阿斯特利则是以自然叙事体现达

---

[1] Sam K. Gill, *Mother Earth：An American Story* (Chicago：University of Chicago Press，1987)．"策略性本质主义"(Strategic essentialism) 的说法由后殖民主义理论家佳亚特里·斯皮瓦克所创，指这样一种观念：为达到某种策略性目的，本质主义范畴可以是合理的，甚至是必要的。See "Criticism, Feminism and the Institution：Interview with Elizabeth Grosz," *Thesis Eleven*，10－11 (1984－1985)：175－187．关于这种观念在生态女性主义和少数民族环境斗争中的适用性，分别参见 Strugeon (1997) 和 Publido (1998)。

[2] 这是威斯康星州的"奥纳达民族"(Oneida Nation) 的保罗·史密斯(Paul Smith) 发出的宣言。

[3] Thea Astley, "Inventing the Weather," *Vanishing Points* (New York：Putnam, 1992)，p.210, p.187, p.232.

尔文式复仇。然而，也许其中根本就没有自我矛盾。也许，对自然秩序本质的诉求在环境正义文学中有一种合理乃至基本的位置，因为它对正义和非正义的含义起到框架作用。"使人类与其他动物不同的东西"，正如马蒂内兹-阿利尔所观察的那样，"不仅是我们会说、会笑以及不断发展的文化，而且是我们在对身外的能量和物质的使用中历史性剧增的物种内差异"（Martínez-Alier, 2002：70–71）。换句话说，使得这个物种在各种生命形式中特立独行的东西，不是更高超的工具使用能力本身，而是精密工具制造纵容智人妄为而成的更严重的环境不平等。这就昭然揭示了一种社会秩序的悖谬——它将生物中心和人类中心视野融为一体，从而制造出整体的不平等。

确实，两种关注有着内在的交织，因为"自然"（用另一位生态正义学者和行动主义者的话来说）"是人类和其他种类共有的活生生的环境，无论这两个种类在何处生活、劳作、相爱和饮食"。但是他知道，这个"无论何处"涵盖了一个巨大无边的位置范围。"在污染严重到致人死地的城市区域，自然是严重含铅的空气，被学童们吸进体内；在硕果仅存的偏远公园和荒野地带，自然是亘古未变的景观和水域"（M.Wallace, 1997：306）。既然被合理感受为"自然"或"环境"的地方划分不同，我提到过的那些区分的出现似乎还需等待很长时间，乃至永久。

在本章结束之际，这一点值得特别强调。因为本章出于布局需要，对材料的安排多少有些过于整齐。我对深层生态学、生态女性主义和环境正义进行的一二三系列式安排，冷落了很多重要的伦理-政治立场，其中最值得一提的，是关于动物及其他非人类的权利的话语，还有一系列关于本地-全球互动的话语——从自由主义绿色改革到反资本主义者对消费主义的批判。我还按时间顺序进行了简化，在一幅更为杂乱和多元形式的批评景象中，过于整齐地提取出"从（比较而言的）生态中心主义到（更偏重于）社会中心主义的环境主义"的叙事。深层生态学实际上并未被生态女性主义或社会生态学取而代之，后两者也未让位于生态正义修正论，以上这些立场——尽管它们都很重要而具代表性——也都不能涵盖环境批评的全部。不仅如此，我在本章靠后部分想象生态正义修正论与先前的生态批评重点纠缠不清的那些方式，很可能会受到双方的批评。因为我想象的是：核心的环境正义关注受到削弱；生态批评的任务过于局限，变成社会正义和平等问题。但我对自己这两个判断确有信心。首先，文学研究中的环境批评越来越朝此方向发展（即使是不太规律）；将环境概念扩展到超越单纯"自然"的范围；尽管在此过程中，环境批评对于"自然"和"社会"环境如何在文学和历史中相互碰撞的问题研究越来越精细。其次，涉及种族-政治的看法，正如在环境公共政策领域中，在人本主义环境批评中也一样，最为深刻的立场——无论它们最终能否获胜——将是最接近于下列言说的立场：既对人的最本质需求也对不受这些需求约束的地球及其非人类存在物的状态和命运进行言说，还对两者之平衡（即使达不到和谐）进行言说。严肃的艺术家两者都做。我们批评家也必须如此。

第五章
环境批评的未来

　　我不喜欢做结论。无论是一本好书、一篇好文章、一堂好课还是一场好报告，其主题都应该是开放而非封闭的。盖棺定论的诱惑或者进行狭义预言的企图都会持久地削弱结论的力量。当这种主题是一个发展迅速并获认可的运动时，发表断言的诱惑就会更加无法抵制。但是在这种情况下，拜倒于这些诱惑是更具冒险性的。20世纪80年代中期，当我刚开始就环境问题作学术报告时，甚至并不知道一个生态批评运动即将诞生，更没想到自己还会参与其中。那么，今天的我何以有权预测它的未来？即使假设我是对的，这本书也可能会成为一种提前完成的墓志铭，预示着我眼下所相信的并不正确：环境批评在书店里已经引不起读者的惊奇了。

　　要评估自然取向的研究，比作结论更好的切入方式应当是：把握环境批评当前发展的程度，同时考虑到任何批评运动都可能面临的典型挑战或者危机。这些挑战至少来自四个方面：组织、职业合法性、界定批评研究的特有模式以及在学院以外确立其重要地位。按照这些标准，环境批评在文学研究领域的进展整体上是振奋人心而又包罗万象的。

　　上述第一个方面的收获令人印象深刻。在不到十年中，文学与环境研究学会就从一个小规模组织发展成世界性网络，会议频繁举行，出版物不断问世，影响遍及全球。虽然，为获得这种组织性成就，一些知识分子将精力投入到了行政活动和反复的内部实践演示中，但其收获仍然大大地抵消了官僚化的风险。这在相当程度上是因为他们一再地强调：文学与环境研究学会开辟论坛，不仅是为研究者间的对话，而且还为吸引艺术家和行动主义者参与。有关情况详见下文。

与此相反，职业合法化的工作仍未完成。尽管情况正慢慢好转。文学与艺术的环境批评在学术圈内的地位显然还远比不上其他由问题驱动的研究，如性别、性取向、阶级、全球化等研究话语。只有寥寥数个文学研究生项目建立起生态批评专业。在美国高等院校招募专业研究方向的职位时，如果文学与环境研究能占到一成，那么怪异理论方向就能占到几成，而族裔研究的职位则多出很多。如果比较 2005 年度历史系和文学系对环境方向专家的需求程度，那么你肯定会发现，相比生态批评在文学学科的地位，环境史在历史学科的地位更为重要。另一方面，文学与环境研究学会旗舰刊物《文学与环境跨学科研究》(*ISLE*) 中最好的文章与"美国环境史学会"官方刊物——《环境史》(*Environmental History*) 中的相比，质量至少是不相上下的。即使后者（刊物和组织本身）的历史比前者长一倍。而且，研究环境问题的文章和书籍在其他地方似乎也不难找到发表机会。将环境批评作为专项的出版社似乎仍处于二流地位，不过他们的出版物也经常可见，并显示了履行环境使命的效果。同时，对愿在已有文学研究框架中工作的年轻文学学者来说，对环境问题的兴趣似乎在增强而非削弱，即使环境研究专家自己并未明确发出号召。

愿意在已有文学研究框架中工作——这将我们带入第三个挑战。至今，文学研究中的环境批评对文学研究或环境人文学科的改变程度，尚未达到后者对它的吸收程度。除了一个事实：正如我们所见，发起第一波生态批评的很多能量出于对"一成不变的批评理论"的不满。但是就目前来看，它的持久力是因引进了一个新鲜话题、或新鲜视角、或新的历史叙述，而不是一套独特的研究方法。在此方面，环境批评——不仅在文学研究中，也贯穿于全部人文科学——不能（至少现在还不能）像形式主义批评和解构理论那样宣称拥有"方法论"意义上的原创性。

环境伦理学（和环境史一样）有着两倍于生态批评的历史，它尽力保留那些外向型而又受行内认可的模式，比如功利论的、道义论的和本体论的批判。环境批评阅读文学文本的典型方式也是如此。对第一波和第二波生态批评来说，概念性的原创存在于这样一些突破：突出自然写作或毒物污染叙事等曾被忽视的（次级）体裁；通过历史和批评层面的分析来诠释次级环境文本，其中既运用现成的分析工具，也对其他学科领域那些尚显陌生的成果兼容并包；认同或重新阐释诸如田园、生态启示录、环境种族主义之类的主题构成等。

这些成就绝非微不足道。相反，试图成功改变研究主题或历史记录，对于发展批评性研究来说，其重要性绝不亚于对这些批评理论进行革命。也许，女性主义和黑人文学研究中最为重要的贡献，都不是在批评方法的彻底转变，而在于它们在批评领域引发了对这些问题的认真关注。环境批评似乎也有可能作出这种贡献，因为它必要的跨学科性，而且所有自然科学分支以及"人类"科学的整体领域在潜在意义上都与其有着更大的内在关联。（一种与环境美学感知现象有关的纳米科技话语，似乎比一种专门服务于少数裔的纳米科技更为可靠。）由于从文学研究的有利角度指导性地框架环境性的语境很多，没有一种方法能够长久地占据主导地位。既然如此，何必抱怨呢？如果环境性最终被视为文学阅读方式中不可或缺之物——无论具体涉及一个文本的环境阅读能力，还是它定位自己的地方性和/或全球性方式，抑或是它对非人类领域的关心或忽视，那就足以算作成就了。

当然，我的意思并不是想否定方法层面的自觉和革新。那不符合我所期望自己作品具有的精神。我只是想说，一种新的批评范式不是像人们经常以为的那样涵盖一切或终结一切。领域界定性范式毕竟是为了被打破而创造出来的。第一章引用过的爱德华·赛义德的《东方主义》就是一个好例证。此书博学而有力地揭露出欧洲权威对非西方的专横误解，传达了西方－非西方二元对立的强烈而还原性的意象，传达了一个在知识作用下沉默因而需要被质疑和拆解的非西方形象。对这样一个过程，赛义德本人所写的《文化与帝国主义》(1993)以及此书前后的大量文章都有所贡献。他的长远贡献不在于他探索这个问题的具体模式，而在于他为文学研究（及其他领域）打开了一个此前缺乏检验的动态局面，这对西方和非西方世界具有明显的、日益提高的重要性。此外，人类的环境性也是 1990 年之前文学研究探索不够的一个领域，在新世纪，这方面的不足肯定会更显突出，无论相关研究需要采取什么形式。的确，在全球范围内，没有别的问题比这更为重要。

但是文学研究中的环境批评对本学科堡垒之外的人（更不用说对非学院派的外行）能有多重要？关于这一点——即第四个挑战，迄今为止，在教育领域的回应似乎比在批评话语中更令人鼓舞。作为教师和公民，第一波和第二波的生态批评家都富有创造力和表率作用。他们打破课堂壁垒、将学生送入田野；鼓励他们在研究生阶段选择环境领域的各种方向作为攻读目标；加入艺术家和行动主义者的行列，有时自己也投入重要的创作或实际行动。另一方面，生态批评出版物至今主要占有的仍是学术性市场。即使在学术圈内，读者也主要局限于文学专业的教授和学生，因而横向渗透效果相对较弱。

对有些人来说，这种矛盾会显得有些讽刺和烦扰意味。一方面，总的来看，至少在美国，出于某些超出本书探索能力的更复杂原因，学术圈的人文主义者比在我职业生涯中的以往任何时候都更加渴望变成公共行动者。但是更具体来说，正如我在第四章以及关于教育和公民责任的阐述中所展示的，环境批评的道路更像是试图发出一个信号来表明改良主义或者转化主义的渴望——由于这种渴望，将思考投入一种主要指向其他学术人士的学术话语的想法可能会显得令人气馁。生态批评家之所以经常进行斯洛维克 (1994) 等所称的叙事性研究 (narrative scholarship)——即以自传体叙事的形式进行批评性分析，这无疑是主要原因。

然而，无论目前情况如何，没有什么东西本来就是令人感到羞耻的。远非如此。一个激烈论点的提出，可以是为了这种主张：潜移默化的领域内部影响，本来就应当是严肃工作所追求的。没有它，第二个和第三个挑战——职业合法化和改变领域内部研究方向——就决不会成功。赛义德的《东方主义》如果不是一部质量上乘的学术研究和思想性著作，就决不会产生已有的那种影响，尽管它有讽喻化的局限。新历史主义领域的开创性著作——如斯蒂芬·格林布拉特的《文艺复兴自我塑造》(*Renaissance Self-Fashioning*)——也是如此。我自己相信，未来人们回眸历史之时，21世纪之初的环境批评也将被看做这样一个时代：它确实产生了一批挑战性的知识著作——是群英荟萃，而不是一本书或一个人独臂擎天。这个时代确保文学和其他领域的人文主义者对环境性的持久关注，并更多地凭借这种关注，而不是凭借教育或者行动主义层面的延伸行动，来帮助灌输和加强公众对下列问题的关注：地球的命运，人类在觉醒中行动的责任，环境非正义的可耻，还有观点和想象对于改变思想、生活和政策以及写词、写诗和写书过程中的重要性。好吧！这——就是我的预言。

术语表

人类中心主义（anthropocentrism）：认为人类利益高于非人类利益的设想或观点。经常用作生物中心主义或生态中心主义的反义词。人类中心主义实际上涉及众多潜在的立场——从认为人类利益应当占上风的肯定性信念（强人类中心主义），到认为零度人类中心主义不可行或不恰当的信念（弱人类中心主义）。因此完全可能做到：原则上真诚地主张生物中心的价值观，同时在实践中认识到，这种价值观必须受到人类中心主义思想的限制，无论是把后者当作一种策略还是一种倔强的人类自我兴趣。由于 anthropocentrism 也可指智人和其他灵长类动物，homocentrism 这个词更为准确，虽然这种用法尚属少见。

另见　神人同形论　生物中心主义　深层生态学　生态中心主义

神人同性论（anthropomorphism）：将人类情感或特征赋予非人类客体或自然现象。神人同性论暗示了一种人类中心主义的参考框架，但是神与人两者并非确切完全关联。例如：一位诗人选择对一只鸟或一棵树进行拟人化，这可能意味着维多利亚时代的批评家约翰·罗斯金所称之"情感误置"，即将人类欲望投射于自然，以赋予其与人类相应的情感。或者相反，因为有意对自然世界的要求或痛苦进行戏剧化表现而这样做。这两种动机经常可在（比如）动物故事或民间传说中见到。

另见　人类中心主义

生物中心主义（biocentrism）：其观点主张，包括人类在内的一切有机体，属于一个更大的生物网络或网状系统或共同体，其利益必须限制、引导或掌控人类利益。该术语被用作生态中心主义的半同义词、与人类中心主义相对。但是大部分自我认定的生物中心主义者或生态中心主义者意识到，这些伦理范式只能作为一个追求中的理想状态，而不是在实践中可能被履行的现状。

另见　人类中心主义　生态中心主义

生物区域（bioregion）、生物区域主义（bioregionalism）：生物区域主义是20世纪70年代产生于美国西部的一种哲学或观点，认为在一个地方生活的人应尽可能顺应此地的生态限制。从生态学视角来看，一个生物区域或生态区域是这样一个地理区域：它有着相似的气候，在相似的地点能够发现相似的生态系统和物种群。不过，被生物区域主义视为一个生物区域的，不仅是一个具有自然标记（如分水岭）的疆域，也是人们意识中的特定领域，是此地公民所忠诚的核心，对习俗性的政治界限形成挑战。生物区域主义坚持尊重和保存自然系统，同时以可持续的方式满足人类的基本需求，相信相对较小规模的地理单位更容易促成这样的追求。本书第三章更为详细地讨论了其概念及其弱点。

另见 生态学 地方 重新栖居 可持续性

棕色地带（brownfields）：环境分析学家在20世纪90年代早期创造的一个术语，表示（尤其在内城贫民区）受到毒物污染、威胁健康并需整治的地点，与富裕的城市近郊和远郊"绿色地带"（Greenfields）相对（Shutkin and Mores，2000：57-175）。"棕色地带"也更宽松地用于形容（尤其在城市和工业地带）因人类活动而退化的景观。棕色地带在贫困和少数民族地区的不当分布以及环境进一步退化的威胁，是激发环境正义运动的关键因素。正值生态批评对城市环境产生越来越浓厚的兴趣之时，棕色地带和绿色地带一样，对生态批评的议事议程也变得越来越重要。

另见 环境正义

文化（culture）：雷蒙·威廉姆斯（Williams，1983：87）十分恰当地称文化为"英语中最为复杂的两三个词语之一"。"究竟什么是文化？"牙买加·金赛德（Jamaica Kincaid）巧妙地发问。"在某些地方，它指的是人们敲鼓的方式；在另一个地方，它成了你在公共场所的行为方式；再换一个地方，它又是一个人烹调的方式。"[1] 环境批评家们经常强调该词源自拉丁语colere，其涵义包括"培养，尊重，直到照顾"。从这个角度看，"一种文化是诸个邻里或社区组成的网络，它有自己的根基和倾向"（Snyder，1990：179）。"在其早期的所有用法中"，文化"曾是一个过程名词：照料某种东西——基本来说是农作物或动物"（Williams，1983：87），或者"使非人类自然受到包围和转变的富有技巧的人

---

[1] Jamaica Kincaid, *A Small Place* (New York: Penguin Books, 1988), p.49.

类行动"。[1] 在此意义上，可认为文化兴起于农业（Berry，1977：39－48）。

文化开始用作名词意指一种区别于生活过程的生活状态，并与不同的文明阶层（如高雅文化或民间文化）体制结合起来，似乎可追溯到现代早期，但直到19世纪才完全体制化（Williams，1983：88－90）。因此，过去几个世纪里，作为名词的文化在与自然（非人为环境）越来越显著的区分中发展起来：原来认为这两个领域是共生的，后来认为文化的概念是社会与自然之分歧的标记。自然作家爱德华·艾比总结对文化这个名词的传统认识时，将文化界定为"任何被看做一个整体的特定人类社会的生活方式"，"一个人类学术语，它总是指特定的、可识别的社会"，而且包括其中的经济、艺术、宗教等"所有方面"。[2] 不过，这种"一个社会，一种文化"的整体论思想现在看来是过于简单了，因为当代有这样的认识：可以通过"一种"普遍文化凸现出来的真实社会，至少同样容易通过文化差异和／或文化混合凸现出来。出于同样的原因，尽管人们倾向于根据代代相承的传统来认识文化，文化显然也是不断发展的，无论人们是把它看成整体还是由多条分支组成。威廉姆斯在三个文化阶段或体制之间做出了有益的区分，它们显然也有很强的概括性：包括残余的、主导的和新生的（Williams，1977：121－127）。

到了现代，文化也成了一个形容特定角色的社会化效果的术语，比如用于"职业文化"或一体化世界的"文化"中。今天，环境批评的（多种）文化标记之一是：与自然相关的文化之地位变成了人们踊跃争论的问题。许多人加入了斯奈德和白瑞的行列，积极推动对文化和文化实践的重新界定，以便使其重新并更加紧密地与自然沟通。但是正如前文（尤其是第四章）所指出的那样，越来越多的批评家从文化研究的角度探讨环境问题，主要针对人类文化（尤其在现代化条件下）对自然的操纵或重新创造来思考自然。

另见 生态批评 自然

电子人（cyborg）：20世纪中期新造的一个词语，取自"控制论"（cybernetics），指的是一个被机械手段改变的有机生命（尤指人类）。20世纪80年代中期以来，这个观点在唐纳·哈拉维（Donna Haraway）《电子人宣言》

---

[1] Denis Cosgrove, "Culture," *Dictionary of Human Geography*, 4th edn., ed. R.J.Johnston et al. (Oxford: Blackwell, 2000), p.143.

[2] Edward Abbey, *Desert Solitaire: A Season in the Wilderness* (New York: Ballantine, 1968), p.275.

(1991:149-181)的影响基础上进而得到更广泛的传播。在这一宣言中,电子人表示的不是一个而是三个"关键性界限突破":有机体与机器之间的界限,人类与非人类之间的界限,物质与非物质之间的界限。哈拉维将电子人看做"一种被分解和重装的、后现代的集体性与个体性自我"(p.163)。这种观点尤其被构建成一种社会主义－女性主义的认同神话,目的是把女性从自然事物的束缚中解放出来;但是其有意的延伸范围更加广泛:设想"一条走出二元论迷宫的路,在此迷宫中,我们向自己解释我们的身体与工具"(p.181)。以此观点,我们现在都已是电子人。

深层生态学(deep ecology):第4章曾讨论过,这是由挪威哲学家阿伦·奈斯首创的术语,奈斯提出关于"作为具有内在关系的生物圈网络或领域中结点的有机体"的生命平等论观点,以区别于"为了发达国家人们的健康和富裕"而主要反对"污染和资源消耗"的"浅层"环境主义运动(Naess, 1973:95)。(奈斯进一步区分了深层生态学和生态哲学,后者意味着深层生态学的个人化版本。)

因此,深层生态学被认为是对一个"基于对越来越宽广的存在领域的主动认同"的自我的关系性认识(Matthews, 2001:221)。随着深层生态学从一种哲学立场迅速转变为一个意在"避免哲学打磨"的运动(Hay, 2002:42),它对生物圈一切事物的包容,使其有时被用作普遍生态中心观念的等同语(Hay, 2002:42)。然而,由于深层生态学强调通过对自然的认同来实现(一种业已转变的)自我,一些人提出,相比以生态体系为基础或尊重自然的伦理,那实际上是人类中心的伦理(Katz, 2000)。生态女性学家也对深层生态学提出了批评,因为它的人性观念会导致它忽视或轻视性别差异和父权制历史,即使有人试图在两者间进行调解(Matthews, 1999;Salleh, 2000)。

深层生态学主张生物平等论;人们也发现它与海德格尔思想之间有着密切联系;一些深层生态学家还声明,人口过多和生态体系危机是比人类贫困和疾病等更加紧迫的问题……这些都被指控为反人类主义或生态法西斯主义(eg. Ferry, 1995)。茨莫曼(Zimmerman, 1997)对此做出了有力的回应。一方面,他承认:纳粹主义确实将"优生学和神秘生态学"结合起来(p.241),海德格尔的理论也无法摆脱干系;同时,他也主张:对后世深层生态学家的生态法西斯主义指控毫无根据;从奈斯开始,那些坚持行动主义的深层生态学家持左翼而非右翼的立场。

另见 生态中心主义 生态法西斯主义

生态中心主义（ecocentrism）：是环境伦理学的观点，认为生态圈的利益优先于个体物种的利益。在应用中，它部分相当于（与人类中心主义相对的）生物中心主义，不过，生物中心主义特指有机体世界，而生态中心主义指出了有机体与无生命物质之间的联系。生态中心主义的范围很广，各种生态哲学都被囊括其中（Hay, 2002：34-35 至少指出 5 种）。一般来说，生态中心主义者认为："世界在本质上是一个相互关联的动态的关系性网络"，"生物与非生物之间、生命与非生命之间没有绝对的分界线"（Eckersley, 1992：49）。现代生态中心主义伦理的起源可以追溯到艾尔多·利奥波德（Merchant, 1992：75），他提出的"土地伦理"概念"扩大了社区的界限，把土壤、水、植物和动物也包括在内"（Leopold, 1949：204）。

另见 生物中心主义

生态批评：生态批评是一个总括性术语（更多细节详见第 1 章），用来指具有环境倾向的文学与艺术研究（艺术研究相对少见），也指为这种批评性实践提供支持的理论。因此，举例来说，一位生态批评家可能是一位生态女性主义者，但只有一小部分生态女性主义者可能被划归生态批评家之列。这个术语能够应用于"叙事性学术研究"的混合体（Slovic, 1994），即模糊了"创作"和"批评"的区别（eg. Snyder, 1990；Elder, 1998；Marshall, 2003）。该术语首先（至今也最为普遍地）应用于美国，后来被广泛应用至世界范围。由于生态批评的说法指向生物科学和相对于"人为"环境的"自然"，它可能会显得过于局限而无法涵盖其批评实践的真实领域。还有与这些领域相关的术语——如"文学与环境研究"（并不明确表示"自然"环境）、"环境批评"（它更好地暗示出：有生态批评家之称者所采用的方法涉及到跨学科的广阔领域）。尽管如此，除了英国学界有时喜欢"绿色研究"的说法外，生态批评仍然是世界各国环境文学研究首选的术语。这个术语还有一个内在优势——它能够体现出：那些集中研究艺术再现如何看待人类和非人类复杂关系的工作，有着在隐喻与科学双重意义上进行生态思考的倾向。

本书区分了"第一波"生态批评和"第二波"（即修正性的）生态批评，因为生态批评在发展过程中，不仅方法呈多样化，且种类还在继续增加；而且研究对象的范围也在不断拓宽，从集中关注自然写作、自然诗歌和荒野小说等体裁，到研究多种景观和体裁；而且批评内部关于环境责任感的争论更加剧烈，使得此运动走向一个更侧重以社会为中心（sociocentric）的方向（详见第一章和第四章的讨论）。不过，不要认为生态批评已经开辟出一个清晰而完整的全新体制。比如，属于新浪潮的环境正义倾向的生态批评，就是既指出早先生态批评实践的问题，也在其基础上进行研究（eg. Adamson, 2001）。

生态法西斯主义（ecofascism）：该术语用于指责一种社会达尔文主义式的关于人类的生物学化观点——按照所谓自然法则，支持独裁性的社会规范。尽管生态法西斯主义被人经常（而且简化式地）与纳粹主义联系起来（Bramwell, 1985, 1989），但是它重新诠释了（1866年创造"生态学"这个术语的达尔文主义者）厄内斯特·海克尔（Ernst Haeckl）之后的西方思想，尤其是德国的思想（Biehl and Staudenmaier, 1995）。

另见　深层生态学

生态女性主义（ecofeminism, or ecological feminism）：该术语涵盖了一系列理论和实践的共同立场，那就是："对女性与自然的双重主宰"（Davion, 2001：234）是父权制文化的产品，这种文化形成于古代，又因二元论认识论和科技革命中的理性工具主义而得到强化（麦茜特对此的研究最具影响，参见Merchant, 1980）。这个术语由法国女性主义者弗兰索瓦·杜波纳（Francoise d'Eaubonne）于20世纪70年代提出，但生态女性主义运动首先于20世纪80年代在美国开展起来，后传至世界范围内，包括"宗教的、伦理的和文化生态女性主义等多种分支"。[1] 生态女性主义关于环境问题的主张有着多种立场——从人类中心主义的到非人类中心主义的，从宽容的到激进的。正如一般的女性主义一样，围绕着与建构主义立场相对的本质主义问题有许多争论（例如，认为性别差异是先天的，还是在文化层面上的并不确定）。当争论采取一种非此即彼的形式时，它是倾向于建构主义的，但与此同时，这样一种意识又在不断加强：如果只是因为本质化而在某些情况下要么不能避免，要么还有积极的战略价值，那么这种两分法可能就是错误的（Carlassare, 1999；Sturgeon, 1997）。文化生态女性主义和社会生态女性主义（或社会主义的生态女性主义）之间有着类似的分歧：前者更加强调转变价值与自觉意识，把"女性"和"母性"看做固定范畴，后者则强调"一种社会经济分析，它把自然和

---

[1] Heather Eaton, "Ecofeminism," *Encyclopedia of World Environmental History*, ed. Shepard Krech III et al. (New York：Routledge, 2004), 1：365.

人类自然看做社会性建构，它植根于对种族、阶级和性的分析"（Merchant, 1992：194）。

生态良知（ecological conscience）、生态意识（ecological consciousnesss）：参见生态学。

生态学（ecology）、生态主义（ecologism）：生态学指对有机体与环境之间相互作用的研究。在过去的一个世纪里，这个领域发展成为理论性和应用性焦点的汇聚，包括人口生物学，生态系统生态学，对话生物学，景观生态学和复原生态学等学科。

同时，尤其对于非科学家而言，生态学也呈现了一种伦理政治涵义，因其关于生命形式之间联系的假定被环境主义者们当成了各种绿色改革运动的基础（Worcester, 1977）。有的绿色改革运动可能主张科学的正当地位，如社会生态学；有的则可能是一些像深层生态学那样的革命尝试——除了支持事物之间相互联系的基本生态原则之外，其意识或价值观不以任何科学为基础。

尽管在非科学家眼中，生态学对环境关联性的整体性思考是无可置疑的，仍有科学家和科学史学家提出指责：包括生态系统理论本身（see Golley, 1993：185-205）在内的这种生态学思考过于泛滥，虽具启发性，却缺乏足够的科学根据。另一方面，一些实践型生态学家力图将生态学最拿手的关联性隐喻应用于社会领域，以此支持非专业性的环境主义。其中影响重大的是艾尔多·利奥波德，他将生态学定义为"关于共同体的科学"，并创造了"生态良知"这个词，以此表示"共同体伦理"（Leopold, 1991：340），即符合生态共同体福祉的生活伦理。你是否质疑这种跨学科转换的深刻性（see Phillips, 2003：3-82），或者你是否满足于其他领域思想的生态指称框架的丰富性，这些在很大程度上都决定于：思考的精确性与历史影响在你心目中分别有多么重要。

从词源学的角度来看，"生态学"（ecology）和"经济"（economy）的词源都是希腊语 oikos，意思是"家"——既是家庭，也是广泛意义上的住所和居住地区。这个出处和"经济"一词包容一切的原义都暗示了由神灵选择的万物秩序，从而使温德尔·巴里等一些现代环境作家受到鼓舞，呼吁人们怀着对"大"经济的责任感，去重新适应持久的（或"小的"）经济（Berry, 1987：54-75）。

另见　深层生态学　生态女性主义　环境正义　社会生态学

生态运动（ecology movement）：参见环境、环境主义、社会生态学。

经济（economy）：参见生态学。

生态哲学（Ecosophy）：参见深层生态学。

群落交错区（ecotone）：一个过渡地带，大小不限，位于毗连的两个生态地带之间，尤其是像森林和草原那样的不同植物群落之间。群落交错区同时具有两个生态地带的一些特点，而且区内的一些物种经常是两种生态地带里都没有的。该词也被生态批评家在隐喻意义上用来表示不同观点的协同（如在《群落交错区》刊物中）(*Ecotone*, ed. David Gessner)。

环境（environment）、环境主义（environmentalism）、生态运动（ecology movement）：动词"environ"（环绕）源于中世纪。环境作为一个名词在19世纪的前三十来年被引进（《牛津英语辞典》[OED]将其第一次使用归功于托马斯·卡莱尔，见第三章）。它原指文化环境，后来经常特指物理环境。Environment可以指某一个人、某一物种、某一社会，或普遍生命形式的周边。相关概念Umwelt的界定要归功于爱沙尼亚生物学家雅各布·冯·尤克斯库尔（Jakob von Uexküll），Umwelt的涵义是：单个有机体的知觉世界（Evernden, 1985: 79–83）。

在生态科学及其他很多领域，环境和环境主义被广泛用于特指自然环境。但更为常见（如本书中）的情况是，环境同时包含"人为的"与"自然的"环境之意。出于同样的原因，也可能因为有人认为环境暗含人类中心之意（eg. Serres, 1995: 33），有些批评家更喜欢用"自然"（nature）或"自然环境"（natural environment）来突出他们所主张的周围世界的特别重要或关键之处。不过，在生态批评的应用中，环境绝对不会等同于（"景观"一词通常暗示出的）受控制的安排之意。因此，理查德·凯律治（Richard Kerridge）指出：在哈代的小说里，"景观变成了环境，它处于持续发展之中，而且对它的视角是多重复合而成"[1]。

"环境主义"这个术语有着尚未确定的伦理学起源。在20世纪早期，环境"主要是指作用于个人的外部社会影响（它与遗传天赋相对）"（Worcester, 1999: 165）。提出环境主义一词，是为了表示文化和/或性格决定于环境而非遗传。这恰恰是1987年《牛津英语辞典》增补本中给出的唯一解释，颇具反讽意味。然而，这种解释早已过时，很久以来，环境主义就被当作一个广义的

---

[1] Richard Kerridge, "Nature in the English Novel," *Literature of Nature: An International Sourcebook*, ed. Patrick Murphy et al. (Chicago: Fitzroy Dearborn, 1998), p.150.

术语,延伸到包括任何环境改革运动——无论是人类中心主义的还是生态中心主义的,激进的还是温和的。尽管有些行动主义者(如环境正义倡导者)可能会竭力远离这样的环境主义涵义:比起贫困和种族主义那样的社会性疾患,环境性疾患是更为根本的。

"生态运动"也是一个广义的术语,涵盖了一系列环境主义论点和意识形态,它与环境主义之间的界限也较为模糊。生态运动似乎是一个源自欧洲的术语,与绿党运动的兴起有关,而在美国至今仍不多见。根据许多人的共识,"生态运动"比"环境主义"有着激进的锋芒,无论它指的是政治性和对抗性色彩浓厚的绿色和平组织以及态度更激烈的团体,还是"威卡"(Wicca)新异端主义者之类的反主流文化势力。即使一些人认为"激进环境主义"的说法过于冗长,笼统的名词"环境主义"还是经常被立场更为激进者贬斥为维护现行体制的渐进主义(incrementalism),这些人中就包括彼此观点对立的两位批评家——创造"深层生态学"术语的挪威哲学家阿伦·奈斯和宣称开创了"社会生态学"的美国无政府主义者默里·布克钦。对奈斯来说,人们习称为环境主义的东西是改良主义的一种"浅层"模式(Naess, 1973: 95);而对布克钦来说,它表示"一种机械论、工具论的视野"(Bookchin, 1999: 154)。

另见 深层生态学 生态学 环境正义 景观 社会生态学

环境批评(environmental criticism):参见生态批评。

环境正义(environmental justice):如在第四章中所讨论的,环境正义是一场迅速发展壮大的草根运动。环境运动始于1980年前后在美国兴起的一系列以社区为单位的抗议活动,抗议对当地环境造成的毒害,也反对出于对穷人和其他方面处于弱势的社区(尤其是那些被看做所谓环境种族主义牺牲品的少数族裔社区)的歧视而设置垃圾堆放场和污染性工厂。环境正义与主流环境主义形成鲜明对照。后者的传统支持阵营是受过良好教育的白人中产阶级,且男性直到近期还在大多数组织中占据领导地位。与主流环境主义相比,环境正义行动主义的公共健康和反种族歧视活动将少数族裔和各种肤色的妇女纳入强大的领导者和支持者行列之中。美国环境正义运动提倡:不要狭隘地视之为全国范围的运动,而是将其看做世界范围内"拓宽环境主义的定义和范围、使其包含穷人和政治弱势群体的基础需求的尝试"的一部分。[1] 然而,许多这

---

[1] Laura Pulido, "Environmental Justice," *Dictionary of Human Geography*, p.219.

种国际环境正义运动有其独特的历史,在许多并不依赖美国运动(e.g. Guha, 1989a;Shiva, 1988)的个案中,全球语境中的贫困和人权问题比种族问题更受重视(Martínez-Alier, 2002)。

另见 生态学 环境 社会生态学

环境种族主义(environmental racism):参见环境正义。

环境无意识(environmental unconscious):布伊尔最早使用的一个新词(Buell, 2001:18—27)。意思是:人对自己包含于作为一种个人和社会存在条件的环境之中这一情况具有必然不完全的认识。环境无意识既意味着向一种更完全意识发展的潜力,也意味着对这种潜力的限制。

环境写作(environmental writing)、环境文学(environmental literature):这两个术语有时被用作"自然写作"的实际同义词,但它们总是有暗指更广阔著作范围(即使不是同时指更广的体裁范围)之意。环境写作通常(尽管不总是)意味着非虚构性散文。任何体裁的文本都可以算作环境文学。

另见 生态批评 自然写作

事实崇拜(factish):拉托最早使用的一个新词(Latour 1999),由"事实"(fact)和"神物崇拜"(fetish)组合而成,特别被设计为对前者的重新诠释:为使"两词都含有的捏造因素显而易见"。用事实崇拜这个词并不是为了暗示事实被还原成"纯粹的"建构,而是为了"认真对待各种行动中行动者的作用"(ibid:306)。

田园诗(georgic):参见田园文学。

绿色研究(green study):参见生态批评。

人中心主义(homocentrism):参见人类中心主义。

土地伦理学(land ethic):参见生态中心主义、生态学。

景观(landscape):是一个多义术语,其在英语中主要的现代用法源于早期现代荷兰语的景观画(landschap painting)。景观可指"一个地区的外貌、使此地区具此外貌的物体的集合、[或]这个地区本身"。[1]典型的景观用于乡村而非城市的语境,而且暗指有一定广度的景象和某种程度的安排,无论其指称

---

[1] Jim Duncan;"Landscape," Dictionary of Human Geography, p.429.

对象是人造的还是真实的场所。但是，所谓的景观可以是凌乱无序而非整齐划一的；可以是节略的，也可以是全景的；可以在城市，也可以在远郊。无论哪种情况下，景观都指从其所在的取景点一眼望去就能包容的整体。尽管英语名词"scape"指具体化的"那里"（thereness），景观也可以看成是由观赏者的心灵和社会历史力量共同塑造而成，德语"Landschaft"一词更好地抓住了这一内涵。

另见　环境

叙事性研究（narrative scholarship）：参见生态批评。

自然（nature）、自然化（naturalize）：雷蒙德·威廉姆斯正确地评价说，自然"或许是语言中最为复杂的词汇"（Williams, 1983：219）。他认可了自然的三个基本涵义：自然是一些事物的本质特征；自然是"引导世界的内在力量"，即古典神话或18世纪自然神论中大写的自然（Nature）；自然是物质世界，它有时（而不总是）包括人类。在（我们在此主要关注的）第三个涵义中，自然被宽泛地用来指"人类没有制造过的东西，尽管"，（威廉姆斯机智地补充说），"如果人类在足够久远的年代制造了它——一堵灌木墙或一片沙漠——通常它也将被归为自然物"（p.223）。因此，看起来像自然的东西其实经常是被自然化了的东西。

尤其在两百年的工业革命之后，人类影响未能改造的那个传统意义上的自然可能已不复存在了。事实上，数千年间，自然就一直在屈从于这种改造。所以，坚持一个东西算作原始意义上的自然物，是值得争议的神话或混淆。另一方面，当人们说（比如）冰山比公共广场上的民族英雄雕像更"自然"时，自然作为一个相对的词语虽有争议却还是有价值的。尽管前者可能是人类导致的全球变暖的后果——冰川上分离出的一块，后者则完全是用自然物（如花岗岩）所造。

哲学家凯特·索珀（Kate Soper）通常将关于非人类自然的思考区分为三个层面：将自然作为一个"形而上学"概念（"人类借此思考其差异和特性"）；将自然作为一个"现实主义"概念（指结构、过程和"在物质世界里生效的"力量）；将自然作为一个"世俗的"或者"表层的"概念（指"世界中通常可观察到的特征"）。她提出，绿色思想尤其激发了第三个层次的思考，但三个层次都得到了不同的激发（Soper, 1995：155–156 ff.）。

西塞罗（Cicero）是最早对比"第一"（原始）自然与"第二自然"的人。

"第二自然"是指人类通过灌溉、筑坝等方式创造的自然(De Nature Deorum, ii.152)。到了现代,这种区分被(某些)马克思主义思想家重新创造并更新。他们认为,在资本主义背景下,交换价值和使用价值以更复杂的方式对自然进行了调和。但是,新马克思主义者此后主张,全球资本主义霸权已使得第一／第二自然的区别模糊不清,"自然的生产而不是本质上的第一自然或第二自然,[才是]主导性的现实"(Smith, 1984: 58);他睿智地补充道:"自然的生产不应该混同于对自然的控制")。但是,第二自然在相关且非技术性的意义上被继续应用,指因习惯和／或文化而受到自然化的行为或态度。与此同时,视像和信息技术的出现导致了"第三自然"概念的产生,意指作为技术再生产物的自然(Wark, 1994)。

在那些具有深厚传统的语言－文化中,第一、第二和第三自然之间的区别能最清晰地诠释关于作为自主领域的自然的二元论思考,无论经验事实如何。然而,这绝不是普遍的情况。例如,许多非西方的传统即非如此(Silko, 1986: 87, 92-94),相比英语中(威廉姆斯所说第三种)的"自然",他们的"自然"更多地暗指人类与非人类的融合。

自然写作(nature writing):可以简洁地定义为"一种非虚构的文学写作,它提供(如更加古老的文学博物学传统中那样)关于世界的科学考察;探索个体人类观察者对世界的经验;或者反映人类与其所处星球关系之政治和哲学涵义"。[1] 自生态批评运动开始阶段起,尤其是在我所说的第一波生态批评中,中心兴趣便是自然写作。历史上的自然写作聚焦于乡村环境,但正如越来越多的生态批评家强调的那样,它也可以描写城市环境(e.g. Bennett and Teague 1999; Dixon 1999, 2002)。

另见 环境写作 环境批评

田园文学(pastoral)、反田园文学(anti-pastoral)、后田园文学(post-pastoral):传统的田园文学始自忒奥克里托斯(Theocritus)的诗歌,其中对原始形态的牧羊人生活进行程式化再现,使乡村生活与城市生活形成鲜明对照,并经常包含对后者的嘲讽。在现代早期和浪漫时代,像17世纪的英语农舍诗和华兹华斯式抒情诗歌那样,田园文学中的模仿更具针对性,更倾向于再现被

---

[1] Scott Slovic, "Nature Writing," *Encyclopedia of World Environmental History*, 2: 888.

圈地运动和/或城市化取代了的乡村生活方式。与此转变同时发生的，是从描写虚构的阿卡狄亚世界转向实质性能指对象，用田园文学的方式将欧洲殖民地构想成自然的、甚至伊甸园式的地方。站在后殖民地时期知识界的立场来看，这种对"新世界"的田园诗化适时地促进了各种形式田园文学民族主义的兴起，如美国的荒野崇拜、非洲和加勒比海法语区的黑人文化认同运动等（Buell, 1995: 53-82）。不过，这些实践，尤其是体现欧洲移民者文化的实践，也反映了"旧世界"倾向——从不列颠到俄罗斯，都在想象乡村乃至穷乡僻壤形态的国家。纵观历史，这种实践与倾向也是互为依存的。

上述那些反思表明，对田园文学的意识形态判断变得日益复杂，尽管其开始阶段也并不那么简单。原初和最具主导性的田园文学是一种高雅文化性和支配性的构成；但是最早可在荷马《伊里亚特》中追溯到踪迹的口头史诗传统中就包含了歌颂自然世界的抒情段落。在现代早期的博物学和游记文学中，或在詹姆斯·汤姆森的《四季》(*The Seasons*, 1730-1748) 那样的新古典诗歌中，田园文学已经开始与歌颂劳作的农事诗学相融合。而高雅文化中却喜欢田园诗的色彩，如经典英语诗歌和绘画中，典型的方式是把景观想象为闲暇时期望的审美愉悦空间，而不是劳作景观——即为了加强田园诗意而试图抹去劳作者。因此兴起了一种反田园文学传统，揭露田园文学的委婉 (Gifford, 1999: 116-145)。另一方面，利奥·马克斯区分了英美文学文化史中占主流地位的简单田园文学和复杂田园文学，前者希望无视科技文化的发展，并与之暗中达成同谋；而后者则以此方式达到政治对抗的目的；布伊尔的主张在一定程度上基于这种分析，却又怀疑马克斯的以下判断：田园文学并非真的"关于"自然，而是关于文化；美国田园文学的想象可能嵌入了生态中心主义思想并为之开辟了道路。吉福德（1999: 146-174）也不无相似地做出描述：现代英语文学中有一种"后田园文学"渴望——摆脱错误意识而复原自然，既认识到"归隐为我们的共同体意识提供信息"，又要认识到人类必须"改善与这个星球上我们那些邻居的关系"。

地方（place）、地方性（placeness）、非地方（non-place）：正如第三章中集中讨论过的那样，地方可以简洁地定义为：通过个人依附、社会关系和自然地理区分而被限制和标记为对人类有意义的空间。因此，地方性就是在环境、社会和现象学意义上通过感知行为共同建构而成的。地方不仅是局限的、有意义的地点，也是动态的进程，包括外界和内部影响对地方的塑造 (Agnew, 1987:

28－37）。与此对照，"非地方"（由奥格 [Auge] 创造的一个术语）是中立性建造而成的空间，比如一座机场或一家宾馆，其设计目的是为转移地方的人提供安全保障，其中不包含特定地方中蕴藉的深厚的地方认同。地方和空间也不是反义词。尽管它们"为了界定而相互需要"（Tuan, 1977：6）；尽管从人文地理学的角度来说，"地方观念的经验丰富性"与"空间概念中超然的贫乏性"形成对立[1]，空间无论在本质上还是在自然而然的意义上都不需要地方的概念来解释（自然地理学家会迅速指出这一点），然而物理性地方却位于空间之内。地方也不总是承载一种与空间相关的积极涵义。当代理论家同意，当地方被本质化地看做一成不变的单一实体时，它可以变成退步性、压抑性的地方，就像种族中心主义所诉求的"家乡"（Heimat）或者地方爱国主义。参见第三章关于地方之维度的详细讨论。

另见　空间

再栖居（reinhabitation）：20 世纪 70 年代创造的术语，意指"学习在一个被以往（数代移民者文化）的开发所扰乱和破坏的地区进行'融入地方的生活'（to live-in-place）。它涉及到通过认识这个地区内部及周围特有的生态关系而成为本土居民。它意味着采取行动和发展社会行为，以丰富此地生命、恢复它的生命支持系统、在此地区内建立一种生态和社会意义上可持续发展的生存模式"（Berg and Dasmann, 1977：399）。这一诠释已被证明是经得起考验的。在环境批评领域中，诗人和生态批评家加里·斯奈德作为定义者和发言人尤具影响力（e.g. Snyder, 1995：183－191）。再栖居的先决条件，一是原本在此依靠土地过着更轻松的生活（因此有"再"这一前缀和"成为本土居民"的规定），在此意义上，现在应把过去的生活方式看做一种模式；二是对生态意义上可持续发展的生活方式的责任感，这种生活方式包括生态认识能力和对一个以地方为基础的共同体的投入。

另见　生物区域主义　地方

复原生态学（restoration ecology）、生态复原（ecological restoration）：关于修复经人类活动改造的景观以使其更接近原初状态的理论和实践。这不仅关乎历史和技术意义上的挑战，还涉及到伦理——哲学方面的挑战（Higgs, 2003）。例如，景观要恢复到的"原状"应该是什么样的？谁有做这种决定的权利？

---

[1] Jim Duncan; "Place," *Dictionary of Human Geography*, p.582.

另见　生态学

社会生态学（social ecology）、生态性社会主义（ecological socialism）：社会生态学是一种理论和改革实践传统，主张"把社会及其环境看做是生物物理学意义上相互关联的系统"。[1] 它否定工业资本主义，而主张科学技术的最终目的是创造生态意义上可持续发展的人类共同体。它有强烈的区域主义和生态共产主义趋势。在过去的半个世纪中，社会生态学尤其容易让人联想起美国生态无政府主义者默里·布克钦，他实际上主张的是"制定""纪律"（Bookchin，1999：154）。但是社会生态学的起源可追溯到至少一个世纪以前（Clark，1997：4—8），尽管有争议，刘易斯·芒福德（Lewis Mumford）称得上"美国社会生态学先锋"（Guha and Martínez-Alier，1997：200）。约翰·克拉克（John Clark），一位初露头角的社会生态学发言人，一直尝试在深层生态学和社会主义之间架设桥梁，用"人类和地球自我实现的进化过程"[2] 的整体论观点来取代布克钦对人类在进化阶梯上优越地位的看法。

相比之下，"社会主义的"生态学（"socialist"ecology）或生态性社会主义（ecological socialism）（也称生态社会主义，即 ecosocialism）更直接地植根于马克思主义思想；它的另外一个来源是：对忽视乃至加剧生态危机和资本主义生态破坏的各种先前存在的社会主义进行的批判。它坚持"基本的社会主义原则——平等主义，即消灭资本主义和贫困、按需分配资源以及民主管理我们的生活和社团——也是基本的环境原则"（Pepper，1993：234）。这样，生态性社会主义比社会生态学更加公开地站在人类中心主义立场，与深层生态学的"生物伦理学和自然神秘化"更加对立（ibid：232）。"环境"被看做是"在社会意义上决定的而不是我们必须谦卑地'屈服'的事物（Eckersley 1992：127）"。

另见　深层生态学

空间（space）：被认为与地方（place）有关（正如本书的主要观点）。无论是指字面意义的还是隐喻性的疆界（如在"一个沉思的空间"里），空间的涵

---

[1] Marina Fischer-Kowalski, "Ecology, Social, " *Encyclopedia of World Environmental History*, 1：396.

[2] John Clark, "Introduction" to "Political Ecology, " *Environmental Philosophy: From Animal Rights to Radical Ecology*, 3rd edu., ed. Michael E. Zimmerman et al. (Upper Saddle River, NJ：Prentice-Hall, 2001), p.355.

义都是抽象的区域形式，意味着不带特定倾向的某种位置性特征。但是空间并不是价值中立的。空间实践——如制图、领土界定和土地分配——都不可避免地表达着执行者的价值和意见。比如，中世纪欧洲地图的中心是耶路撒冷；现代世界地图的中心是欧洲；18 世纪晚期绘图将美国内陆切割成一个个方块，使"民主的社会空间"成为可能。在对美国、澳大利亚和其他大陆的殖民化过程中，不属于任何人的土地（terra nullius）这个概念——"空旷"（empty）的土地或者纯粹的空间——在历史上曾被用作夺取和否定原住民土地所有权的借口。

依靠一种与此相似的精神，现代社会理论用空间来指称标志和分配领土时被社会制度化的概念和实践。亨利·列斐伏尔提出过一个富有影响的表达方式：把空间看做是一种社会历史进程的"产物"——被列斐伏尔称为（由受到社会尊崇的"为其内在品质所选择之处的自然碎片"组成的）"绝对空间"的前现代性景观已经被现代资本主义力量再造为"抽象空间"，这种前现代性景观既是均质的（"大地、地下的资源、空气和地上的光明——都是生产力的组成部分"），同时又被无数的专门化功能所打破（Lefebvre，1991：48，347）。

根据这种思考方式，空间、空间实践乃至地方都有可疑之处。即使是建设康复中心或者环境庇护所这种令人心旷神怡的地方都可被看做是由霸权操纵。一个值得注意的例子是米歇尔·福柯的"异位"（heterotopias）理论，他所谓异位的意思是（在他看来）大概每种文化中都能找到的"真实"地方，其功能是"像反地点（counter-sites）一样的东西"、像"一种神秘而真实的关于我们生活空间的见解"。尽管有人可能会把异位想象成反文化的庇护所（福柯在一定程度上是这样认为的），对他来说范式性的现代状况是"偏移的异位"，如敬老院、医院和监狱这些社会机构，"在这里安置着那些其行为涉及必需的方法和规范的个人"（Foucault 1984）。

可持续性（sustainability）、可持续性发展（sustainable development）："可持续的"和"可持续性"是早已用于应用生态学和经济学领域的术语，指一种生存模式，更确切地说，是一种在不损害生态系统的条件下保持的农业或其他生产作物的生产状况。在 1930 年代，利奥波德主张负责的林业活动，以"持久的生产"（sustained yield）代替过度砍伐（Leopold，1991：186）。所谓的可持续性农业是后来的创造，它设想对生态系统更加严格负责的实践活动，而不是对其采取传统的资源保护措施。

1987 年，世界环境与发展委员会发表的"布伦特兰报告"——《我们共同的未来》，在其富有影响的纲领中，融合了经济学和生态学涵义，设想了一种可持续的发展，以确保人类"既满足现时的需求，又不危及子孙后代满足他们需求的能力"。这种陈述方式已被证明是既有影响的又有争议的。争论中的关键一点是：被称作可持续发展的东西是否可以满足可持续性的要求。正如在本书第三章中所讨论的，可持续发展已成为生态经济乐观主义者的颂歌；也引起了发展中国家人民的担忧——他们害怕可持续性伦理的应用会阻碍本地的经济发展；它还成了部分环境保护主义者攻击的目标——他们认为这个术语自相矛盾，它在实践中允许经济利益（发展）凌驾于可持续发展之上。考虑到这些争论，有些人认识到经济学和生态学的视野之间难以划清界限，因此对可持续性进行了"强"和"弱"的区分。

环境（UMWELT）：参见环境（environment）、环境主义。

野生的（wild）、蛮荒（wildness）、荒野（wilderness）：野生的（wild）、蛮荒（wildness）、荒野（wilderness）都有"未被驯服"的意味。"蛮荒和荒野可以用作同义词。例如，杰拉德·曼利·霍普金斯（Gerard Manley Hopkins）就曾对英沃斯奈德（Inversnaid）的溪流和山坡发出这样的诗意请求："让它们保留吧，蛮荒（wildness）和湿地；/愿种子和荒野（wilderness）永生"。[1] 但是荒野在字面意义上指一个空间性的地区，而蛮荒这个术语描述的是特质而非地点。有一个不无争议的说法：蛮荒是"无处不在的：围绕我们和居住在我们身上的真菌、苔藓、霉菌、酵母菌等等之类无法根除的种群"（Snyder, 1990：14）。

"野生的"（wild）作为描述符针对的是人类而非动物的特征。传统中的"野生的"承载着双关的或贬低的含义，指"混乱无序的"（disarranged）或"迷乱的"（bewildered），如"被逼得狂野"（driven wild）；或者暗指对文明社会的不适应，如"野人"（wild man）。Wild 的现代用法是一个关于价值观的词语，如上段引用过的斯奈德的《自由的礼仪》（*Etiquette of Freedom*）中，就有意运用了这种意义的转化。因此才有了亨利·梭罗锋芒毕露的宣告——"世界保存在蛮荒中"（In Wildness is the preservation of world）[2]。这话后来变成了塞拉俱

---

[1] *Poems and Prose of General Manley Hopkins*, ed. W.H.Gardner（London：Penguin Books,1953），p.51.

[2] Thoreau,"Walking,"*The Norton Anthology of American Literature*,6th edn., ed. Nina Baym et al.（New York:Norton,2003）；B,2004.

乐部(Sierra Club)的座右铭(该组织由缪尔参与创建,现为美国最重要的主流自然保护主义组织之一)。梭罗经常被人错以为写过"荒野"(wilderness),但是他首要的兴趣并不是荒野本身,而是在居所附近"蛮荒的滋养"(the tonic of wildness)中发现和赞颂野生事物(the wild)的证据,将其看做极端文明的解毒剂。[1] 蛮荒(wildness)是人类与非人类事物共享的一种品质("我们是蛮荒(wildness)——土地、水、氧气、阳光";K. D. Moore, 2004: 95)。而荒野指的是未知地带(terra incognita),典型的荒野面积广大,是野兽而非人类的居住地——文明人(至今还)不应居住的地方。一个臭名昭著的事实是,在白人移民到达之前,欧洲人将美洲和澳洲大陆看做"空的"(empty)荒野,它们要么令人恐惧,要么伊甸园般美好;所谓的"空"意味着它已经成熟,可供收获。

在现代,荒野也有了法律定义,如美国1964年编纂的《荒野法案》中规定,荒野指大片基本上未受干扰、无永久性人类居民的土地——为创造这样的地方,经常需要缩减原住民居住、狩猎和宗教等活动。在英语世界里,美国首先把大量土地划归荒野地区。(Dunlap, 1999: 275-305)。

---

[1] Thoreau, *Walden*, ed. J. Lyndon Shanley (Princeton, NJ: Princeton University Press, 1971), p. 317.

参考文献

在此列出本书参考的部分批评性著作。与环境批评并非直接相关的原始资料和批评性文本以及单个作家作品的引文出处,一般只在注释中列出。"叙事研究"(详见术语表)一类著作一般亦在此处列出。

Abram, David 1996. *The Spell of the Sensuous: Perception and Language in a More-than-Human world.* New York: Pantheon.

Adam, Barbara 1998. *Timescapes of Modernity: The Environment and Invisible Hazards.* london: Routledge.

Adamson, Joni 2001. *American Indian Literature, Environmental Justice, and Ecocriticism: The Middle Place.* Tueson: University of Arizona Press.

Adamson, joni, Mei Mei Evans, and Rachel Stein (eds.)2002. *The Environmental Justice Reader: Politics, Poetics, and Pedagogy.* Tucson: University of Arizona Press.

Agnew, John A. 1987. *Place and Politics: The Gegraphical Meditation of State and Society.* Boston. MA: Allen and Unwin.

—— 1993. "Representing Space: Space, Scale and Culture in Social Science." *In Place, Culture, Representation.* Ed. Jame Duncan ang David Ley. London: Routledge, 251–271.

Alaimo, Satcy 2000. Undomesticated Ground: *Recasting Nature as Feminist Space.* Ithaca, NY: Cornell Unversity Press.

Armbruster, Karla, and Kathleen R. Wallace 2001. BeyondNature Writing: *Expanding the Boundaries of Ecocriticism. Charlottesville*: University Press of Virginia.

Augé, Marc 1995. *Non-Places: Introduction to an Anthropology of Supermodernity.* Trans, John Howe. London: Verso.

Bachelard, Gaston 1969. *The Poetics of Space.* Trans. Maria Jolas. Boston, MA: Beacon Press.

Bak, Hans, and Walter W. Holbling (eds.) 2003. *"Nature's Nation" Revisited: American Concepts of Nature from Wonder to Ecological crisis.* Amsterdam:VU University Press.

Barthes, Roland 1986. "The Reality Effect." In *The Rustle of Language.* Trans. Richard Howard. New York: Hill and Wang. 141–148.

Basso, Keith 1996. *Wisdom Sits in Places: Landscape and Language Among the Western Apache*. Albuquerque: University of New Mexico Press.

Bate, Jonathan 1991. *Romantic Ecology: Wordsworth and the Environmental Tradition*. London: Routledge.

—— 2000. *The Song of the Earth*. Cambridge, MA: Harvard University Press.

Bawarshi, Anis 2001. "The Ecology of Genre." In *Ecocomposition: Theoretical and Pedagogical Approaches*. Ed. Christian R. Weisser and Sidney I. Dobrin. Albany: State University of New York Press, 69–80.

Beck, Ulrich 1992. *Risk Society: Towards a New Modernity*. Trans. Mark Ritter. London: Sage.

—— 1995. *Ecologial Politics in an Age of Risk*. Trans. Amos Weisz. Cambridge: Polity Press.

Beck, Ulrich, Anthony Giddens, and ScottLash 1994. *Reflexive Modernization: Politics, Tradition and Aesthetics in the Modern Social Order*. Stanford, CA: Stanford University Press.

Beer, Gillian 1983. *Danwin's Plots: Evolutionary Narrative in Darwin, George Eliot, and Nineteenth-Century Fiction*. London: Routledge.

Bennett, Michale 1998. "Urban Nature: Teaching Tinker Creek by the East River," ISLE, 5 (winter): 49–59.

—— 2001. "From Wide Open Spaces to Metropolitan Places: The Urban Chalenge to Ecocriticism," ISLE, 8 (winter): 31–52.

Bennett, Michael and David W. Teague(eds.) 1999. *The Nature of Cities: Ecocriticism and Urban Environments*. Tucson: University of Arizona Press.

Berg, Peter and Raymond Dasmann 1977. "Reinhabiting California," *Ecologist*, 7 (December): 399–401.

Berry, Thomas 1988. *The Dream of the Earth*. San Francisco: Sierra Club.

Berry, Wendell 1972. *A Continuous Harmony: Essays Cultural and Agricultural*. San Diego, CA: Harcourt.

—— 1977. *The Unsettling of America: Culture and Agriculture*. San Francisco: Sierra Club.

—— 1987. *Home Economics*. Berkeley, CA: North Point.

Bhabha, Homi 1994. *The Location of Culture*. London: Routledge.

Biehl, Jante and Peter Staudenmaier 1995. *Ecofascism: Lessons from the German Experience*. Edinburgh: AK Press.

Bookchin, Murray 1999. "The Concept of Social Ecology." *In Ecology*. Ed. Carolyn Merchant. Amherst, NY: Humanity Books, 152–162.

Bowman, Glenn 1993. "Tales of the Lost Land: Palestinian Identity and the Fromation of Nationlist Consciousness." *In Space and Place: Theories of Identity and Location*. Ed. Erica Carter, James Donald, and Judith Squires. London: Lawrence & Wishart, 73–99.

Bramwell, Anna 1985. *Blood and Soil: Richard Walther Darre and Hitler' s" Green Party."* Abbotsbrook: Kensal.

— 1989. *Ecology in the Twentieth Century: A History.* New Haven, CT: Yale University Press.
Brown, Robert L. and Carl G. Herndl 1996. "Beyond the Realm of Reason: Understanding the Extreme Environmental Rhetoric of the John Birch Society." In *Green Culture: Environmental Rhetoric in Contemporary America.* Ed. Carl G. Herndl and Stuart C. Brown. Madison: University of Wisconsin Press, 213–235.
Buell, Frederick 2003. *From Apocalypse to Way of Life: Environmental Crisis in the American Century.* New York: Routledge.
Buell, Lawrence 1995. *The Environmental Imagination: Thoreau, Nature Writing, and the Rormation of American Culture.* Cambridge, MA: Harvard University Press.
— 1999. "The Ecocritical Insurgency," *New Literary History,* 30 (summer): 699–712.
— 2001. *Writing for an Endangered World: Literature, Culture, and Environment in the United States and Beyond.* Cambridge, MA: Harvard University Press.
— 2003. "Green Disputes: Nature, Culture, American(ist) Theory." In *"Nature's Nation" Revisited: American Concepts of Nature from Wonder to Ecological Crisis.* Ed. Hans Bak and Walter W. Holbling. Amsterdam: VU University Press, 43–50.
Bullard, Robert (ed.) 1993. *Confronting Environmental Racism: Voices from the Grassroots.* Boston, MA: South End Press.
— 1999. "Environmental Justice Challenges at Home and Abroad." In *Global Ethics and Environment.* Ed. Nicholas Low. London: Routledge, 33–46.
Bullis, Connie 1996. "Retalking Environmental Discourses from a Feminist Perspective: Radical Potential of Ecofeminism." In *The Symbolic Earth.* Ed. James G. Cantrill and Christine L. Oravec. Lexington: University Press of Kentucky, 123–148.
Callicott, J. Baird 1980. "Animal Liberation: A Triangular Affair," *Environmental Ethics,* 2 (winter): 311–338.
— 2001. "The Land Ethic." In *A Companion to Environmental Philosophy.* Ed. Dale Jamieson. Oxford: Blackwell, 204–217.
Campbell, Sue Ellen 1996. "The Land and Language of Desire: Where Deep Ecology and Post-Structuralism Meet." In *The Ecocriticism Reader: Landmarks in Literary Ecology.* Ed. Cheryll Glotfelty and Harold Rromm. Athens: University of Georgia Press, 124–136.
Carlassare, Elizabeth 1999. "Essentialism in Ecofeminist Discourse". In Ecology. Ed Carolyn Merchant. Amherst, NY: Humanity Books, 220–234.
Carroll, Joseph 1995. *Evolution and Literary Theory.* Columbia: University of Missouri Press.
Carter, Erica, James Donald, and Judith Squires (eds.)1993. *Space aand Place: Theories of Identity and Location.* London: Lawrence & Wishart.
Casey, Edward 1996. "How to Get from Space to Place in a Fairly Short Stretch of

Time: Phenomenologial Prolegomena." In *Senses Of Place*. Ed. Steven Field and Keith Basso. Santa Fe, NM: School of American Reseach Press, 13–52.

— 1997. The *Fate of Place: A Philosophical History*. Berkeley: University of California Press.

Chawla, Louise 1994. *In the First Country of Places: Nature, Poetry, and Childhood Memory*. Albany: State University of New York Press.

Clark, John 1997. "A Social Ecology," *Capitalism, Nature, Socialism: A Journal of Socialist Ecology*, 8 (September): 3–33.

Clarke, Bruce 2001. "Science Theory, and Systems: A Response to Glen A. Love and Jonathan Levin," *ISLE*, 8 (winter): 149–165.

Claviez, Thomas 1999. "Pragmatism, Critical Theory, and the Search for Ecological Genealogies in American Culture." *Yearbook of Reseach In English and American Literature: REAL*, 15: 343–380.

Cobb, Edith 1977. T*he Ecology of Imagination in Childhood*. New York: Columbia University Press.

Comer, Krista 1999. *Landscape of the New West: Gender and Geography in Contemporary Women's Writing*. Chapel Hill: University of North Carolina Press.

Comfort, Susan 2002 "Struggle in Ogoniland: Ken Saro-Wiwa and the Cultural Politics of Enviroment Justice." *In the Enviromental Justice Reader: Politics, Peotics, and Pedagogy*. Ed. Joni Adamson, Mei Mei Adams, and Rachel Stein, Tucson: University of Arizona Press, 229–246.

Conley, Verena 1997, *Ecopolitics: The Enviroment in Poststructuralist Thought*. London: Routledge.

Cooperman, Mattew 2001. "A Poem is a Horizon: Notes Toward an Ecopoetics" *ISLE*, 8 (summer): 181–193.

Coupe, Laurence(ed.)2000. *The Green Studies Reader: From Romanticism to Ecocriticism*. Londond: Routledge.

Cronon, William 1991. *Nature's Metropolis: Chicago and the Great West*. New York: Norton.

— 1995a." The Trouble with Wilderness; or, Getting Back to the Wrong Nature." *In Uncommon Ground: Toward Reinventing Nature*. Ed. Willia Cronon. New York: Norton, 69–70.

— (ed.) 1995b. *Uncommon Ground: Toward Reinventing Nature*. New York: Norton.

Curtin, Deane 2000. "A State of Mind Like Water: Ecosophy T and the Buddhist Traditions." *In Beneath the Surface: Critical Essays in the Philosoph of Deep Ecology*. Ed. Eric Katz, Andrew Light, and David Rothenberg. Cambidge, MA: MIT Press, 253–268.

Davion, Victoria 2001." Ecofeminism." *In A Companion to Enviromental Philosophy*. Ed. Dale Jamieson. Oxford: Blackwell, 233–247.

Devall, Bill and George Sessions 1995. *Deep Ecology: Living as if Nature Mattered*. Salt Lake City, UT: Gibbs Smith.

Diamond Jared 1999. *Guns, Germs, and Steel: The Fates of Human Societies.* New York: Norton.

Di Chiro, Giovanna 1995. "Nature as Community: the Convergence of Enviroment and Social Justice." *In Uncommon Ground: Toward Reinventing Nature.* Ed. William Cronon. New York: Norton, 298–320.

— 2000. "Bearing Witness or Taking Action?: Toxic Tourism and Enviromental Justice." *In Reclaiming the Enviromental Debate: The Politics of Health in a Toxic Culture.* Ed. Richard Hofricher. Cambridge, MA: MIT Press, 275–299.

Dietering Cynthia 1996. "The Postnatural Novel: Toxic Consciousness in Fiction of the 1980s." *In the Ecocriticism Reader: Landmarks in Literary Ecology.* Ed. Cheryll Glotfelty and Harold Fromm. Athens: University of Geogia Press, 196–203.

Dixon, Terell 1999. "Inculcating Wildness: Ecocomposition, Nature Writing, and the Regreening of the American Suburb." In *The Nature of Cities: Ecocriticism and Urban Enviroments.* Ed. Michael Bennett and David W. Teague. Tucson: Univerisity of Arizona Press, 77–90.

— (ed.)2002. City Wilds: *Essays and Stories about Urban Nature.* Athens: University of Geogia Press.

Dryzek, John S. 1999. "Global Ecological Democracy." *In Global Ethics and Enviroment.* Ed. Nicholas Low. London: Routledge, 264–282.

Dunlap, Thomas R. 1999. *Nature and the English Diaspora: Enviroment and History in the United States, Canada, Australia, and New Zealand.* Cambridge University Press.

Eckersley, Robyn 1992. *Enviromentalism and Political Theory: Toward an Ecocentric Approach.* Albany: State University of New York Press.

— 2001. "Politics." *In A Companion to Enviromental Philosophy.* Ed. Dale Jamieson. Oxford: Blackwell, 316–330.

Ehrenfeld David W. 1978. *The Arrogance of Humanism.* Oxford University Press.

Elder, John 1985. *Imagining the Earth: Poetry and the Vision of Nature.* Urbana: University of Illinois Press.

— 1998. *Reading the Mountains of Home.* Cambridge, MA: Harvard University Press.

— 1999. "The Poetry of Experience," *New Literary History*, 30 (summer): 649–659.

Elder, John and Robert Finch (eds) 1990. *The Norton Book of Nature Writing.* New York: Norton.

Elgin, Don 1985. *The Comedy of the Fantastic: Ecological Perpective on the Fantasy Novel.* Westport, CT: Greenwood Press.

Evernden, Neil 1985. The Nature Alien: *Humankind and Environment.* Toronto: University of Toronto Press.

— 1992. *The Social Creation of Nature.* Baltimore, MD: Johns Hopkins University Press.

Ferry, Luc 1995. *The New Ecological Order.* Trans. Carol Volk. Chicago: University of Chicago Press.

Fischer, Frank and Maarten A. Hajer (eds.) 1999. *Living with Nature: Environmental Politics as Cultural Discourse.* Oxford University Press.

Fischer, Philip 1988. "Democratic Social Space: Whitman, Melille, and the Promise of American Transparency," *Representations*, 24 (fall): 60–101.

Fletcher, Angus 2004. *A New Theory for American Poetry: Democracy, the Environment, and the Future of Imagination.* Cambridge, MA: Harvard University Press.

Flore, Dan 1999. "Place: Thinking about Bioregional History." In *Bioregionalism*. Ed. Michael Vincent McGinnis. London: Routledge, 43–58.

Foucault, Michel [1967] 1984. "Of Other Spaces." Trans, Jay Miskowiec. www.foucault.info/ documents/ heteroTopia.en.html.

— 1994. "The Birth of Biopolitics." *In Ethica: Subjectivity and Truth,* Trans. Robert Hurley et al. Ed. Paul Rabinbow. New York: New Press, 73–79.

Fritzell, Peter A. 1990. *Nature Writing and America: Essays upon a Cultural Type.* Ames: Iowa State University Press.

Gadgil, Madbav and Ramachandra Guha1995. *Ecology and Equity: The Use and Abuse of Nature in Contemporary India.* London: Routledge.

Gallegos, Joseph. 1998. "The Pasture Poacher (Poem)" and "Acequia Tales: Stories from a Chicano Centennial Farm." *In Chicano Culture, Ecology, Politics: Subversive* Kin. Ed. Denon Peña. Tucson: Unversity of Arizona Press, 234–248.

Gatta, John 2004. *Making Nature Sacred: Literature, Re;igion, and Environment in America from the Puritans to the Present.* New York: Oxford Unversity Press.

Gifford, Terry 1996." *The Social Construction of Nature*," *ISLE*, 3 (fall): 27–35.

— 1999. *Patoral.* London: Routledge.

— 2002. "Towards a Post-Pastoral View of British Poetry." In *The Environmental Tradition in English Literature.* ED. Joh Parham. Aldershot: Ashgate, 35–58.

Gibert, Kevin(ed.)1988. Inside Black Australia: *An Anthology of Aboriginal Poetry.* Ringwood, Victoriz: Penguin Books.

Gilcresrt, David W. 2002. Greening the Lyre: *Environmrntal Poetics and Ethics.* Reno: Unversity of Nevada Press.

Glotfelty, Cheryll and Harold Fromm (eds.)1996. *The Ecocriticism Reader: Landmarks in Literary Ecology.* Athens: Unversity of Georgia Press.

Gottlieb, Robert 1993. *Forcing the Spring: The Transformation of the American Environmmental Movement.* Washington, DC: Island Press.

Golley, Frank Benjamin 1993. *A History of the Ecosytem Concept in Ecology: More than the Sum of the Parts.* New Haven, CT: Yale Univeisity Press.

Gottlieb, Roger (ed.)1997. The Ecological Community: *Environmental Challenges for Philosophy, Politics, and Morality.* New York: Routledge.

Gough, Noel 2002. "*Democracy, Global Transitions, and Education:* Using Speculative Fictions as Thought Experiments in Anticipatory Critical Inquiry." www.aare.edu.au/02pap/gou02326.htm.

Grove, Richard 1995. *Green Imperialism: Colonial Expansion, Tropical Island Edens, and the Origins of Environmentalism 1600–1860*. Cambridge: Cambridge University Press.

Guber, Deborah Lynn 2003. *The Grassroots of a Green Revolution: Polling America on the Environment*. Cambridge, MA: MIT Press.

Guha, Ramachandra 1989a. *The Unquiet Woods: Ecological Change and Peasant Resistance in the Himalaya*. Berkeley: Unversity of California Press.

—— 1989b "Radical Environmentalism and Widerness Preservation: A Third Word Critique," *Environmental Ethics*. 11 (spring): 71–80.

Guha, Ramachandra and Joan Martínez-Alier 1997. *Varieties of Environmentalism: Eassys North and South*. London: Earthscan.

Hajer, Maarten A. 1995. *The Politics of Environmental Discourse: Environmental Discourse: Ecological Modernization and the Policy Process*. Oxford: Clarendon Press.

Haraway, Donna 1991. *Simians, Cyborgs, and Women*: The Reinvenrative of Nature. NewYork: Routledge.

—— 1992. "The Promise of Monsters: A Regenerative Politics for Inappropriated Others." In *Cultural Studies. Ed. Lawrence Grossberg, Cary Nelson, and Paula Treichler*. New York: Routledge, 295–337.

Harré, Rom, Jens Brockmeier, and Peter Mühlhaüsler 1999. *Greenspeak: A Study of Envionmental Discourse*. Thousand Oaks, CA: Sage.

Harrison, Robert Pogue1992. Forests: *The Shadow of Civilization*, Civilization. Chicago: University of Chicago Press.

Hay, Peter 2002. *Main Currents in Westerntal Thought*. Sydney: University of New South Wales Press.

Hayles, N. Katherine 1995. "Searching for Common Ground." In *Reinventing Nature? Responses to Postmodern Deconstruction*. Ed. Michael Soule and Gary Lease, Washington, DC: Island Press, 47–64.

—— 1999. *How We Became Posthuman: Virtual Bodies in Cybernetics, Literature, and Informtics*. Chicago: University of Chicago Press.

Head, Dominic 1998a. "The(Im)possibility of Ecocriticism." In *Writing the Environment: Ecocriticism and Literature*. Ed. Richard Kerridge and Neil Sammell. London: Zed Books, 27–39.

—— 1998b. "Problems in Ecocriticism and the Novel." *Key Words: A Journal of Cultural Materialism*, 1: 60–73.

—— 2002. "Beyond 2000: Raymond Williams and the Ecocritic's Task." In *The Environmental Tradition in English Literature*. Ed. John Parham. Aldershot: Ashgate, 24–36.

Heidegger, Martin 1975. *Poetry, Language, Thought*. Trans. Alfred Hofstadter. New York: Harper.

Heise, Ursula 1997. "Science and Ecocriticism." A*merican Book Review*, 18 (August): 4–6.

—— 2002. "Toxins, Drugs, and Global Systems: Risk and Narrative in the Contemporary Novel." *American Literature*, 74 (December): 747–78.

Herndl, Carl G. and Stuart C. Brown (eds.) 1996. *Green Culture: Environmental Rhetoric in Contemporary America*. Madison: University of Wisconsin Press.

Hess, Scott 2004. "Postmodern Pastoral, Advertising, and the Masque of Technology," *ISLE*, 11 (winter): 71–100.

Higgs, Eric 2003. *Nature by Design: People, Natural Process, and Ecological Restoration*. Cambridge, MA: MIT Press.

Howarth, Williams 1996. "Some Principles of Ecocriticism." In *The Ecocriticism Reader: Landmarks in Literary Ecology*. Ed. Cheryll Glotfelty and Harold Fromm. Athens: University of Georgia Press, 69–91.

—— 1999. "Imagined Territory: The Writing of Wetlands," *New Literary History*, 30 (summer): 509–539.

Jacobsen, Knut A. 2000. "Bhagavadgītā. Ecosophy T. and Deep Ecology." In *Beneath the Surface: Critical Essays in the Philosophy of Deep Ecology*. Ed. Eric Katz, Andrew Light, and David Rothenberg. Cambridge, MA: MIT Press, 231–252.

Jameson, Fredric 1981. *The Political Unconscious: Narrative as a Socially Symbolic Act*. Ithaca, NY: Cornell University Press.

Jamieson, Dale (ed) 2001. *A Companion to Environmental Philosophy*. Oxford: Blackwell.

Jasanoff, Sheila 2004. "Heaven and Earth: The Politics of Environmental Images." In *Earthly Politics: Local and Global in Environmental Governance*. Ed. Sheila Jasanoff and Marybeth Long Martello. Cambridge, MA: MIT Press, 31–54.

Johns, David 1990. "The Relevance of Deep Ecology to the Third World: Some Preliminary Comments." *Environmental Ethics*, 12 (fall): 233–252.

Johnson, Lawrence E. 1991. *A Morally Deep World: An Essay on Moral Significance and Environmental Ethics*. Cambridge University Press.

Katz, Eric 2000. "Against the Inevitability of Anthropocentrism." In *Beneath the Surface: Critical Essays in the Philosophy of Deep Ecology*. Ed. Eric Katz, Andrew Light, and David Rothenberg. Cambridge, MA: MIT Press, 17–42.

Katz, Eric, Andrew Light, and David Rothenberg 2000. *Beneath the surface: Critical Essays in the Philosophy of Deep Ecology*. Cambridge, MA: MIT Press.

Kern, Robert 2000. "Ecocriticism— What Is It Good For?" *ISLE*, 7 (winter): 9–32.

Kerridge, Richard 2001. "Ecology Hardy." In *Beyond Nature Writing: Expanding the Boundaries of Ecocriticism*. Ed. Karla Armbruster and Kathleen R. Wallance. Charlottesville: University Press of Virginia, 126–142.

Kerridge, Richard and Neil Sammells (eds.) 1998. *Writing the Environment: Ecocriticism and Literature*. London: Zed Books.

Kiberd, Declan 1996. *Inventing Ireland*. Cambridge, MA: Harvard University Press.

Killingsworth, M. Jimmie and Jacqueline S. Palmer 1992. *Ecospeak: Rhetoric and Environmental Politics in America*. Carbondale: Southern Illinois University Press.

Klyza, Christopher McGrory 1999. "Bioregional Posssibilities in Vermont." In *Bioregionalism*. Ed. Michael Vincent McGinnis. London: Routledge, 81–98.

Kolodny, Annette 1975. *The Lay of the Land: Metaphor as Experience and History in American Life and Letters*. Chapel Hill: University of North Carolina Press.

—— 1984. *The Land Before Her: Fantasy and Experience of the American Frontiers*, 1630–1860 Chapel Hill: University of North Carolina Press.

Krasner, James 1992. *The Entangled Eye: Visual Perception and the Representation of Nature in Post-Darwinian Narrative*. New York: Oxford University Press.

Krech, Shepard, III 1999. *The Ecological Indian: Myth and History*. New York: Norton.

Kroeber, Karl 1994. *Ecological Literary Criticism: Romantic Imagining and the Biology of Mind*. New York: Columbia University Press.

Latour, Bruno 1993. *We Have Never Been Modern*. Trans. Catherine Porter. Cambridge, MA: Harvard University Press.

—— 1999. *Pandora's Hope: Essays on the Reality of Science Studies*. Cambridge, MA: Harvard University Press.

Lefebvre, Henri 1991. *The Production of Space*. Trans. Donald Nicholson-Smith. Cambridge: Blackwell.

Leopold, Aldo 1949. *Sand County Almanac*. New York: Oxford University Press.

—— 1991. *The River of the Mother of God and Other Essays*. Ed. Susan I. Flader and J. Baird Callicott. Madison: University of Wisconsin Press.

Lewis, Nathaniel 2003. *Unsettling the Literary West: Authenticity and Authorship*. Lincoln: University of Nebraska Press.

Light, Andrew(ed.) 1998. *Social Ecology after Bookchin*. New York: Guilford Press.

Lopez, Barry 1986. *Arctic Dreams: Imagination and Desire in a Northern Landscape*. New York: Scribner's.

—— 1989. "Landscape and Narrative." In *Crossing Open Ground*. New York: Vintage, 61–72.

—— 1998. "We Are Shaped by the sound of Wind, the Slant of Sunlight," *High Country News*, 30, 17(September 14).

Love, Glen A. 2003. *Practical Ecocriticism: Literature, Biology, and the Environment*. Charlottesville: University Press of Virginia.

Low, Nicholas(ed.) 1999. *Global Ethics and Environment*. London: Routledge.

Luhmann, Niklas 1989. *Ecological Communication*. Trans. John Bednarz. Jr. Chicago: University of Chicago Press.

Luke, Timothy 1997. *Ecocritique: Contesting the Politics of Nature, Economy, and Culture*. Minneapolis: University of Minnesota Press.

—— 1999. "Eco-Managerialism: Environmental Studies as a Power/Knowledge Formation." In *Living with Nature: Environmental Politics as Cultural Discourse*. Ed. Frank Fischer and Maarten A. Hajer. Oxford: Oxford University Press, 103–120.

McKusick, James C, 2000. *Green Writing: Romanticism and Ecology*. New York: St.

Martin's Press.

McFague, Sallie 1987. *Models of God: Theology for an Ecological, Nuclear Age*. Philadelphia. PA: Fortress Press.

McGinnis, Micheal Vincent (ed.) 1999. *Bioregionalism*. London: Routledge.

McHarg, Ian 1969. *Design with Nature*, Garden City, NY: Natural History Press.

McLaughlin, Andrew 1993. *Reading Nature: Industrialism and Deep Ecology*. Albany: State University of New York Press.

Malpas, J. E. 1999. *Place and Experience: A Philosophical Topography*. Cambridge: Cambridge University Press.

Marshall, Ian 2003. *Peak Experiences: Walking Meditations on Literature, Nature, and Need*. Charlottesville: University Press of Virginia.

Martin, Ronald E. 1981. *American Literature and the Universe of Force*. Durham, NC: Duke University Press.

Martínez-Alier, Joan 1998. " 'Environmental Justice' (Local and Global)." In *The Cultures of Globalization*. Ed. Fredric Jameson and Masao Miyoshi. Durham, NC: Duke University Press, 312–326.

— 2002. *The Environmentalism of the Poor: A Study of Ecological Conflicts and Valuation*. Cheltenham: Elgar.

— 2003. "Scale, Environmental Justice, and Unsustainable Cities," *Capitalism Nature Socialism*, 14 (December): 43–63.

Marx, Leo 1964. *The Machine in the Garden: Technology and the Pastoral Ideal in America*. New York: Oxford University Press.

— 1973. "Between Two Landscapes." *RIBA Journal*, 8 (August): 422–24.

— 1988. *The Pilot and the Passenger: Essays on Literature, Technology, and Culture in the United States*. New York: Oxford University Press.

— 2003. "The Pandering Landscape: On American Nature as Illusion." In *"Nature's Nation" Revisited: Amercian Concepts of Nature from Wonder to Ecological Crisis*. Ed. Hans Bak and Walter W. Hölbling. Amsterdam: University Press, 30–42.

Massy, Doreen 1994. *Space, Place, and Gender*. Minneapolis: University of Minnesota Press.

Mathews, Freya 1991. *The Ecological Self*. Savage, MD: Barnes and Noble.

— 1999. "Ecofeminism and Deep Ecology." In *Ecology*. Ed. Carolyn Merchant. Amherst, NY: Humanity Books, 235–45.

— 2001. "Deep Ecology." In *A Companion to Environmental Philosophy*. Ed. Dale Jamieson. Oxford: Blackwell, 218–32.

Mazel, David (ed.) 2001. *A Century of Early Ecocriticism*. Athens: University of Georgia Press.

Meeker, Joseph W. 1997. *The Comedy of Survival: Literary Ecology and a Play Ethic*, 3rd edn. Tucson: University of Arizona Press. Orig. edn. 1972.

Meine, Curt 1997. "Inherit the Grid." In *Placing Nature: Culture and Landscape Ecology*. Ed. Joan Iverson Nassauer. Washington, DC: Island Press, 45–62.

Merchant, Carolyn 1980. *The Death of Nature: Women, Ecology and the Scientific Revolution*. San Francisco: Harper Collins.
— 1989. *Ecological Revolutions: Nature, Gender, and Science in New England*. Chapel Hill: University of North Carolina Press.
— 1992. *Radical Ecology: The Scarch for a Livable World*. New York: Routledge.
— 1999. (ed.) *Ecology*. Amherst, NY: Humanity Books.
Merleau-Ponty, Maurice 2002. *Phenomenology of Perception*. Trans. Colin Smith. London: Routledge.
Mohanty, Satya 1997. *Literary Theory and the Claims of History: Postmodernism, Objectivity, Multicultural Politics*. Ithaca, NY: Cornell University Press.
Mol, Arthur P. J. 2001. *Globalization and Environmental Reform: The Ecological Modernization of the Global Economy*. Cambridge, MA: MIT Press.
Moore, Donald S. 1996. "Marxism, Culture, and Political Ecology: Environmental Struggles in Zimbabwe's Eastern Highlands." In *Liberation Ecologies: Environment, Development, Social Movements*. Ed. Richard Peet and Michael Watts. London: Routledge, 125–147.
Moore, Jason 2003. "The Modern World-System as Environmental History? Ecology and the Rise of Capitalism." *Theory and society*, 32: 307–377.
Morley, Dave and Kevin Robins 1993. "No Place like *Heimat:* Images of Home(land) in European Culture." In *Space* and *Place: Theories of Identity and Location*. Ed. Erica Carter, James Donald, and Judith Squires. London: Lawrence & Wishart, 3–31.
Morton, Timothy 1994. Shelley and the Revolution in Taste:The Body and the Natural World. Cambridge: Cambridge University Press.
— 2000. *The Poetics of Space: Romantic Consumerism and the Exotic*, Cambridge: Cambridge University Press.
Murphy, Patrick 2000. *Farther Afield in the Study of Nature-Oriented Literature*. Charlottesville: University Press of Virginia.
— 2001. "The Non-Alibi of Alien Scapes: SF and Ecocriticism." In *Byond Nature Writing: Expanding the boundaries of Ecocriticism*. Ed. Karla Armbruster and Kathleen R. Wallace. Charlottesville: University Press of Virginia, 263–278.
Nabban, Gary Paul 1985. *Gathering the Desert*. Tucson: University of Arizona Press, 1994.
— The Geography of Childhood: Why Children Need Wild Places. Boston, MA: Beacon Press.
Naess, Arne 1973. "The Shallow and the Deep, Long-Range Ecology Movement: A Summary," *Inquiry,* 16 (spring): 95–100.
Nash, Roderick 1989. *The Rights of Nature: A History of Environmental Ethics*. Madison: University of Wisconsin Press.
Newman, Lance 2002. "Marxism and Ecocriticism," *ISLE,* 9 (summer): 1–25.
Nicholson-Lord, David 1987. *The Greening of the Cities*. London: Routledge.
Norton, Bryan 1995 "Why I am Not a Nonanthropocentrist: Callicott and the Failure

of Monistic Inherentism," *Environmental Ethics,* 17 (winter): 341–58.

Oakes, Timothy 1997. "Place and the Paradox of Modernity," *Annals of the Association of American Geographers.* 87: 509–531.

Oerlemans, Onno 2002. *Romanticism and the Materiality of Nature.* Toronto: University of Toronto Press.

O' Grady, John P. 2003. "How Sustainable is the Idea of Sustainability?" *ISLE,* 10 (winter): 1–10.

Ortner, Sherry B. 1974. "Is Female to Male as Nature Is to Culture?" In *Woman, Culture, and Society.* Ed. Michelc Zimbalist Rosaldo and Louise Lamphere. Stanford, CA: Stanford University Press, 67–87.

Parham, John (ed.) 2002. *The Enpironmental Tradition in English Literature.* Aldershot: Ashgate.

Park, Geoff 1995. *Ngò Uruora (The Groves of Life): Ecology and History in a New Zealand Landscape.* Wellington: Victoria University Press.

Peña, Devon (ed.) 1998. *Chicano Culture, Ecology, Politics: Subversive Kin.* Tucson: University of Arizona Press.

Pepper, David 1993. *Eco-Socialism: From Deep Ecology to Social Justice.* London: Routledge.

Peterson, Anna L. 2001. *Being Human: Ethics, Environment, and Our Place in the World.* Berkeley: University of California Press.

Phillips, Dana 2003. *The Truth of Ecology: Nature, Culture, and Literature in America.* New York: Oxford University Press.

Platt, Rutherford H. 1994. "From Commons to Commons: Evolving Concepts of Open Space in North American Cities." In Rutherford H. Piatt, Rowan A.

Rowntice, and Pamela C. Muick(eds.) *The Ecological City: Preserving and Restoring Urban Biodiversity.* Amherst: University of Massachusetts Press, 21–39.

Plumwood, Val 1993. *Feminism and the Mastcry of Nature.* London: Routledge.

—— 2002. *Environmental Culture: The Ecological Crisis of Reason.* London: Routledge.

Potney. Kent E. 2003. *Taking Sustainable Cities Seriously.* Cambridge, MA: MIT Press.

Pred, Alan 1984. "Place as Historically Contingent Process: Structuration and the Time-Geography of Becoming Places," *Annals of the Associationi of American Geographers,* 74: 279–297.

Preston, Christopher J. 2003. *Grounding Knowledge: Environmental Philosophy, Epis-temology, and Place.* Athens: University of Georgia Press.

Pulido, Laura 1996. *Environmetalism and Economic Justice: Two Chicano Struggles in the Southwest.* Tueson: University of Arizona Press.

—— 1998. "Ecological Legitimacy and Cultural Essencialism: Hispano Grazing in Northern New Mexico." In *Chicano Culture, Ecology, Politics: Subversive Kin.* Ed. Devon Peña. Tucson: University of Arizona Press, 121–40.

Reed, T. V. 2002. "Toward an Environmental Justice Ecocriticism." In *The Environmental Justice Reader: Politics, Poetics, and Pedagogy.* Ed, Joni Adamson, Mei Mei Evans, and Rachel Stein. Tucson: University of Arizona Press, 145–62.

Rees, William 1997. "Is 'Sustainable Ciry' an Oxymoron?" *Local Environment, 2* (3): 303–10.

Rhodes, Eduardo Lao 2003. *Environmental Justice in America: A New Paradigm.* Bloomington: Indiana University Press.

Ricoeur, Paul 1977. *The Rule of Metaphor: Multi-Disciplinary Studies of the Creation of Meaning in Language.* Trans. Robert Czerny et al. Toronto; University of Toronto Press.

Rodman, Margaret 1992, "Empowering Place: Multilocality and Multivocality," *American Anthropologist,* 94: 640–56.

Rueckert, William 1996. "Literature and Ecology: An Experiment in Ecocriticism." Rpt. from 1978. In *The Ecocriticism Reader: Landmarks in Literary Ecology.* Ed. Cheryll Glotfelty and Harold Fromm. Athens: University of Georgia Press, 105–23.

Sachs, Wolfgang 1999. "Sustainable Development and the Crisis of Nature: On the Political Anatomy of an Oxymoron." In Living; *with Nature: Environmental Politics as Cultural Discourse.* Ed. Frank Fischer and Maarten A, Hajer. Oxford: Oxford University Press, 23–41.

Sack, Robert David 1997. *Homo Geogratphicus: A Framework for Action, Awareness, and Moral Concern.* Baltimore, MD: Johns Hopkins University Press.

Said, Edward 1978. *Orientalism.* New York: Random House.

— 1983. *The World, The Text, and the Critic.* Cambridge, MA: Harvard University Press.

— 1993. *Culture and Imperialism.* New York: Knopf.

Salleh, Ariel 2000. "In Defense of Deep Ecology: An Ecofeminist Response to a Liberal Critique." In *Beneath the Surface: Critical Essays in the Philosophy of Deep Ecology.* Ed. Eric Katz, Andrew Light, and David Rothenberg. Cambridge, MA: MIT Press, 107–24.

Sandilands, Catriona 1999. The *Good-Natured Feminist: Ecofeminism and the Quest for Democracy.* Minneapolis: University of Minnesota Press.

Sassen, Saskia 1991. *The Global City: New York, London, Tokyo.* Princeton, NJ: Princeton University Press.

Satterfield, Terre and Scott Slovic (ed.) 2004. *What's Nature Worth? Narrative Expressions of Environmental Values.* Salt Lake City: University of Utah Press.

Scigaj, Leonard M. 1999. *Sustainable Poetry: Four American Ecopoets.* Lexington: University Press of Kentucky.

Seddon, George 2002. "It's Only Words." In *Words for Country: Landscape and Language in Australia.* Ed. Tim Bonyhady and Tom Griffiths, Sydney: University of New South Wales Press, 245–53.

Serres, Michel 1995. *The Natural Contract. Trans.* Elizabeth MacArthur and William

Paulson. Ann Arbor: University of Michigan Press.

Sessions, Robert 1996. "Deep Ecology versus Ecofeminism: Healthy Differences or Incompatible Philosophies?" In *Ecological Feminist Philosophies*. Ed. Karen J. Warren. Bloomington: Indiana University Press, 137–54.

Shepard, Paul 1982. *Nature and Madness*. San Francisco: Sierra Club.

Shiva, Vandana 1988. *Staying Alive*. London: Zed Books.

— 1999. "Ecological Balance in an Era of Globalization" (1999). In *Global Ethics and Environment*. Ed, Nicholas Low. London: Routledge, 47–69.

Shrader-Frechette, Kristin 1999. "Chernobyl. Global Environmental Injustice and Mutagenic Threats." In *Global Ethics and Environment*. Ed. Nicholas Low. London: Routledge, 70–89.

Shutkin, William and Rafael Mores 2000. "Brownfields and the Redevelopment of Communities: Linking Health. Economy, and Justice." In *Reclaiming the Environmental Debate: The Politics of Health in a Toxic Culture*. Ed. Richard Hofricher. Cambridge, MA: MIT Press.

Silko. Leslie Marmon 1986. "Landscape, History, and the Pueblo Imagination," *Antaeus*. 57(autumn): 83–94.

Singer, Peter 1990. *Animal Liberation*, revd. edn. New York: Avon.

Slicer, Deborah 1995. "Is There an Ecofeminism-Deep Ecology 'Debate'?" *Environmental Ethics*, 17(summer): 151–69.

Slovic, Scott 1994. "Ecocriticism: Storytelling, Values, Communication, Contact." http://www. asle.umn.edu/conf/other_conf/wla/1994/slovic.html

— 1996. "Epistemology and Politics in American Nature Writing: Embedded Rhetoric and Discrete Rhetoric." In *Green Culture: Environmental Rhetoric in Contemporary America*. Ed. Carl G. Herndl and Stuart C. Brown. Madison: University of Wisconsin Press, 82–110.

Smith, Neil 1984. *Uneven Development: Nature, Capital and the Production of Space*. Oxford: Blackwell.

Snyder, Gary 1990. *The Practice of the Wild*. San Francisco: North Point.

— 1995. *A Place in Space: Ethics, Aesthetics, and Watersheds*. Washington. DC: Counterpoint.

— 2004. "Ecology, Literature, and the New World Disorder," *ISLE*. 11 (winter): 1–13.

Sommer, Doris 1991. *Foundational Fictions: The National Romances of Latin America*. Berkeley: University of California Press.

Soper, Kate 1995. *What Is Nature? Culture, Polities, and the Non-Human*. Oxford: Blackwell.

Spence, Mark David 1999. *Dispossessing the Wilderness: Indian Recnoval and the Making of the National Parks*. New York: Oxford University Press.

Spirn, Anne Whiston 1998. *The Language of Landscape*. New Haven, CT: Yale University Press.

Spretnak, Charlene 1997. "Radical Nonduality in Ecofeminist Philosophy." In

Ecofeminism: Women, Culture, Nature. Ed. Karen J. Warren. Bloomington: Indiana University Press, 425–36.

Steingraber, Sandra 1997. *Living Downstream: An Ecologist Looks at Cancer and the Environment*. Reading. MA: Addison-Wesley.

Sturgeon, NÖel 1997. *Ecofeminist Natures*. New York: Routledgc.

Szasz, Andrew 1994. *Ecopopulism: Toxic Waste and the Movement for Environmental Justice*. Minneapolis: University of Minnesota Press.

Tallmadge, John 2000. "Toward a Natural History of Reading." *ISLE*, 7 (winter): 33–45.

Tallmadge, John and Henry Harrington (eds.) 2000. *Reading Under the "Sign of Nature": New Essays in Etocriticism*. Salt Lake City: University of Utah Press.

Tarter, Jim 2002. "Some Live More Downstream than Others: Cancer, Gender, and Environmental Justice." In *The Environmental Justice Reader: Politics, Poetics, and Pedagogy*. Ed. Joni Adamson, Mei Mei Evans, and Rachel Stein. Tucson: University of Arizona Press, 213–28.

Taylor, Paul W. 1986. *Respect for Nature: A Theory of Environmental Ethics*. Princeton, NJ: Princeton University Press.

Thomashow, Mitchell 1999. "Toward a Cosmopolitan Bioregionalism." In *Bioregionalism*. Ed. Michael Vincent McGinnis. London: Routledge, 121–32.

Tsing, Anna Lowenhaupt 1993. In *the Realm of the Diamond Queen: Marginality in an Out-of-the-Way Place. Princeton*, NJ: Princeton University Press.

Tuan, Yi-Fu 1977. *Space and Place: The Perspective of Experience*. Minneapolis: University of Minnesota Press.

— 1990. *Topophilia: A Study of Environmental Perce ption, Attitudes*, and Values, 2nd edn. New York: Columbia University Press.

Waddell, Craig 1996. "Saving the Great Lakes: Public Participation in Environmental Policy." In G. en *Culture: Environmental Rhetoric in Contemporary America*. Ed. Carl G. Herndl and Stuart C. Brown. Madison: University of Wisconsin Press, 141–65.

Walcott, Derek 1998. *What the Twilight Says: Essays*. New York: Farrar, Straus.

Wallace, Anne D. 1993. *Walking, Literature, and English Culture:* The *Origins and Uses of Peripatetic in the Nineteenth Century*. Oxford: Clarendon Press.

Wallace, Mark I. 1997. "Environmental Justice, Neopreservationism, and Sustainable Spirituality." In *Tlte Ecological Community: Environmental Challenges for Philosophy, Politics, and Morality*. Ed. Roger Gottlieb. New York: Routledge, 292–310.

Walter, Eugene Victor 1988. *Placeways: A Theory of the Human Environment*. Chapel Hill: University of North Carolina Press.

Wark, MeKenzie 1994. "Third Nature," *Cultural Studies,* 8 (January): 115–32.

Warren, Karen J. (ed.) 1996. *Ecological Feminist Philosophies*. Bloomiugton: Indiana University Press.

Wasserman, Renata R. Mautner 1994. *Exotic Nations: Literature and Cultural Iden-*

tity in the United States and Brazil, 1830–1930. Ithaca, NY: Cornell University Press.

Welty, Eudora 1970. "Place in Fiction." In The *Eye of the Story.* New York: Random House.

Westling, Louise H. 1996. *The Green Breast of the New World: landscape, Gender, and American Fiction.* Athens: University of Georgia Press.

White, Lynn, Jr. 1967. "The Historical Roots of Our Ecologic Crisis," *Science,* 155 (March 10): 1203–7.

White, Richard 1995. *The Organic Machine: The Remaking of the Columbia River.* New York: Hill and Wang.

Whitt, Laurie Anne, Mere Roberts, Waerete Norman, and Vicki Grieves 2001. "Indigenous Perspectives." In *A Companion to Environmental Philosophy.* Ed. Dale Jamieson. Oxford: Blackwell, 3–20.

Williams, Colin and Anthony D. Smith 1983. "The National Construction of Social Space," *Human Geography,* 7: 502–18.

Williams, Raymond 1973. *The Country and the City.* New York: Oxford University Press.

— 1977. *Marxism and Literature.* New York: Oxford University Press.

— 1983. *Keywords: A Vocabulary of Culture and Society,* revd. edn. New York: Oxford University Press.

— 1986. "Hesitations before Socialism," *New Socialist,* 41 (September): 34–6.

— 1989. "Socialism and Ecology." In *Resources of Hope: Culture, Democracy, Socialism.* Ed. Robin Gable. London: Verso, 210–26.

Willms, Johannes 2004. *Conversations with Ulrich Beck.* Trans. Michael Pollak. Cambridge: Polity Press.

Wilson, Edward O. and Stephen R. Kellert (eds.) 1993. *The Biophilia Hypothesis.* Washington, DC: Island Press.

World Commssion on Environment and Development 1987. Our *Common Future.* Oxford: Oxford University Press.

Worster, Donald 1977. *Nature's Economy: A History of Ecological Ideas.* Cambridge: Cambridge University Press.

— 1999. "Fear and Redemption in the Environment Movement." In *Ideas, Ideologies and Social Movements: The United States Experiments Since 1800.* Ed. Peter A. Colanis and Stuart Bruckey. Columbia: University of South Carolina Press.

Wright, Judith 1992. *Going on Talking.* Springwood, NSW: Butterfly Books.

Zimmerman, Michael E. 1994. *Contesting Earth's Future: Radical Ecology and Postmodernity.* Berkeley: University of California Press.

— 1997. "Ecofascism: A Threat to American Environmentalism?" In The *Ecological Community: Environmental Challenges for Philosophy, Politics, and Morality.* Ed. Roger Gottlieb. New York: Routledge, 229–54.